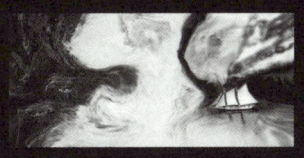

빙하와 어둠의 공포

DIE SCHRECKEN DES EISES UND DER FINSTERNIS
by Christoph Ransmayr

Copyright © Christian Brandstätter Verlag & Edition, Wien, 1984
All rights reserved by S. Fischer Verlag GmbH, Frankfurt am Main.
Korean translation copyright © MUNHAKDONGNE Publishing Corp., 2011
All rights reserved.

Korean translation rights by arrangement with S. Fischer Verlag GmbH, Frankfurt am Main
through Agency Chang.

이 도서의 국립중앙도서관 출판시도서목록(CIP)은 서지정보유통지원시스템 홈페이지(http://seoji.nl.go.kr)와
국가자료공동목록시스템(http://www.nl.go.kr/kolisnet)에서 이용하실 수 있습니다.
(CIP제어번호: CIP2011001892)

세계문학전집
074

Christoph Ransmayr : Die Schrecken des Eises und der Finsternis

빙하와 어둠의 공포

크리스토프 란스마이어 장편소설

진일상 옮김

문학동네

이 글을 피초에게 바친다

들어가기 전에

우리의 모험은 대체 어떻게 된 것인가. 얼어붙은 길과 사구와 고속도로로 우리를 이끌었던 모험 말이다. 우리는 맹그로브 숲을 지나 초원, 바람 부는 황량한 땅, 빙하, 대양, 운해를 넘어서 점점 더 내륙의 외딴곳 또는 세상의 가장자리에 있는 목표를 향해 나아갔다. 우리는 단순히 모험을 완수하는 데 그치지 않고, 엽서나 편지, 또는 거친 삽화가 있는 르포와 기사를 통해 우리의 모험을 공개해서 은연중에 오지나 멀리 있는 곳도 테마 파크나 휘황찬란한 놀이공원처럼 손쉽게 갈 수 있다는 환상을 불러일으켰다. 교통수단의 급속한 발달로 세상은 점점 더 작아지고 있으며, 적도나 극지 여행도 이젠 경비와 비행기 편만 해결되면 문제없다는 환상 말이다. 그렇지만 그것은 착각일 뿐이다! 우리의 항공로는 여행 시간을 말도 안 될 만큼 단축시키긴 했지만 거리를 단축시킨 것은 아니다. 그리고 이 거리는 예나 지금이나 어마어마한 것이다. 항공로는 단지 하나의 선일 뿐이고 길이 아니라는 것을 잊지 말자. 우리는 외면상, 단지 걷거나 달리는 사람일 뿐이니까.

1. 세상에서 사라지다

요제프 마치니는 종종 혼자서 도보 여행을 가곤 했다. 그러나 그가 걷는 동안 세상은 작아지기는커녕 점점 커졌고 너무 커져서 결국 그는 세상 안에서 사라져버렸다.

마치니, 서른두 살의 도보 여행자는 1981년 겨울 북극 스피츠베르겐의 빙하 속에서 실종되었다. 그것은 분명 개인적인 불행일 뿐이다. 실종자가 한 명 더 늘었다는 것 외에 별다른 일은 아니니까. 그렇게 수장을 하거나 불태울 수 있는 어떤 것도 남기지 않은 채 한 사람이 실종되면, 그 사람은 실종 후에 회자되는 이야기 속에서 조금씩 희미해지고 결국은 사라지게 된다. 그런 이야기와 함께 계속 살아 있는 사람은 아직 아무도 없었다.

내가 오랫동안 조사했던 그 이야기의 시작과 끝이 언젠가는 시간의 무상함 속에서 사라져버린다는 것이 때로는 무시무시하게 느껴진다. 하지만 결코 할 말을 모두 다 할 수는 없고, 한 사람의 운명을 설명하는 데 한 세기면 충분할 것이므로 나는 바닷가에서부터 이야기를 시작하고자 한다. 바람 부는 1872년 3월, 어느 맑은 날 아드리아 해안이었다. 아마도 그때는 바다 갈매기도, 정교한 종이연도 바람을 맞으며 항만 위에 떠 있었을 것이다. 그리고 파란 하늘에는 계절의 변화무쌍함 속에서 흩어지는 구름 조각들이 미끄러져 나가고 있었을 것이다. 아마도 그랬을 것이다. 전해 오는 바에 따르면 이날, 이탈리아 사람들은 피우메, 크로아티아 주민들은 리예카라고 부르는 도시의 항만청사 앞에서 오스트리아-헝가리 제국 해군 중위 카를 바이프레히트가 연설을 하고 있었다. 그는 선원들과 항구에 있는 다양한 사람들 앞에서 최북단의 위협에 대해 이야기하고 있었다.

바이프레히트의 긴 연설이 진행되는 동안 갑자기 봄비가 내리기 시작했다는 것에 내 생각은 한참 동안 머물러 있었다. 잔잔한 빗줄기 덕분에 그의 연설을 듣고 있던 선원들 가운데 몇 명은 중위의 연설이 불러일으키는 광경에 겁을 집어먹고 도망간다는 의심을 사지 않고 그 자리를 빠져나올 수 있었다. 바이프레히트는 여름 태양이 여러 달 동안 지지 않고 항해하는 사람들 주위를 맴도는 차가운 세상을 묘사했다. 가을에는 어둠이 내리기 시작하고 몇 달 동안 해가 뜨지 않는데, 이때 그 일대는 극야의 어둠과 표현할 수 없는 추위로 뒤덮인다. 바이프레히트는 배 한 척이 고립되고 빙하 속에 꼼짝없이 갇혀서 미지의 바다에서 떠밀려 다니는 엄청난 상황에 대해 이야기했다. 그 배는 예측할 수 없는 조류와 수톤 무게의 얼음 덮개들이 갑자기 부서지고 집채만 한 높이로 차곡차곡 쌓이는 빙하의 압력에 내맡겨지는 것이다! 스쿠너*와 프리깃함**의 철판으로 보강한 배 부분도 때로는 얇은 판자로 만든 모형을 찌그러뜨리듯 하는 엄청난 힘 말이다. 얼어붙은 북극해의 파도가 토해내는 신음 소리와 기괴한 소리는 때로는 그 지역을 여행하는 사람의 밑바닥에 숨겨져 있던 두려움을 솟구치게 만든다. 그런데도 여행자는 때로는 몇 년을 얼음 덩이로 된 장벽 사이에 갇혀서 오로지 자신의 힘 이외에는 어디에도 의지할 데 없이 이 세상에 남아 있어야 한다.

곧 바이프레히트의 연설은 놀라운 반전을 맞았다. 그 반전은 모든 두려움을 완전히 다른 시각에서 바라보게 해서 최소한 몇 명의 선원들을 사로잡았고, 나중에 그들은 항만청에서 중위에게 다음과 같이 말했다.

암담할 정도의 단조로움, 지루해 죽을 것같이 긴 밤, 끔찍한 추위, 이런 것들은 흔히 문명 세계에 사는 사람들이 극지 여행자들을 안쓰럽게 여기며 말하는 상투어들입니다. 그렇지만 정말 안쓰러운 사람은 자신이 버린 즐거움에 대해 떠올리는 것을 그만둘 수 없는 사람, 자신과 자신의 혹독한 운명을 원망하면서 고향으로 돌아가기까지 보내야 하는 날을 손꼽아 세고 있는 사람입니다. 그런 사람은 조용히 집에 남아 따뜻한 화롯가에서 상상 속에서 극대화된 색다른 고통이 만들어내는 기분 좋은 자극을 즐기는 편이 더 낫습니다. 자연의 활동과 능동적인 힘에 관심이 있는 사람들에게 추위는 그다지 끔찍한 것이 아닙니다. 그다지 견딜 수 없는 것도 아닙니다. 그리고 긴 밤은

---

* 돛대가 두 개인 범선.
** 주로 경계 임무를 맡았던 19세기 유럽의 목조 군함.

끝없이 길지도 않습니다. 지루함이란 그것을 그대로 떠안는 사람, 그것을 속으로 품어 불행을 만들어내는 것을 막을 만한 일거리를 찾지 못한 사람만 느끼는 것입니다.

브레머하펜의 '테클렌보르크와 보이어' 선착장에서 자신의 지휘를 받으면서 배가 건조되었다고 말하는 것으로 바이프레히트의 연설은 끝이 났다. '테게트호프 제독호'는 세 개의 돛을 가진 함선으로 220톤 규모의 보조 증기기관을 장착하고 얼음에 대비한 장비를 갖추고 있었다. 테게트호프 제독호는 6월에 출범해 노르 곶으로 항로를 잡고 그곳에서 계속 북쪽으로, 러시아 군도인 노바야제믈랴의 북동쪽 미지의 바다로 항해할 것이다. 그러니까 이곳에 있는 선원들 중 건강하고 빙하에 대한 두려움이 없으며 2년 반 동안 익숙해진 모든 것들을 남겨두고 떠날 준비가 되어 있는 사람은 항만청으로 와서 '오스트리아-헝가리 제국의 북극 탐험대'에 참가 신청을 하면 된다. 나, 바이프레히트는 테게트호프 제독호를 지휘할 것이다. 그러나 육지에서는 동료인 율리우스 파이어 중위가 지휘권을 갖는다.

아드리아 해안에서 힘겹게 일이 진행되고 고용 계약이 완료되고 환송 준비가 이루어지는 동안, 빈에서는 귀족들로 구성된 극지 위원회, 특히 모험을 사랑하는 한스 빌첵 백작이 탐험의 재정 지원을 맡았고, 율리우스 파이어 중위는 남부 티롤 지방으로 편지를 썼다.

친애하는 할러!
마침내 자네를 찾아서 기쁘네. 그리고 이렇게 금방 답을 주다니!
나는 2년 반 정도 추운 극지로 여행할 계획이네. 그곳은 사람 대신 북극

곰이 있고, 몇 달 동안 계속 해가 떠 있다가 그 후 몇 달은 전혀 해가 보이지 않는 곳이라네.

난 북극 탐험을 하게 돼.

1. 자네가 장크트 레온하르트에서 배를 타게 되는 브레머하펜까지 오는 비용 일체를 지불하지.

2. 5월 말에는 자네 일이 시작될 거야. 자네는 그때까지는 빈에 도착해야 해.

3. 2년 반 동안 자네는 내 곁에 있어야 해.

4. 의복이나 무기, 음식, 모두 내가 댈 것이고 특수 임무에 대한 보너스 외에도 최소 1000굴덴*을 받게 될 거야. 그중 일부는 선금으로 받을 수 있어.

부탁하건대, 등반가 한 명을 더 찾아주게. 점잖고 사람들과 잘 어울릴 수 있고 부지런하면서 힘들더라도 결코 의욕과 끈기를 잃지 않을 사람 말이야. 좋은 사냥꾼이어야 하고 자네와 같은 보수를 받을 거야. 돌아갈 때에는 르포쇠 총**을 선물로 받을 거야.

그러니까 곧 답장을 해줘. 그리고 자네가 보증할 수 있는 쓸모 있는 사람도 한 명 더 찾아보게.

우리는 추위와 위험을 무릅쓰게 될 거야, 내키지 않나? 난 이미 두 번이나 그런 여행을 만족스럽게 마쳤고 내가 할 수 있는 일은 자네도 할 수 있네.

친구 파이어가

---

* 오스트리아의 화폐 단위.
** 19세기 중반에 르포쇠가 만든 총. 프랑스 해군에서 주로 쓰기 시작했으며 간편하게 소지하는 용도로도 애용됨.

2. 실종자 — 신상명세

　요제프 마치니는 1948년 트리에스테*에서 빈 태생의 도배장이 카스파 마치니와 그의 아내 루치아의 아들로 태어났다. 어머니 루치아는 트리에스테의 미니어처 화가였다. 그가 태어나고 며칠은 여러 주 동안 지속된 도배장이 집의 싸움이 극에 달한 시점이었다. 열정적인 이탈리아 여인인 어머니는 아들에게 독일식 이름인 요제프를 붙이는 것을 막으려고 애썼지만 소용이 없었다. 도배장이인 아버지는 그 당시 이미 눈병이 있었고, 수년간 점점 약해지는 시력을 견딜 수 없는 지경이었지만, 이 문제에 대해서만은 어떤 항의나 애원도 받아들이지 않았다. 아버지의 작업장과는 미닫이 나무문으로 분리된 집 안에서

---

* 이탈리아 북동부의 도시.

요제프 마치니는 부모님의 모국어로 철저하게 훈육을 받았다. 더 나은 미래가 정해져 있던 아들은 그러나 아버지의 의도뿐만 아니라 모든 가르침을 거스르면서 살기 시작했다. 그는 점점 더 까다로운 사람이 되었다.

스카르파 집안에서 태어난 어머니가 해준 옛날이야기 속에서 세상은 펼쳐볼 수 있는 하나의 사진 앨범이었다. 루치아 마치니는 아들을 안심시키기 위해 항상 애를 썼다. 어머니는 아들에게 많은 이야기를 해주었다. 오후 시간에 간간이 미닫이문을 통해 불규칙적으로 들려오는 작업장의 소음만이 현재였다. 부엌 탁자에서 펼쳐지는 과거의 위력은 엄청났고 그림 같았다. 이야기 속의 스카르파 집안에는 뱃사람, 항해사, 선장 들이 많았다. 예를 들어 로렌초 스카르파는 포트 사이드에서 맞아 죽기까지 열일곱 번이나 세상을 항해했고, 증조부 안토니오 스카르파는 실제로는 거의 이탈리아 선원으로만 구성된 오스트리아 탐험대와 함께 배를 타고 북극까지 가서 얼음과 검은 돌로 뒤덮인 산맥을 발견했다. 그곳은 절대 해가 지지 않는 빛나는 땅이었다. 그렇지만 배는 온통 얼음으로 뒤덮여서 꽁꽁 얼어붙었고 안토니오는 마침내 도보로 얼어붙은 바다를 건너 사람의 손이 닿지 않은 자연을 벗어났다. 돌아오는 길에 그는 많은 고초를 겪었다. 빙하를 지나는 안토니오 스카르파의 고통스러운 여정에 관해 이야기하면서 때로 어머니는 두 손으로 머리를 감싸고 기묘한 눈빛을 했다. 이탈리아는 위대하다. 이 세상 어딜 가도 이탈리아의 흔적을 찾을 수 있다. 빈의 도배장이에게서 아무런 위안을 받지 못한 루치아는 이렇게 자신과 아들을 위로했다. 학생 마치니는 영웅들과 친숙해졌다. 마찬가지로 아벨리노의 멋진 제독 움베르토 노빌레의 운명에 대해서도 잘 알게 되었다. 미니어처에 그림을 그리는 이 여인은 분명 제독에 관한 꿈을 여러 번 꾸었을 것이다. 1926년 5월 노빌레는 남극을 정복한 로알 아문센, 미국의 백만장자 링컨 엘즈워스, 그리고 다른 열두 명과 함께 스피츠베르겐에서 비행선을 타고 무사히 북극을 건너 황금빛 제복을 입고 알래스카에 도착했다. 그리고 2년 뒤, 노빌레가 밀라노에서 두번째 북극 여행을 위해 작별을 고할 때, 흰 옷을 입고 부채를 흔드는 소녀 루치아도 그 자리에 있었다. 아, 얼마나 성대한 축제였던가! 무솔리니도 그곳에 있었다. 그러나 4월의 그날은 길어졌고 노빌레의 비행선 이탈리아호가 밀라노의 하늘로 올라가지도 않았는데 지나가버렸다. 이 비행선은 밤늦게까지 밧줄에 묶여 있었고 사람들은 점차 흩어지기 시작했다. 마침내 엄청나게 큰 궐련 모양의 이탈리아호가 살며시 풀려나 거대하게 어둠 속으로 뿌옇게 흐릿해지면서 떠올랐다. 당시 까치발을 하고 이 놀라운 순간을 기다리고 있던 루치아는 종이부채를 밤하늘을 향해 펼쳐 들고 감격해서 주먹을 꼭 쥐어 하얘진 뼈마디를 깨물었다. 그러나 루치아의 영웅은 이 모험에서 너무나 변한 채, 그러니까 조난자의 모습으로 돌아왔다. 미니어처 화가도 과거의 화려했던 노빌레를 기억하기가 쉽지는 않았다. 요제프 마치니가 도배 작업장에서 들은 이야기는 바로 그 사고에 관한 것이었다. 당시 이탈리아호의 추락은 이미 오래된 일이었다. 죽은 사람은 죽은 지 오래되고 살아남은 사람은 거의 잊었다. 제2차 세계대전으로 북극이나 다른 곳의 모험 이야기들은 모두 우스꽝스러운 도박이 되어버렸다. 그렇지만 그 불행은 마치니의 삶을 뒤흔들고 끔찍한 꿈도 꾸게 만들었다. 이탈리아호 탐험대의 몰락에 관한 이야기에서 마치니는 처음으로 죽음이 실제로 존재한다는 것을 알게 되었다. 그리고 그것은 그를 매우 놀라게 했다. 영웅들을 부랑자의 꼴로 만들고, 선장들에게 인육을 먹게 하고, 비행선을 얼어붙은 천 조각으로 만들어버리는 그 바다는 도대체 무어란 말인가?

내 생각으로는 마치니가 (아마 열두 살 혹은 더 어렸던가?) 그때 처음으로 북극에 대해 가졌던 어렴풋한 생각을 차갑고 빛나는 무시무시한 세상이라는 그림으로 엮어 맞추기 시작했을 것이다. 그 세상의 숨 막히는 공허함 속에서는 모든 것이 가능했고, 그에 관해서는 아버지의 작업장에서 몰래 약간은 구식의 꿈을 꿀 수밖에 없었다. 그것은 전혀 아름다운 그림이 아니었다. 그러나 그것은 너무나 거대해서 어른이 되어서도 몇 년 동안 마치니와 함께했다.

도배장이는 아내가 아들에게 들려주는 그런 이야기들을 좋아하지 않았다. 그는 루치아의 영웅들은 바보이고 노빌레는 파시스트라고 욕했지만, 스피츠베르겐의 뉘올레순*의 비행선 계류탑 앞에 서 있는 제독의 모습을 찍은 엽서만 한 사진을 몇 년간 작업실의 미닫이문에 붙여두는 것은 용납했다. 마침내 그 사진을 떼었을 때, 마치 다른 세상으로 향한 창문이 난 것처럼 밝은 사각형의 자국이 문에 남았고, 그 무렵 요제프 마치니는 이미 오래전에 빈에 가 있었다. 그는 트리에스테를 떠남으로써 자신의 미래에 관한 부모와의 희망 없는 싸움을 마감했다. 그리고 점점 더 뜸하게 고향을 방문하면서 아들에게 정해진

---

* 노르웨이에 속한 지구 최북단의 거주 지역.

자리를 받아들이려 하지 않았다. 마치니가 빈으로 간 것은 아버지가 가진 고집스러운 도주에 대한 환상과도 어느 정도 연관이 있었다. 아버지는 기분이 좋지 않은 날이면 트리에스테를 떠나 다시 고향으로 돌아갈 것이라고 끊임없이 말했다. 그것은 오랫동안 만나지 못한 친척들 몇 명 때문이기도 했다. 친척들은 빈의 탈리아 거리에서 과일과 열대 과일 장사를 했고 이탈리아의 조카가 처음 도착했을 때 그다지 흔쾌히 도와주지 않았다. 마치니가 일정이 빡빡한 여행 외에는 빈에서 별다른 일을 하지 않았고 다시 트리에스테로 돌아가거나 다른 곳으로 가지도 않았지만 말이다. 아마도 그는 아버지의 언어인 독일어로 그곳에 머무를 예정이라 말했을 것이다.

마치니는 석공의 미망인 집에 세를 얻어서 때때로 친척의 친구가 회계를 맡고 있는 운송회사의 운전수로 일했고, 나중에는 그 일 외에 도자기와 옥, 상아로 만든 동양 고가구를 밀수하는 일도 했다. 그리고 책도 많이 읽었다. 석공의 미망인은 자신의 투박한 직조기 앞에 앉아 시간을 보냈고 세입자에게 기묘한 털실 옷들을 주거나 때로는 몇 시간씩 창가에 서서 남편이 만들었지만 아직 팔리지 않고 뒤뜰에 쌓여 있는 비석들을 구경했다. 돌에는 이끼가 끼고 있었다.

나는 요제프 마치니를 서점 여주인 아나 코레트의 집에서 알게 되었다. 그녀는 시베리아 연안에 사는 사모예드족에 대한 민속학 연구로 학자들과 교류하게 되었고 그녀의 서점은 종족의 역사와 여행 관련 서적을 전문으로 하고 있었다. 빈의 라우엔슈타인 거리에 있는 어둡고 넓은 집에서 그녀는 가끔 특별한 손님들을 위한 저녁 식사를 마련했다. 그들은 싸구려 이탈리아산 와인을 마시면서 필사본이나 희귀

본에 대해 이야기했다. 라우엔슈타인 거리에서는 다양한 작품들이 어떻게 탄생되었는지에 대해 믿을 수 없을 만큼 자세한 이야기를 들을 수 있었고, 출판연도와 표지, 제본 상태에 대해서도 알 수 있었다. 그렇지만 그런 책을 읽는 사람들에 관해서는 전혀 들을 수 없었다. 아나 코레트는 언제부터인지 저녁 모임에서 마치니를 '나의 마치니'라고 소개했고 마치니는 모임에서는 예외적인 존재였다. 그는 자신에 대해 많은 이야기를 했다. 그의 공손한 독일어에서 사람들은 그가 이민자임을 알 수 있었다. 예를 들어 마치니는 라우엔슈타인 거리에 온 지 얼마 되지 않았을 때, '등사관', '무엇무엇을 위하야', '고매한', '그리하야', '장거리 전화' 같은 단어들을 썼다.

나는 당시 그의 억양 없는 말투를 단어마다 강세를 두는 화법의 일부라고 오해했다. 특히나 그가 하는 이야기들은 아나 코레트의 친구들에게는 특이하고 기묘한 것이었다. 마치니는 자신이 과거를 새롭게 그려낸다고 말했다. 그는 이야기를 만들어내고 줄거리와 사건들을 창작하고, 그리고 마지막에는 자신의 환상 속에 나오는 인물들에 상응하는 실제 인물이나 그 비슷한 경우가 먼 과거 혹은 최근에 실제로 있었는지 확인한다고 말했다. 그것은 기본적으로 미래소설 작가의 방식과 별다를 게 없다. 단지 방향이 거꾸로 되었을 뿐이다. 그러니 자신은 상상력 속의 진실을 역사적인 조사를 통해 다시 확인할 수 있는 장점이 있다고 말했다. 그것은 현실과의 유희였다. 그러나 그는 자신이 상상하는 것들이 언젠가는 일어날 수밖에 없다고 전제했다. "아," 커다란 털실 스웨터를 입고 탁자에서 다리를 벌리고 레드와인을 취할 정도로 마신 마치니를 향해 라우엔슈타인 거리에 모인 사람들이 말했다. "아, 아주 재미있군요. 어쩐지 귀에 익네요." 그러나 실제로 이미 일어났다고 하는 그 이야기는 단순한 사건의 재연과 별로 구별되지 않았다. 아무도 그런 상상력을 높이 평가하지 않았고, 모두들 그가 사건 보고를 한다고 생각했다. 당시 마치니는 그건 그다지 중요하지 않다고 응수했고 실제 사건을 만들어냈다는 개인적이고 은밀한 증거만으로 자신은 충분하다고 했다.

아마 아나 코레트일 것이라고 생각되는데(그녀는 그녀의 요제프보다 거의 머리 하나가 컸다. 그녀의 머리 크기로 말이다), 그녀는 이야기를 창작해내는 요제프로 하여금 개인적이고 은밀한 공상 놀이를 포기하고 그의 이야기를 발표하도록 했다. (하여간 이 이야기들은 가끔 코레트의 서점에서 나오는 잡지들에 실렸고, 그 잡지들은 두꺼운 역사서 시리즈들 사이에 자리 잡았다.) 마치니는 운송회사에서 장거리 운송 일을 도왔고, 예전과 마찬가지로 고가구를 원하는 시민 계층에게 조각상을 구해주고, 지도에서 그 무대를 엇비슷하게만 찾을 수 있는 이야기들을 썼다. 고깃배들을 먼 바다에 잠기게 했고, 아시아의 변방 초원에 불이 나게 하거나 전쟁과 피란민 행렬의 목격자가 되기도 했다. 사실과 허구 사이의 경계는 항상 눈에 띄지 않았다.

"오락에 대한 욕구는 어쨌든 변하지 않는다." 나중에 마치니는 빙하 일기에 썼다. 이 일기는 해양학자 셰틸 피란트가 북극의 광산 도시 롱예르뷔엔에서 코레트에게 보낸 것이다. "……그것은 아마 정글에서의 행군, 사막 여행, 불안하게 번쩍이는 유빙 벌판에서의 임무를 마친 후에 꿈꾸게 되는 뻔뻔스러운 도주일 것이다. 우리는 가지 못하는 곳으로 대리인, 보고자를 보낸다. 그는 우리에게 상황을 보고한다. 그러나 실제는 대부분 그렇지 않다. 그리고 폼페이의 멸망이나 지금 평야에서 벌어지고 있는 전쟁에 관해 보고를 하든 말든, 모험은 모험으로 남아 있다. 어떤 것도 우리를 감동시키지 못한다. 깨달음을 주지도 않는다. 우리를 감동시키지 못하고 그냥 재미를……"

당시 자신의 머리에서 나온 이야기를 현실에서 다시 발견할 수 있다는 생각이 점점 더 멋지게 다가올수록, 마치니는 점점 더 이야기의 배경을 사람들이 살지 않는 황량한 자연과 북극의 오지로 옮기게 되었다. 아무것도 없는 세상을 무대로 벌어지는 창작 드라마는 열대에서의 모험보다는 훨씬 더 그럴듯하고 있을 법한 것이니까. 열대의 모험을 생각해낼 때는 다양한 자연 환경의 영향이나 이방인들의 종교 의식도 고려해야 했다. 그래서 마치니는 환상 속의 인물들을 점차 북극으로 내몰았고, 마침내 에스키모도 살지 않는 북극의 빙하로까지 데려갔다. 이로써 이야기꾼은 어린 시절 들었던 얼음으로 얼어붙은 그림들과의 연결고리를 찾은 듯이 보인다. 왜냐하면 코레트의 서점에 있는 고서적들 사이에서 빙하 여행을 서술한 100년이나 된 기록을 찾았을 때, 마치니의 실종에 대한 서곡이 시작되었기 때문이다. 이 기록은 너무나 극적이고, 묘해서 마지막에는 정말 믿기지 않았다. 그것은 율리우스 리터 폰 파이어가 오스트리아-헝가리 제국의 북극 탐험에 대해 보고하는 내용으로 1876년 빈 황실과 대학의 서적상인 알프레트 휠더가 펴낸 것이었다.

요제프 마치니는 이 책에 정신을 빼앗겼다. 이 탐험대는 2년 이상을 빙하에서 보내고 햇살이 빛나는 1873년 8월 어느 날 북위 79도 저편에서 북극해에 떠 있는 미지의 군도를 발견했다. 그것은 원생암석으로 되어 있는 60여 개의 섬으로, 전체가 거대한 빙하에 덮여 있으며 9천 제곱미터의 현무암 산맥을 통틀어 아무런 생명체가 살지 않는 곳이었다. 이 섬 지역에는 1년에 넉 달 동안 해가 뜨지 않고 12월부터 1월까지는 암흑이 있을 뿐이었다. 그 시기에는 기온이 섭씨 영하 70도까지 내려간다. 탐험대 대장 율리우스 파이어와 카를 바이프레히트는 이 끔찍한 땅을 먼 곳에 있는 군주를 기려 '황제 프란츠요제프 제도'라 명명하고 구세계의 지도에 남아 있는 '하얀 얼룩' 중 하나를 지웠다.

파이어의 기록이 자신이 지어낸 모험담의 증거라고 생각한 것 이외에 이 탐험대의 기록이 요제프 마치니를 사로잡은 이유가 있으리라고는 믿기 힘들다. 그렇지만 분명한 것은 마치니가 당시 거의 광적으로 이 탐험의 혼란스러운 과정을 재구성하기 시작했다는 것이다. 그는 문헌들을 뒤지기 시작했다. (오스트리아의 전쟁 아카이브의 해군 부서에는 함선 테게트호프 제독호의 너덜너덜해진 항해 일지가 보관되어 있었고, 국립도서관의 지도 모음 속에는 탐험대의 기관사 오토 크리슈의 일기와 파스아이어탈 출신의 사냥꾼 요한 할러의 단조롭고 거의 설명이 없는 그림이 있었다……) 이미 마치니의 이야기에서 등장 인물들을 북극으로 날려버린 바로 그 소용돌이가 이제 마치니를 덮쳐서 멀리로 몰아내고 있는 것 같았다. 마치니는 오래된 현실을 뒤쫓았다. 그렇지만 그가 쫓아다니기에는 모든 문서실은 너무나 좁고 작았다. 마치니는 빙하로 여행을 떠났다. 마치니는 파이어-바이프레히트 탐험대의 연대기를 현실이라는 무대에서 찬미했다. 빙판 위로 펼쳐진 보랏빛 하늘은 100여 년 전 함선 테게트호프 제독호가 좌절을 겪은 바로 그 하늘이었다. 마치니는 빙하 위를 헤맸고, 그리고 사라져버렸다.

아니, 난 그의 친구는 아니다. 광신자가 지닌 힘으로 신기루를 뒤쫓은 작은, 아니 왜소한 이 남자에게 때로는 거의 적개심도 느꼈다. 이런 적개심은 아주 가깝거나 비슷한 사람에게만 가질 수 있는 것이다. 난 의도하지 않은 상태로, 그의 삶 속에 들어갔다. 그와는 피상적으로 아는 관계였다. 나는 실제로 마치니가 빙하 속에서 사라지고 나서야 비로소 그를 주목하게 되었다. 그의 실종에 얽힌 수수께끼와 조마조마함은 거꾸로 그의 존재를 기억하게 했고 이 남자가 하거나 몰두했던 모든 일들은 점차 수수께끼와 가슴 졸이는 일이 되었다. 그럼에도 처음에 이 실종 사건의 정황을 해명하거나 설명으로 정리하자는 것은 단순히 머릿속의 생각에 지나지 않았다. 그러나 어떤 증거에 의해 새로운, 열린 질문이 제기되었고, 나는 의지와 상관없이 점점 나아가서 그의 일생의 세세한 부분과 정보, 이름을 가로세로 단어 맞히기 게임처럼 연관성 아래 꿰맞추려고 노력했다. 마치니는 나에게 하나의 사건이 되었다. 심지어 그가 주저하지 않고 감행했던 극지의 역사에 대한 조사에 나도 따라 뛰어들면서 점차 그의 작업에 빠져들었고 내 본업은 잊어버렸다. 아나 코레트가 넘겨준 마치니의 스피츠베르겐 스케치와 일기는 결국 너무나 친숙해져서 뒤죽박죽되어 있는 부분까지도 힘들이지 않고 그대로 인용할 수 있게 되었다. 나는 문장과 그림들, 그리고 의미 없는 단상들을 더 이상 머릿속에서 지울 수 없었다. 내가 잊어버리길 원했다 하더라도 아무것도 잊히지 않았다. 유리창에 비치는 뭉게구름이 빙하의 파편이 되고 시내 공원에 남아 있는 눈은 빙하가 되었다. 북극 바다가 바로 내 앞에 놓여 있었다. 마치니에게도 이런 비슷한 일이 일어났으리라. 아직도 내게는 3월 어느 날에 대한 기억이 불쾌하고 성가시게 남아 있다. 그날은 지리학 도서관으로 가는 길이었고, 불현듯 내가 오래전에 다른 사람의 세계로 옮아갔다는 것을 알게 되었다. 내가 마치니의 자리를 대신 차지했다는 것은 부끄럽고 우스꽝스러운 발견이었다. 내가 그의 일을 하고 있었다. 마치 장기판의 말처럼 그의 환상 속으로 옮겨진 것이다.

이날은 밤늦게까지 쉬지 않고 비가 내렸다. 교통신호에 따라 리듬에 맞춰 이어지는 차량들의 행렬 뒤로 긴 물줄기가 거품을 내고 있었다. 비는 내린 지 오래되어 꺼메진 눈을 투명한 진흙탕으로 만들었다. 날씨는 차가웠고 마치니는 죽었다. 그는 죽었음에 틀림없다.

3. 세상 끝에서 벌어진 드라마의 등장인물

해군 중위 카를 바이프레히트   바다와 빙하의 탐험대 지휘관
헤센 주 미헬슈타트 출신   함선 테게트호프 제독호의 1인자

중위 율리우스 파이어   육지 탐험대 지휘관
보헤미아 테플리츠 출신   황제의 측량사

해군 중위 구스타프 브로슈   제1장교(내부 근무)
보헤미아 코모타우 출신   조달관

해군 소위 후보생 에두아르트 오렐   제2장교(항해사)
모라비아 노이티차인 출신

율리우스 케페스 박사 헝가리 바리 출신	의사
피에트로 루지나 피우메 출신	상사
엘링 칼센 노르웨이 트롬쇠 출신	빙하 전문가 포경꾼
오토 크리슈 모라비아 크렘지어 출신	기관사
요제프 포스피실 모라비아 프레라우 출신	화부
안토니오 베체리나 피우메 드라가 출신	목수
요한 오라슈 그라츠 출신	요리사
요한 할러 티롤 파스아이어탈 출신	제1사냥꾼, 위생사, 개썰매꾼

알렉산더 클로츠   제2사냥꾼, 주술사,
티롤 파스아이어탈 출신   개썰매꾼

안토니오 스카르파, 트리에스테 출신   ┐
안토니오 차니노비치, 레시나 출신
안토니오 카타리니치, 루시노 출신
안토니오 루키노비치, 브라차 출신
주세페 라트코비치, 알보나 근방 피아노나 출신
피에트로 팔레지치, 피우메 출신   선원
조르조 스티글리치, 부카리 출신
빈첸초 팔미치, 피우메 근방 볼로스카 출신
로렌초 마롤라, 피우메 출신
프란체스코 레티스, 볼로스카 출신
자코모 수지치, 볼로스카 출신   ┘

대장 개 유비날, 북아시아 출생, 빈에서 구입   ┐
길리스, 출생지 알 수 없음, 빈에서 구입
마토치킨, 출생지 알 수 없음, 빈에서 구입
보프, 출생지 알 수 없음, 빈에서 구입
노바야, 출생지 알 수 없음, 빈에서 구입
제믈랴, 출생지 알 수 없음, 빈에서 구입   썰매개들
숨부, 라플란드 출생, 황야에서 구입
페켈, 라플란드 출생, 트롬쇠에서 구입   ┘

토로시, 북극 출생, 제믈랴의 아들로 테게트호프호에서 태어남

트롬쇠에서 온 고양이 두 마리, 이름 없음

요제프 마치니, 트리에스테 출신, 후손

카를 바이프레히트, 전함 선장, 극지 연구가. 1838년 9월 8일 대공작
령 헤센-다름슈타트의 오덴발트의 미헬슈타트 출생. 부유한 시민 계
급의 아들, 다름슈타트의 김나지움과 공업학교를 다님. 18세에 예비
사관생도로 오스트리아 해군에 입대. 1856~59년까지 전투용 돛을
단 프리깃함 슈바르첸베르크, 코르벳함* 대공작 프리드리히, 프리깃
함 다뉴브, 증기선 쿠르타토네에서 항해 훈련을 받음. 대서양을 건넘.
1860~61년 전함 라데츠키에서 나중에 해군 제독이 된 빌헬름 폰 테
게트호프의 지휘 아래 해군 사관생도로 근무를 시작함. 1861년 테게
트호프에 의해 전함의 소위 후보생으로 발령받음. 1863~65년 쌍돛
대의 배 후자르**에서 훈련 장교로 근무함. 1866년 리사 해전***에서
기갑전함 드라헤****를 타고 비범한 상황 판단과 대담함으로 훈장을
받음. 3급 철십자 훈장을 받고, 1868년 멕시코 만을 항해하고 전함 장
교로 승진함. 1871년까지 아시아와 미 대륙을 수차례 항해함. 시리아

---

* 주로 근해에서 경비 임무를 맡았던 소형 군함.
** 기병대원이라는 뜻.
*** 1866년 테게트호프가 이끄는 오스트리아 함대가 이탈리아 함대를 격파한 해전.
**** 용이라는 뜻.

와 이집트 바다를 건너고, 크로아티아의 달마티아 해안을 접수함. 이탈리아어, 헝가리어, 세르비아크로아티아어, 프랑스어, 영어, 노르웨이어 실력이 뛰어남. 1871년 율리우스 파이어와 한스 빌첵 백작과 함께 북극 바렌츠 해의 기후와 빙하 상황을 조사하기 위해 함선 이스비에른호를 타고 스피츠베르겐과 노바야제믈랴로 사전 답사를 떠남. 1872년 33세의 나이로, 오스트리아–헝가리 북극 탐험에서 선상 지휘를 맡음.

항해학과 기상학, 지구자기학, 해양학 분야에서 수많은 저서를 출간, 특히 『빙하의 변신』, 『북극광 관찰을 위한 실질적인 안내서』, 『미래의 북극 탐험과 확실한 결과』 등이 있다.

레오폴트 기사 십자 훈장, 프로이센 국왕 붉은 독수리 훈장 3급, 이탈리아 국왕 마우리티우스 장교 십자 훈장과 라차루스 장교 십자 훈장, 프랑크푸르트 시의 은 월계관, 파리 지리학 국제회의가 수여하는 대 금메달, 런던 지리학회의 설립자 수여 금메달 등을 받음. (참고로 파이어는 피우메〔리예카〕와 트리에스테의 명예시민.)

율리우스 리터 폰 파이어, 중위, 측량사, 알프스와 극지 연구가, 화가, 저술가. 보헤미아 지방의 테플리츠 근방 쇠나우 창기병대장의 아들. 1841년 9월 2일생. 크라쿠프 지방의 로보초바의 사관생도 훈련소와 빈의 노이슈타트 테레지아 군인 아카데미 졸업. 1859년 36기병대의 소위로 솔페리노 전투에 참전, 전투 휘장과 공로 십자가를 하사받고 중위로 승진. 마인츠, 프랑크푸르트, 베로나, 베네치아, 키오자, 예게른도르프에 주둔. 아이젠슈타트의 사관생도 훈련소에서 역사를 가

르치고 후에 플리겔리의 야전 사령관 휘하의 군대 지리 교육원에서
근무함. 남부 티롤 지방의 알프스와 호에타우에른 산맥을 연결하기
위해 대규모 등반을 함. 몬티 레시니, 파수비오 군, 글로크너 군과 베
네치아 군을 지도로 만듦. 브렌타 군, 아다멜로 군, 프레사넬라 군에
서 30회 이상 첫 등반. 1865~68년 넓게 뻗어 있는 오르틀러 군의 모
든 부분을 체계적으로 조사하고 삼각법으로 기록함. 60회의 정상 등
정. 1869/70년 제2회 독일 북극 탐험대에 지리학자, 지표학자, 눈과
빙하의 전문가로 참여하여 그린란드로 항해. 그린란드 동부 해안을
따라 600킬로미터 정도 도보로 행군하면서 티롤 피오르와 프란츠요
제프 피오르를 발견함. 1871년 카를 바이프레히트와 한스 빌첵 백작
과 함께 바렌츠 해 북해 78도 48분까지 밀고 들어감. 스피츠베르겐의
지도를 보완함. 1872년 30세에 오스트리아-헝가리 북극 탐험에서 육
지 지휘를 맡음.

지도학, 지리학, 북극 탐험 분야에서 수많은 저서를 발표. 예를 들
어 『아다멜로-프레사넬라 알프스』, 『브렌타 군의 입구』, 『오르틀러
알프스』, 『오스트리아 선발대의 노바야제믈랴 해 사전 조사』, 『추위에
관해』, 『그린란드 내륙』, 『1872~74년의 오스트리아-헝가리 북극 탐
험』 등이 있다.

철십자 훈장 3급, 런던과 파리 지리학회의 금메달, 빈, 베를린, 로
마, 부다페스트, 드레스덴, 함부르크, 브레멘, 하노버, 뮌헨, 프랑크푸
르트암마인과 제노바 지리학회의 명예회원, 알제리 기후학회, 함부르
크 소재 북극 협회, 프레스부르크 지구학 협회의 명예회원, 프랑스,
영국, 이탈리아 알프스 연맹의 명예회원, 프랑스 레지옹도뇌르 훈장,

프로이센 붉은 독수리 훈장 3급, 스웨덴 북극성 훈장, 이탈리아 마우리티우스 훈장과 라차루스 훈장, 이탈리아 왕관 훈장, 포르투갈 국왕 탑 훈장과 칼 훈장, 작센 대제후 흰색 매 명예훈장 수여, 프라하 대학의 명예 철학박사, 브르노, 피우메, 테플리츠의 명예시민, 생전에 북극권 외부 출신으로 개썰매를 모는 사람 중 최고라는 명성을 누림.

4. 이별의 연대기 또는 현실은 나뉠 수 있다

1868년 알프스의 오르틀러 지역을 기록하던 어느 날 독일 콜데바이 탐험대의 소식이 실린 신문이 내가 천막을 친 미개척지 산속까지 들어왔다. 나는 저녁이면 불가에 앉아 동행한 양치기들과 사냥꾼들에게 북극에 대해 강연을 했고 그들은 추위와 어둠의 두려움을 견딜 수 있는 사람들이 있다는 데 대한 놀라움으로 가득 찼다. 당시 나는 내가 1년 후에 북극 탐험대에 속하리라는 것을 전혀 알지 못했고, 사냥꾼이었던 할러도 나의 세번째 여행에 동반할 거라고는 전혀 예상하지 못했다.　　　　　　　　　율리우스 파이어

이별이 시작된 곳은 어디인가? 그리고 언제? 수많은 무대가 있지만 빈의 서부역, 게스테뮌데*의 수문, 노르웨이의 도시 트롬쇠**, 그리고 100년 후 비행장과 선착장이 그 무대가 된다.

테게트호프 제독호의 선원 중 다섯 명은 가족을 남겨두고 왔다. 그

들도 작별을 하면서 다른 사람들이 했던 약속을 되풀이했을까? 우린 땅을 발견하게 될 거야. 돌아온 이후의 굉장한 삶에 대해 말했을까? 다른 배보다 보수가 낫다는 얘기도? 은화로 1200굴덴, 먹을 것과 필요한 것을 2년 반, 아마 3년, 어쩌면—아니, 그런 일은 절대 없겠지만—평생 동안 받을 수 있어. 남겨진 사람들은 그들의 아들과 형제, 아버지가 가는 그곳이 완전히 다른, 춥고 아직 아무도 가보지 않은 곳이며, 보통 때보다 더 많이, 아주 오래 걸릴 거라는 것 외에는 알 수 없었다.

1872년 성체축일, 그날은 5월 31일 목요일이었다. 오스트리아-헝가리 북극 탐험대는 썰매개들과 함께 처음으로 정연하게 움직이기 시작했다. 그들은 빈의 서부역에서 증기 구름에 휩싸인 채, 18시 30분 브레머하펜행 기차를 탔다. 작별은 그다지 성대하지 않았다. 이틀 동안 자연 경관이 객차의 창가를 지나갔고, 사람들이 지나온 자리로 밀려났다. 모라비아 지방의 트뤼바우, 부트바이스, 프라하, 드레스덴, 마그데부르크, 브라운슈바이크, 하노버, 브레멘. 그들이 지나가는 역에서 때로는 사절단이 손을 흔들면서 행운을 빌어주었지만 환호성은 없었다.

말하지는 않았지만, 모두들 심각한 순간을 향해 가고 있음을 느꼈다. 누구든 오늘만은 자신이 원하는 것을 희망할 자유가 있었다. 미래를 향한 시선은 열려 있지 않았으므로. 그러나 학문적인 목표를 위해 투쟁하면서 조국의 영광에 봉사한다는 의식과 국민들이 우리의 걸음걸음을 고조된 관심을 갖고 뒤좇을 것이라는 느낌은 모두를 전율하게 만들었다.　　　　율리우스 파이어

---

* 독일 브레머하펜 시 행정 구역에 속하는 곳.
** 노르웨이 북부의 가장 큰 도시 이름.

선원들은 새 옷을 입고 객차의 창가에 서거나 의자에 몸을 기대고 는 무릎 사이에 브랜디 병을 끼고 있다. 사냥꾼 할러와 클로츠, 두 사람은 파스아이어탈 전통 복장 그러니까, 수를 놓은 로덴요펜*과 챙이 넓은 모자와 무릎까지 오는 히르슈레더호제**를 입고 있다(파이어는 출발할 때 사냥꾼들이 전통 복장으로 나타나길 원했다). 은화 1200굴덴에 비하면 학문이나 조국의 영광이 이들에게 무슨 의미가 있겠는가? 은화 1200굴덴에 추가 수당 그리고 새 땅이라! 그들은 기차 안에서 4개국의 사투리를 하면서 서로 가까워진다. 이탈리아어는 선상에서 공용어가 될 것이다. 그러나 그들은 강인한 티롤 사람 알렉산더 클로츠가 하루 종일 프란츠요제프 제도의 눈 속에 매몰될 그날을 향해 기차를 타고 달려가고 있다. 외투가 찢어지고, 발이 꽁꽁 얼어버린 채 그는 한참 동안 흐느낄 테고 어떤 약속과 위로도 소용이 없을 것이다. 그리고 다른 어느 날은 스물아홉 살의 기관사 오토 크리슈가 안토니오 베체리나가 만든 관에 실려 얼음을 건너 새 땅의 절벽 아래로 내려지고 현무암 기둥 사이 돌 무더기 아래 안장될 것이다. 형언할 수 없는 외로움이 눈 덮인 산맥에 드리워져 있다…… 율리우스 파이어는 자신의 일기에 이렇게 쓸 것이다. 해안가의 얼음이 신음과 굉음을 낼 뿐 밀물과 썰물에도 없어지지 않고, 바람이 흐느끼면서 돌 사이의 빈틈을 쓸어가지 않을 때면, 죽음의 적막은 이렇게 생명이 없는 창백한 광경 위에 드리워져 있다. 우리는 숲과 사막, 밤으로 뒤덮인 도시에서도 장엄한 침묵을 듣는다. 그러나 대지와 차가운 빙하 계곡을 덮고 있는 그 침묵이란…… 빙하 산맥은 가

* 오스트리아 티롤 지방 남자들이 입는 상의.
** 사슴 가죽으로 만든 반바지.

늠할 수 없이 아득히 먼 거리 속에서 자취를 감추고 그 존재는 영원히 비밀로 남아 있는 듯이 보인다…… 그래서 사람들은 마치 등불이 꺼져가듯 북극에서 혼자 죽어가고, 순박한 선원은 곡을 하는 여인이 되고, 밖에서는 얼음과 돌로 만든 무덤이 이승을 떠난 사람을 기다린다……

그러나 기차 안에서 이어지는 대화 속에서 그들을 맞아주는 것은 엄숙하고 하얀 원경뿐이다. 만약 빙하를 통과하는 여행 중에 섬을 발견한다면, 정말로 아름답고 고요하고 부드러운 땅일 것이다.

당시 우리는 산맥의 골짜기에 풀이 있고 순록들이 살고 있을 것이고, 그 순록들은 모든 적에게서 멀리 떨어져 피난처의 적막감을 즐기고 있을 거라 생각했다.
                                                        율리우스 파이어

객실 창밖에 펼쳐지는 세상이 점차 낯설어지기 시작한다. 그러나 여전히 녹색이다. 호프 밭, 포플러 가로수, 초원, 건초로 덮인 벽돌집들. 이곳에 여름이 시작되고 있다.

6월 2일 탐험대는 브레머하펜에 도착해서 그날 저녁 게스테뮌데 부두에 들어갔다. 그리고 어떤 이는 경외심으로, 어떤 사람은 두근거리는 가슴으로 테게트호프호 앞에 섰다. 아, 얼마나 멋진 배인가! 모두가 새 것이었다. 배의 외벽에는 해초나 조개도 붙어 있지 않았고 소금 찌꺼기도 없었다. 배에서는 래커와 타르, 신선한 나무 냄새가 났다. 흘수선* 아래에 강철판이 덧대어져 있고, 스타빌리멘토 테크니코 트리에스티노 사에서 만든 100마력의 보조 증기기관이 장착되어 있어서 이 스쿠너는 바람이 없는 상태에서도 유빙을 통과할 수 있다. 함

---

* 배가 물에 잠기는 부분을 표시한 선.

부르크의 식품 회사 리허스와 뤼베크의 고기통조림 공장 카르스텐에서
운송되어 온 생필품은 1000일 분량, 130톤의 석탄은 증기선이 1200시
간 동안 항해할 수 있을 분량이다. 1200시간은 바람에 의한 돛의 힘
없이도 항해할 수 있다. 그러나 북극해를 지나는 길은 얼마나 길고 빙
하는 얼마나 클 것인가? 테게트호프 제독호는 길이 32미터에 폭은 7.3
미터였다. 세 개의 돛대와 100마력쯤이야 궁전을 지을 수 있을 정도
로 큰 빙하에 비하면 무엇이겠는가? 배 위는 협소했다. 장교들의 선
실도 좁고 선실 안의 선원용 침대는 비참했다. 아랍어 문구가 장교 식
당에 새겨져 있었다. In Niz Beguzared(이것도 역시 지나가리라).

최종 준비를 마치는 데 열흘이 지나갔다. 항만청에서는 포기 신청
서를 받았다. 황제의 북극 탐험대가 난파할 경우 구출이나 수색 작업
은 이루어지지 않을 것이다. 스스로 살아 나오거나 아니면 절대 돌아
오지 못할 것이다. 이 문서에 장교들의 서명, 특히 오른쪽으로 기울어
지는 우아한 쿠렌트체*로 된 카를 바이프레히트의 서명을 필두로, 너
무 힘이 넘쳐서 거의 소년의 것처럼 보이는 율리우스 파이어의 서명
이 담겨 있었다. 선원들의 서명은 기억에 남아 있지 않다. 거기에는 X
표도 있었을 텐데, 모두 다 글을 읽거나 쓰지는 못했기 때문이다.

1872년 6월 13일 아침, 그날은 여름 날씨처럼 따뜻하다. 테게트호
프 제독호는 그 도시의 증기선에 예인되어 게스테뮌데의 수로를 통과
하여 베저 강을 거슬러 올라간다. 다시 한번 숲과 들을 지나간다. 그
리고 바이프레히트는 돛을 편다. 그들 앞에 바다가 펼쳐져 있다. 티롤
의 사냥꾼들은 난생처음 바다를 본다.

우리는 자연의 갖가지 매력이 새롭게 다가왔다가 다시 사라지는 것을 보

았다. 육지는 점점 우리 뒤로 사라져갔다. 독일의 해안은 저녁 무렵 시야에서 사라졌다…… 기쁨이 탐험대를 생기 있게 만들었다. 저녁에는 가벼운 바람이 이탈리아인들의 명랑한 노래들을 실어 갔고 달마티아 민요인 루드로의 반복되는 리듬이 태양이 빛나는 고향을 기억하게 했다. 곧 그 기억들은 그들의 상상 속에 아직 비밀로 남아 있는 정반대의 것으로 바뀌게 될 테지만.

율리우스 파이어

헬골란트 섬을 앞두고는 아무도 노래를 하지 않는다. 테게트호프 제독호는 해안가의 얕은 곳을 간신히 피해 간다. 날씨가 험악해지기 시작한다. 거대한 파도와 비, 추위, 아니 아직 춥지는 않다. 티롤의 할러는 특히나 멀미가 심했다, 기관사 크리슈는 자신의 일기에 쓰고 있다. 그렇게 두 주가 지나간다. 그리고 노르웨이의 바위가 파도 위로 솟아 있다. 파도처럼 푸른 회색이다. 바람이 약해지기 시작한다.

폭풍우 속의 항해가 끝나고 우리는 1872년 7월 2일 트롬쇠 앞에 도착했다. 그곳에서 포경꾼 엘링 칼센이 승선했다. 그는 스피츠베르겐을 향해서 유명해졌다.

구스타프 브로슈

폭풍우로 우리는 잠시 로포텐**에 정박했다. 그래서 7월 3일에야 비로소 트롬쇠에 도착했다.

율리우스 파이어

7월 4일 밤 11시에 트롬쇠에 도착했다. 불을 끄고 트롬쇠 해협에 닻을 내렸다.

오토 크리슈

7월 2, 3, 4일. 도착 날짜가 왜 제각각 다른지는 별 어려움 없이 재

---

* 20세기 중반까지 독일어권에서 사용한 필기체. 오스트리아에서는 관청과 공식 기록문서에 사용됨.
** 노르웨이 해안의 군도.

구성할 수 있다. 추측건대 아마 낮과 밤을 분간하기 어려운 백야 때문일 것이다. 물론 높은 파고 속에서 하루 이틀 정도 시간 감각을 잃었을 거라는 점은 의심할 나위가 없고, 또는 한 사람은 해협에 들어서는 시간을, 한 사람은 정박장에 도착하는 시간을 말했을 수 있다. 게다가 도착 날짜에 대한 객관적이고 분명한 정황 증거도 있다. 그러나 그것들을 언급하지는 않겠다. 왜냐하면 어느 하루가 직접 경험한 인간의 의식 속에서보다 더 현실적일 수는 없기 때문이다. 그래서 말하는데, 탐험대는 1872년 7월 2일, 3일, 그리고 4일에 트롬쇠에 도착했다. 현실은 나뉠 수 있는 것이다. (테게트호프호 선상에 있는 작은 집단 속에서도 부하들의 일지가 상관의 일지와 너무 달라서 때로는 침상과 선실에서 하나가 아닌 여러 개의 전혀 다른 탐험대의 연대기가 쓰인 것처럼 보인다. 이들은 각각 서로 다른 빙하에 대해 보고하고 있다.)

트롬쇠. 이곳은 서늘해서 남쪽의 여름은 단지 기억 속에만 남아 있을 뿐이다. 때로는 안개가 끼기도 한다. 사람들은 다시 이별을 준비한다. 이번엔 정말 진지하다. 장비와 비상식량을 보충하고 온통 나무로 지어진 도시에서 양철판과 강철과 꼬챙이 생선을 구입한다. 바이프레히트는 노르웨이 잠수부들에게 배가 새는 곳을 메우게 한다. 테게트호프 제독호에는 지난 몇 주간 폭풍우로 너무 많은 양의 물이 들어와 있다. 해군 중위는 북쪽에서 포획을 하고 돌아오는 포경꾼들을 기다리지만 허탕이다. 올해는 바다를 떠다니는 얼음 조각이 어디까지 내려왔는지 소식을 듣지 못한 채 항해를 계속해야만 한다. 사람들이 살고 있는 세상에서의 며칠은 테게트호프 제독호의 선원들이 미개척지에서 살아남아 사교 모임으로 돌아올 경우 그들을 기다릴 일상적인 삶으로 조심스럽게 들어가는 연습 시간이 된다. 영예와 초대와 익숙하지 않은 대화와 존경심이 있는 삶. 트롬쇠 주재 오스트리아 영사 안드레아스 아가르트가 그들을 저녁 만찬에 초대한다. 다른 사람들도 그를 따라 한다. 지금까지 어떤 항해도 북극 항해를 하려는 시도만큼이나 그들을 놀라게 한 적이 없다. 북극은 그들이 이미 본 적이 있는 미 대륙의 해안이나 인도 해안보다 더 욕심나고 의미 있는 것임에 틀림없다. 그러나 채 몇 달이 지나지 않아 극지방의 밤의 어둠과 빙하 속에서 율리우스 파이어는 마지막까지 남은 순진한 사람들에게 이렇게 설명할 것이다.

　(열씨)* 영하 20도와 30도 사이에서 지혜의 씨앗이 자연의 아들들에게 뿌려졌다. 이런 날씨는 그 씨앗이 번성하는 데 별로 유리하지 않다. 쓰라린 실망과 함께 '북극'의 위치와 무가치함이 느껴졌다. 그것은 땅도, 정복할 만한 나라도 아니고 단지 한 지점에서 갈라지는 선에 불과한 것이다. 그리고 실제로 볼 수 있는 것도 아니다!

　나는 어느 순진한 사람이 느꼈을 그것을 상상하려고 애썼다. 얼어붙은 배 위에서 그는 빙하와 어둠의 공포에 둘러싸여 갑자기 자신의 목표는 어차피 보이지 않는 것, 가치 없는 점이자 무(無)임을 깨달았을 것이다. 그것은 시도로 머물렀다. 나는 그런 고통스러운 실망을 느낄 수 없었다. 그러나 그들은 아직은 트롬쇠에서 영사가 주최하는 환영 만찬을 위해 차려입고 있다.

　7월 6일 아가르트 씨 댁에 저녁 초대를 받았다. 그리고 밤 12시까지 그

---

* 레오뮈르가 제안한 온도 체계. 어는점을 섭씨 0도로 하고 끓는점을 섭씨 80도로 한다.

곳에 있었다. 해는 지지 않았고 우리는 햇빛을 받으며 배로 돌아왔다. 7일에는 트롬쇠 시가 내다보이는, 슈티프츠만 폰 트롬쇠 씨의 아름다운 숲 속 저택에 초대를 받았다. 우리는 밤 2시에 배로 돌아왔다.

7월 8일에는 라펜 씨 댁 감메*를 방문했다. 라펜 씨는 킬피스-야우레의 산 아래에서 수많은 순록 떼와 함께 산다. 한 부족이 각 감메마다 300~500마리의 순록을 소유하고 있다. 겉은 흙을 바르고 안은 순록 가죽으로 도배를 한 오두막에는 쇠사슬에 냄비가 매달려 있고 그 냄비로 요리를 한다. 사람들은 순록 가죽으로 옷을 해 입고, 학교 교육은 받지 않고 대부분 이교도로 썰매개인 유비날이나 아이카를 믿는다. 오두막에는 사람들 외에도 수많은 순록견들이 함께 산다. 그 개는 토종이다. 우리는 개 한 마리를 2.5탈러에 사서 배로 데리고 왔다. 페켈이라는 이름을 붙여주었는데, 이것은 라플란드 말로 '악마'라는 뜻으로 나중에 선원들은 페켈리노라고 바꿔주었다.

오토 크리슈

바이프레히트는 개를 그다지 좋아하지 않는다. 파이어는 매우 만족해한다. 여섯 마리의 뉴펀들랜드 개와 두 마리의 라플란드 개면 썰매를 끌 수 있을 테고, 그러면 2년 전처럼 그린란드 동쪽 해안에서 빙하 위를 달릴 수 있을 것이다. 개들은 티롤 사냥꾼의 채찍질에도 야성을 잃어버리지 않을 것이다. 배 아래에는 공간이 있었는데, 그곳에서는 개들이 미치지 않고 안전할 것이라고 친구들은 확신했다.   (율리우스 파이어)

육지의 지휘관은 사냥꾼들과 함께 트롬쇠 주위의 절벽으로 올라가 높은 곳에서 기압계가 정확한지를 시험한다. 7월 10일 그들은 라플란

---

* 라플란드 지역 소수 민족 라프족의 전통 오두막.

드 안내인 딜코아가 살라스 우오이비라고 부르는 정상에 서 있다. 그들 아래에는 갈라진 바위 경관과 바다, 피오르가 놓여 있다.

산 정상의 평온한 공기 중에 검은색의 거대한 연기 기둥이 비스듬하게 약 500미터 높이로 솟아오르는 것이 보였다. 트롬쇠의 북쪽 끝이 화염에 휩싸여 있었다.   율리우스 파이어

닻을 내린 테게트호프호의 선상에서 이 광경은 다르게 보였다. 7월 10일 도시의 북동부 지역에서 주택 여러 채와 헛간이 잿더미가 되었다. 우리 대원들 대부분이 소방기구를 가지고 육지로 파견되었다. 두 시간 반의 힘겨운 작업 끝에 불길이 잡혔고 소방서 서장은 지휘관인 바이프레히트의 원조에 감사를 표했다……

7월 11일 나는 도시를 돌아보았다. 별로 눈에 띄는 것은 없었다. 집들은 모조리, 심지어 교회 두 채와 마침 그때 어떤 예술가가 하프를 연주하고 있던 콘서트홀도 목조 건물이었다.

7월 12일 증기선이 도착했다. 나는 우편으로 안톤, 아버지, 테오도어에게서 편지 세 통을 받았다. 이후에 도착한 편지는 더 이상 받지 못했다. 그다음 증기선을 기다릴 수 없었기 때문이다. 오후 5시에 나는 사우나에 갔고 미리 예약해둔 '닐센' 호텔로 저녁을 먹으러 갔다.

13일 이른 9시에 가톨릭교회에서 우리를 위한 미사가 열렸다. 그 후에 신부님 사저에서 간단한 식사가 있었다. 나는 가진 돈을 몽땅 털어 와인 반 양동이와 맥주 40병을 샀고, 빈털터리가 되어 배로 갔다. 내일이면 이곳을 떠날 테고 빙하에서는 돈은 필요 없지만 때로는 좋은 와인이 있어야 하니까. 저녁 10시에 불을 지폈다.   오토 크리슈

자정에 테게트호프 제독호는 출항 준비를 완료한다. 그제야 빙하

전문가이자 포경꾼인 엘링 칼센이 줄사다리를 올라온다. 그는 배에서 오스트리아 황제에게 복종할 의무가 없는 유일한 사람이다. 손에는 거대한 고래 작살을 들고 북극곰 가죽으로 만든 외투를 어깨에 걸치고 선실에 들어선다. 얼마나 나이가 많은지, 이곳의 선원들은 물론이고 지휘관조차도 아들뻘이 될 것이다. 칼센의 작은 여행 가방에서 가장 값비싼 것은 앞으로 있을 파티를 위한 하얀 곱슬 가발과 스피츠베르겐 항해 때 수여받은 올라프 훈장이다. 작살로 얼마나 많은 고래들을 해치웠을까? 그도 모를 것이다. 그리고 아침이 된다. 때는 1872년 7월 14일 일요일이다.

일요일 아침 일찍 우리는 북유럽의 조용하고 자그마한 수도를 떠났다. 막 항구로 들어오던 함부르크 우편 증기선의 승객들이 끊임없는 함성으로 우리를 환영해주었고 우리는 증기 구름을 뚫고 크발 만과 그로트 만 사이 해로를 통과하여 잔되와 리죄의 절벽을 지나 바다로 나아갔다. 칼센은 우리를 안내했다. 우리가 암초 지역에서 나왔을 때 안개가 다가와 거대한 암벽 기둥 푸글뢰를 감쌌다. 여기서부터는 증기기관을 끄고 돛을 달았다. 7월 15일 우리는 만년설이 쌓인 노르웨이의 해안가를 앞에 두고 북으로 나아갔다. 7월 16일 유럽의 노르 곶이 멀리 푸른색으로 아련하게 보였다······

우리 여행의 이상적인 목표는 북동 항로를 통과하는 것이다. 그러나 원래 목적은 노바야제믈랴의 북동쪽에 있는 바다와 육지를 조사하는 것이었다.

                                                                    율리우스 파이어

나는 테게트호프 제독호 뒤로 다시 평온해졌을 해협의 검은 바다를 상상해본다. 증기기관사 크리슈가 트롬쇠의 하늘에 써놓은 연기로 만든 깃발은 함부르크 우편 증기선의 승객들이 육지에 도착할 때까지도 항구에 그대로 남아 있다. 아침은 바람 한 점 없이 잠잠하다. 닐센 호텔에서는 아침 식사가 준비된다. 테게트호프호는 화젯거리다. 어디로 간다고 하셨죠? 일본으로? 북극을 지나서요? 우편 행낭에는 탐험대에게 온 편지가 들어 있다. 기관사 크리슈에게 온 편지도 두 통 있다. 아마 그것들은 그들을 위해 보관될 것이다.

그리고 나는 요제프 마치니를 본다. 석공의 미망인 집에서 그는 하루 종일 박물관을 돌아다니는 것처럼 바닥에 흩어진 장비들 사이를 왔다 갔다 하면서 때로 이 모든 것들이 빙하로부터 자신을 지켜줄 수 있을지를 의심한다. 오리털 옷, 리넨으로 만든 장화, 침낭, 그리고 몸을 감쌀 수 있는 모든 소품들. 바깥은 7월이고 덥다. 그러나 그는 여름에서 나와 서서히 추위로 들어갈 준비를 하고 있다. 코펜하겐, 오슬로, 트롬쇠, 롱예르뷔엔이 항로이다. 롱예르뷔엔에서는 배로 북동쪽으로, 북극해로 나가서 프란츠요제프 제도의 해안까지, 그리고 최선은 그 너머 베링 해협과 요코하마까지 가는 것이다.

"당신 미쳤군." 아나 코레트가 말한다. 그러나 그녀도 그가 진지하다는 것을 알고 있다. 나는 마치니를 본다. 그는 아나의 집에서 스피츠베르겐 여행을 이해시키려고 끈질기게 노력하고 있다. 그리고 저녁 식사에 초대받은 사람들도 그에게서 설명을 듣고자 한다. 아니, 그다지 진지한 태도는 아니고 그냥 그렇다는 것이다. (이탈리아 사람인 마치니는 단순히 스피츠베르겐으로 간다고 말하지 않고, 사람들도 만년설 등반을 별다른 질문 없이 받아들일 것이다. 괴상한 취미군. 그런데 이미 옛날에 북극해에 침몰한 배의 루트를 따라 간다고? 그것이 무엇인지, 어떠했는지를 알아보려고 북극에 가는 사람이 어디 있담?)

손님들은 식탁에 앉아 있다. 그리고 아직도 앉아 있다. 그러나 마치 니는 아나와 단둘이 있다. 그가 하는 말은 그녀에게 하는 것이다. 두 사람은 더 이상 서로의 말을 듣지 않지만 그럼에도 저녁 내내 계속 이야기를 한다. 서로 다른 빙하에 관해서.

5. 첫번째 부록
북동 항로 또는 인도로 가는 하얀 길 — 재구성한 꿈

  북극의 외로운 정점 주위로 피라미드 모양으로 표시가 되어 있다. 인간들의 부단한 탐험 정신이 밀고 들어간 지점을 표시한 것이다. 그 천정(天頂)에는 몇 마리의 갈매기가 날아다니고 작살을 피해 온 물범이 이곳 얼음물 속에서 안전한 삶을 영위하고 있다. 이곳은 탐험자들에게만 아직 접근이 허용되지 않은 곳이다.

  어떠한 발전이든 점차 더 큰 목표를 향해 나아가듯 우주 생성의 미약한 여명도 호메로스의 지구 원반에서부터 히페르보레아* 사람들이 사는 땅 위로 천천히 퍼져나갔다. 수천 년이 지나서야 비로소 알고자 하는 욕구는 북극의 공포를 극복했다. 아랍인들은 시베리아도 이러한 두려움으로 가득 차 있

---

* 고대 그리스인들이 지구 최북단에 있다고 생각한 나라.

다고 생각했다. 해가 비치는 동양 주위의 세상은 수천 년 동안 광적인 개념과 이야기들 속에 묻혀 있었고 고대 시인 겸 철학자들의 윤리적인 고양을 통해 순진한 통속성의 모든 미성숙함을 몰아낼 수 있었다.

계급이 지배하는 세상에서는 단 한 줌의 진실로는 태워버릴 듯한 열기, 죽음으로 몰아넣는 서리, 배가 돌아오지 못한다는 낭떠러지 바다, 불행을 불러오는 바람과 바다의 신들, 황금을 지킨다는 개미들에 대한 환상을 몰아낼 수 없었다. 지구가 끝없는 공간 속에 고립되어 있다면, 지구의 산 기둥 위에 크리스털로 된 천구가 있다면, 아무것도 자라지 못하는 북극에 비해 열대 밀림이 너무 빽빽해서 지구가 균형을 잡지 못하고 있다면. 이런 전제들은 훗날 종교적인 도그마에 의해 증식되어, 세 겹의 성벽으로 인식의 좁은 영역을 둘러쌌다. 비록 수천 년 이상 버티지는 못했지만……

지구의 둥근 형체를 파악하면서부터 기후의 이론적인 근거와 흐릿하긴 하지만 기후대에 대한 개념이 등장하기 시작했다. 이것은 기원전 4세기에 마실리아의 피테아스*가 세운 북극권에 대한 이론을 통해 처음으로 학문적으로 구체화되기 시작했다. 비슷한 시기에 알렉산드로스 대왕의 인도 원정을 통해 그 놀라운 나라는 무역과 항해의 낙원이 되었다. 1800년이 지나 인도에 도달하기 위해서 우리는 정말 미친 최단 코스도 두려움 없이 뚫고 지나가야만 했다. 바로 빙하를 지나는 길 말이다.　　　　　　　율리우스 파이어

나는 테게트호프 제독호가 처음으로 증기를 뿜으며 빙하 벌판을 헤치며 지나가고, 스칸디나비아의 비행기에 있는 요제프 마치니가 발아래의 회색 구름을 보는 것을 상상해본다. 나는 조용히 시간의 어둠 속

* 고대 그리스의 지리학자이자 천문학자.

으로 침잠하여 수백 년을 지나 그리움의 시초로 미끄러져 들어간다. 테게트호프호의 이탈리아 선원들이 돛을 올렸을 때에도, 유럽의 바다 항해는 아직 자신의 긴 꿈을 다 꾼 것은 아니었다. 어딘가 시베리아 북극 해안을 따라 계속 북동쪽으로, 일본, 중국, 인도로 향하는 빙하 사이의 지름길을 발견해야 했다. 유럽 대륙에서 고요한 태평양으로 가는 **북동 항로** 말이다.

그러나 1872년까지 함선들은 북동 항로를 발견하지 못하고 모두 빙하 속에서 실종되었다. 연대사가들은 빙하에서의 재난 기록으로 이미 두꺼운 책을 채웠고, 무역물품과 선물, 무거운 대포, 일본과 중국의 황제에게 보내는 추천서가 넘쳐나는 배들이 어디에도 도착하지 않고 돌아오지도 않았다고 기록하였다. 결국 연대사가들은 얼마나 많은 선원들이 북동 항로를 찾는 길에 죽음을 맞았는지 알지 못했다. 1000여 명? 1400명 또는 그 이상? 침몰의 통계는 항상 모순되고 불완전하게 남아 있다. 신화의 마법에 걸린 이 항로의 두려움과 무시무시함을 숫자로 파악한다는 것은 헛된 일이다. (기록실에서 분류를 하는 데도 어려움이 있었다. 거대한 얼음 속에 꽁꽁 얼어붙은 채 점점 더 북동쪽으로 떠밀려 시베리아의 첼류스킨 곶을 지나 얼음벽에 눌려서 침몰한 포경선, 이런 비극적인 사고로 사망한 사람들과 조난자들을 북동 항로의 희생자라고 해야 할까, 혹은 단순히 빙해의 제물이라고 해야 할까?) 배들은 침몰했고 연대사가들은 기록했다. 북극 세상은 여전했다.

북동쪽을 향한 꿈의 역사를 뒤좇다 보면, 수백 년이 아니라 수천 년을 거슬러 올라가서 생각하게 되고 마침내 서기 0년의 저편에서 차가운 바다의 그림들을 발견하게 된다. 마실리아의 피테아스와 카르타고의 히밀코스의 북극 항해*, 떡갈나무로 건조한 노르만인들의 용주(龍舟)**와 선원들(비야르네 헤르율프손과 레이프 에릭손 등은 서기 1000년 전후에 북미 해안을 일부는 범선으로, 일부는 노를 저어서 도달했다). 그린란드와 아이슬란드의 군주 에이리크 데어 로테***와 노르 곶 주위와 백해를 건너 비야르메르 땅으로 들어가 시베리아까지 범선을 타고 간 오테레, 에이리크 블로되스(일명 '피투성이 도끼왕' 에이리크)**** 그리고 근대의 탐험가보다 훨씬 더 전에 스피츠베르겐과 북유럽 위쪽의 땅들을 밟은 이들…… 그러나 나는 과거로 거슬러 올라가는 생각의 유희를, 우주에 대한 고대의 지식이 그랬던 것처럼, 빙하 항해에 대한 기억이 사라지고 잊힌 그 시점에서 중단하고자 한다. 그리고 카스티야의 성에 관해 이야기하고자 한다. 그것은 토르데시야스의 성이다. 때는 1494년 6월이라고 적고 있다.

그해 여름 토르데시야스에서는 스페인과 포르투갈 사이에 조약이 체결되었다. 그 조약은 루크레치아와 체사레 보르자의 아버지이자 창녀와 예술의 애호가인 폰티펙스 막시무스 알렉산데르 6세의 칙서에 의해 '영원히' 효력을 갖게 되었다. 이미 발견되었거나 아직 발견되지 않은 신세계와 거기에 속하는 모든 나라들은 이베리아 반도의 민족들이 나누어 갖는다는 내용이었다. 지구본의 극에서 극으로 카보베르데

---

* 기원전 480년 카르타고에서 영국 섬과 중앙아프리카 해안을 탐험함.
** 긴 배.
*** 985년 그린란드를 발견한 바이킹.
**** 노르웨이의 두번째 왕, 하랄 1세의 아들.

제도*에서 서쪽 1200해리의 자오선이 경계선이 되었다. 자오선 동쪽의 나라들은 포르투갈, 서쪽은 스페인에 할당되었다. 세상을 마치 목초지를 다루듯 하는 토르데시야스의 강탈 행위는 스페인과 포르투갈에 신세계의 독점권만 넘기는 데 그치지 않고 서쪽으로 대서양을 지나 그곳으로 이어지는 해로마저도 넘겼다. 그곳은 온갖 진귀한 것들과 향료의 향으로 가득 차 있었다. 그리고 보르자-교황 알렉산데르의 칙서가 토르데시야스의 탐욕에서 소외된 영국인과 네덜란드인들로 하여금 다른 샛길을 찾도록 만들었다. 즉 북극 항로, 빙하로 가는 길이었다. 교황의 칙서가 있기 몇 년 전이나 그 후 몇십 년 동안 일어난 일은 별로 주목할 만한 것이 못 된다.

왜냐하면 이 세기의 분명한 진실은 유럽의 천지학자(天地學者)의 방에서 기록된 것이 아니라, 아즈텍인들의 나우아틀** 문헌 기록에 남아 있기 때문이다. 그것은 유럽인의 등장에 대해 전하고 있다. "석회처럼 하얀 얼굴에는 얼이 빠졌다. 그들은 원숭이처럼 손에 황금을 들고 흔들거나 희희낙락하는 표정으로 바닥에 앉았다. 기분이 좋아져서 생기가 돌았고 그들의 몸집은 황금 때문에 뚱뚱해졌다. 그들은 황금을 탐했다. 마치 굶주린 돼지처럼 황금을 탐했다……" 탐험대가 어떤 소식을 갖고 돌아갔건 간에, 구대륙 사람들은 마르지 않는 황금 낙원에 대한 신화에 광적으로 매달렸다. 황량하기 짝이 없는 사막과 마찬가지로 황량하기 짝이 없었던 진실도 이런 광기를 잠재우지는 못했

---

* 아프리카 서쪽의 군도.
** 옛 멕시코어, 아즈텍어.

다. 16세기의 극지 탐험대가 극 대륙의 잿더미로 뒤덮인 얼음산에서 발견한 노란 돌무덤조차 황금이어야 했다! 이것은 빙하 벽 저편에는 섬들이 있고 그 섬들은 스페인의 신대륙보다 더 풍족하다는 증거여야 했다. (그래서 사람들은 배에 쓸모없는 돌멩이와 자갈을 싣기 위해 필요하지 않은 것들을 바다로 던져버렸다.)

정복의 세기가 시작될 때에는—위대한 시기에 항상 그렇듯—영웅들이 있었다. 그들은 후대 빙하 탐험대들의 우상이 되고 결국은 그들의 탐험으로 인해 파괴된 문화보다 더 친숙한 것으로 남는다. 제노바인 크리스토포로 콜롬보, 일명 크리스토발 콜론(크리스토퍼 콜럼버스)은 1492년부터 1504년까지 태평양을 지나 서쪽으로 네 차례의 항해를 계획했다. 그곳으로 항해를 한 것은 피렌체의 천문학자 파올로 달 파초 토스카넬리의, 하얀 얼룩이 있고 닳아빠진 세계 지도가 옳다는 믿음에서였다. 그는 카스티야의 신성한 종교 재판의 수호자이자 광녀 후아나의 어머니인 이사벨로부터 지원을 받았다. (광녀 후아나가 나중에 토르데시야스 성에서 결국 치매에 걸려 죽은 것은 우연일까 혹은 징조일까?) 콜론은 여행 중에 카리브 해의 섬에 가서는 일본의 섬에 들어왔다고 생각했고, 중미와 남미의 해안에서는 인도에 도착했다고 믿었으며, 오리노코 강 유역을 발견하고 인도의 갠지스 강 삼각주에 갔다고 믿었고, 1506년 바야돌리드*에서 자신의 오류를 알지 못한 채 죽었다.

바스쿠 다 가마, 비디게라의 백작은 1498년 포르투갈의 왕 마누엘

---

* 스페인 서북부의 도시.

의 명으로 향료의 나라로 가는 항로를 찾는다. 그는 남아프리카 희망봉을 돌아 진짜 인도에 도착함으로써 제국주의 세력에 이상적인 무대를 열어주게 된다.

1520년 페르낭 드 마갈량이스(페르디난드 마젤란)는 남서쪽으로 항해하면서 대서양에서 태평양으로 가는 새로운 항로를 남미와 푸에고 섬* 사이에서 발견한다. 다음 해 그는 필리핀에서 맞아 죽은 채로 발견된다. 마젤란 해협은 남는다.

마젤란이 신대륙 해안에서 태평양으로 가는 통로를 찾은 반면, 에르난 코르테스는 아스테카 왕국을 파괴하기 시작한다. 그 후 채 10년도 되지 않아 돼지치기였던 프란시스코 피사로는 스페인과 교회의 가르침에 따라 잉카 문화를 다룬다. 세례를 받게 하고 처형하고 저항하는 자는 짓밟고, 자신의 학살 행위를 주님과 스페인 국왕에게 헌정한다.

그러나 이베리아 반도의 영웅들이 서, 남서, 남동 항로에서 발견한 것은 새로운 무역 항로와 황금, 양념 그리고 땅이었다. 결국 최단 거리의 북동 항로는 영국 왕들과 러시아 차르의 명에 의해 개척되어야 했다. 1497년에 이미 제노바 출신의 조반니 카보토, 일명 존 캐벗은 헨리 7세의 명으로 브리스틀에서 대서양을 건너 북서 방향으로 항해했다. 캐벗은 콜럼버스보다 13개월 먼저 미 대륙에 도착했고 콜럼버스가 그랬던 것처럼, 자신이 다른 곳, 그러니까 캐세이에 있다고 생각했다. 중국 말이다. 캐벗의 항로에 탐험가들의 순례 행렬이 뒤따랐다. 가스파르와 미겔 데 코르테 레알 형제도 뉴펀들랜드에 도착했지만,

---

* 남미 남단의 섬.

두 사람은 바다에서 실종되었다. 뒤이어 프랑스의 명을 받은 피렌체 출신의 조반니 다 베라차노와 스페인의 에스테반 고메스, 심지어 피닝과 포투르스트 같은 독일 함장까지…… 그들은 차가운 절벽과 빙산에 대한 소식은 전했지만 황금이나 부유한 동인도로 가는 최단 경로의 좌표에 대해서는 전해주지 않았다. 항해를 거듭하면서 미 대륙이라는 거대한 장벽이 북쪽까지 가로막고 있고 지구 서쪽으로 가는 모든 항로가 막혀 있음이 점점 더 분명해졌다. 그러나 어딘가, 비록 얼음으로 빽빽이 차 있을지라도 이 대륙은 끝날 것이고 그 끝이 되는 북쪽 만에서 배로 지나갈 수 있을 것이다. 신세계의 끝과 구세계의 끝 사이에는 분명 틈이 있을 것이다. 차가운 해협, 태평양으로 향하는 물길 말이다. 그 당시 천지학자들은 본 적도 없으면서 이러한 희망을 프레툼 아니아눔, 즉 아니안 해협이라고 명명했다. 수백 년이 지나서야 비로소 그 해협이 실제로 발견되었고 그곳을 첫번째로 지난 사람, 덴마크 선원 비투스 베링의 이름을 따서 베링 해협이 지도에 등장했다. 그러나 유럽 해안에서 어떻게 하면 베링 해협으로 도달할 수 있는지는 시베리아의 항구에서 출발한 덴마크인의 항해가 있은 후로도 오랫동안 수수께끼였다. 세 가지 가능성의 유희가 남게 되었다.

대서양을 지나 북서로 그리고 신대륙 해안을 따라 계속 북서로.

북동으로, 유럽 대륙과 시베리아의 해안을 따라 계속 북동으로.

북으로 계속 북으로, 북극을 지나 저 너머 남태평양까지.

북동 항로, 북서 항로, 빙하 벽, 빙하 없는 해협, 세상의 끝, 태평양! 돌과 만과 섬, 유빙, 좋은 바람. 어느 누가 혼란과 모든 수수께끼를 통과하고 빙하를 지나 낙원으로 가서 동방의 보물을 가지고 귀향하고 싶지 않겠는가, 그리고 제후와 무역상 앞에 나아가서 말하고 싶지 않겠는가, 내가 첫번째였노라고!

첫번째 배가 북서 항로를 찾아 나섰다가 실종되고 차가운 바다가 실패한 탐험가들을 덮쳤음에도 북동 항로에 대한 구상은 계속되고 다음과 같이 기록된다. 1525년 봄 모스크바 대공 바실리아 3세 이바노비치의 사신 하나가 로마 교황청으로 온다. 그는 자신을 디미트리 게라시모프라고 소개한다. 교황 클레멘스 7세의 명령에 따라 역사학자 파올로 조비오가 사신을 맞는다. 학자와 사신 간의 만남에서 친교가 이루어지고 여기에서 항해에 대한 기독교의 환상과 대략적인 이론이 전해진다. 게라시모프는 자신의 보호자에게 영감을 주어 비망록을 쓰도록 하고, 조비오는 이것을 같은 해 소수의 독자를 위해 라틴어로 발표한다. 수많은 지류들을 모으면서 세베르나야 드비나 강은 격렬하게 북으로 흘렀다, 로마의 역사가가 게라시모프의 말을 전한다. 그곳에서 바다는 한없이 이어지므로 오른쪽 해안가를 따라 항해하면 아마도 중국까지 갈 수 있을 것이다, 만약 중간에 신대륙이 나타나지 않는다면…… 이 비망록은 이탈리아어로 번역되어 큰 반향을 불러일으킨다. 같은 해에 모스크바 공국에서 아우크스부르크로 여행 온 사람들에 대한 소식이 전해진다. 이 여행객들은 독일의 학자들과 함께 향료의 땅으로 가는 북동 항로에 대해 논쟁했다고 한다. 모스크바 공국에서 온 소식에 대한 소문이 있은 2년 후 브리스틀 출신의 세비야 천문학자이자 상인인 로버트 손은 회고록에서 헨리 8세에게 요청한다. 손은 영국 국왕에게 그다지 모험적이지 않은 항로들 외에 시베리아 연안을 따라가는 항로를 추천한다. 그렇게 하면 영국은 포르투갈과 스페인보다 더 빨리 향료의 나라에 도달할 수 있을 것이다. 그러나 국왕 헨리에게는 빙하보다는 단두대가 더 중요하다. 그래서 또 20여 년이 지나간다. 북동 항로에 대한 흔들리지 않는 믿음이 단순히 펜대만이 아니라 배도 움직일 수 있게 되기까지.

나이페르크와 게텐하크의 남작, 지기스문트 추 헤르버슈타인은 1549년 북동 항로에 대한 꿈이 이루어지도록 지원한다. 그해 그의 논문 「레룸 모스코비티카룸 코멘타리이」*가 빈에서 출간된다. 남작은 모스크바 궁의 막시밀리안 1세의 사신이었고, 동방에서의 체험을 전하면서 잘 알려지지 않은 제국뿐만 아니라, 러시아 여행자들의 필사본과 지리학적 보고, 파올로 조비오와 디미트리 게라시모프가 언급한 북동 항로에 관한 내용도 보충하고 있다. 그의 보충 기록과 묘사는 매우 설득력이 있어서 여러 버전으로 그리고 여러 나라 말로 번역된다. 헤르버슈타인 남작의 글이 인쇄된 4년 후, 첫 항해자가 북동 항로에 대한 꿈을 좇다가 결국 싸늘한 죽음을 맞는다. 그의 이름은 휴 윌러비 경이다.

영국의 상인들은 1553년 탐험가 항해자 협회를 설립한다. 협회의 정신적 지주는 존 캐벗의 아들이자 영국의 위대한 비행사인 서배스천 캐벗으로, 같은 해 휴 윌러비 경에게 북동 항로를 찾을 것을 청한다. 윌러비는 배 세 척, 보나 에스페란사, 에드워드 보나벤처, 보나 콘피덴티아의 지휘를 맡고 자신의 임무를 완수하려는 단호한 의지로 템스 강에 정박한 동안 배를 파먹는 인도양의 좀조개에 대비하여 자신의

---

* 라틴어로 모스크바 공국에 관한 기록이라는 뜻.

배에 양철판을 덧대도록 한다. 배는 여름에 출범한다. 이미 9월에 러시아의 콜라 반도 앞의 얼음은 너무나 두꺼워서 배 세 척 가운데 두 척이 얼어붙을 정도이다. 윌러비는 해안에 천막을 세운다. 유럽 탐험대가 극지에서 보내는 첫 겨울이 시작된 것이다. 윌러비와 64명의 선원이 이 천막에 남아 있는 동안, 지휘관 리처드 챈슬러와 스티븐 버러가 이끄는 에드워드 보나벤처의 탐험대는 빙해의 얼음 덩어리들을 헤치고 세베르나야 드비나 강 입구까지 항해한다. 그리고 얼음은 열려 있던 마지막 항로를 막아버린다. 영국인들은 육지로 가고 해안의 포모레족*이 모스크바까지 동행한다. 그곳에서 무시무시한 자, 차르 이반 4세가 크렘린의 황금 홀에서 선원들을 맞이한다. 이듬해 여름에는 에드워드 보나벤처가 무역물품을 잔뜩 실어서 기울어진 배를 타고 영국으로 돌아온다. 귀향자들을 치하하는 축제가 런던에서 열리기 전에, 러시아의 포경꾼이 윌러비의 캠프를 발견한다. 그곳은 묘지로 변해 있었다. 배 두 척에 탄 선원 전원이 극지의 밤에 동상이나 굶주림 또는 괴혈병으로 죽었다. 포경꾼들은 휴 윌러비 경의 시신이 보나 콘피덴티아의 항해 일지 위에 있었다고 전한다. 윌러비의 북극 탐험대는 죽음의 무도의 시작이었고, 이것은 파이어와 바이프레히트 때까지, 그리고 그 이후에도 계속된다.

---

* 러시아 백해에 정착한 슬라브계 이주민들.

6. 내부와 외부의 공허로 가는 항공로

그 여행은 극지 세계의 내부로 가는 힘든 길이다. 그곳에 들어서는 방랑자가 자신이 파고들려는 비밀을 알아내려면 정신과 육체의 온 힘을 쏟아야 한다. 비록 우연과의 유희가 되어버렸지만 자신의 목표를 뒤쫓기 위해서는 허상과 미숙함에 대해 엄청난 인내로 무장해야 한다. 공명심을 채우는 것이 목적이 되어서는 안 된다. 우리의 지식을 넓히는 것이 목적이 되어야 한다. 친구들로부터, 모든 삶의 즐거움으로부터 멀어져서, 끔찍스러운 추방 상태에서 수많은 위험과 고독이라는 짐에 둘러싸여 몇 년을 보내게 된다. 그렇기 때문에 목표의 이상만이 방랑자를 계속 갈 수 있게 한다. 그렇지 않으면 정신적으로 분열된 채 내부와 외부의 공허에서 길을 잃는다.

율리우스 파이어

지난 며칠 동안 바닥을 거의 뒤덮다시피 하던 짐을 챙기고 싸는 동안 요제프 마치니는 전날 저녁 마시다가 반쯤 남긴 잔을 엎질렀다. 1981년 7월 26일 여행 첫날 아침, 나는 흰색 카펫이 깔린 방에서 무릎을 꿇고 카펫에 스며든 레드와인 웅덩이에 소금을 뿌리는 그를 본다. 그는 돌아와서 그 소금을 쓸어낼 것이다. 그럴 생각이다. 그러면 그 자국은 말라서 분홍색이 되어 있을 것이다. 두 달, 아니 어쩌면 석 달 더 나이를 먹고, 그는 다시 카펫 위에 무릎을 꿇을 것이다. 마치 소금을 뿌리고 치우기까지의 시간이 통상 그런 일에 걸리는 짧은 시간이었다는 듯이. 그리고 지금 앞두고 있는 모든 일들이 마치 한순간에 지나가버린 양 회상할 것이다. 요제프 마치니는 그날 아침 여러 가지 일에 손을 대지만 끝내지는 않는다. 찻잎이 든 통을 열고 다시 닫지 않는다. 서랍을 반쯤 열고 다시 닫지 않는다. 이런 식으로 총체적으로 부수적이고 사소한 무질서를 만들어낸다. 그것은 그가 돌아오면 다시 해결될 것이다. 시작했지만 중단한 일들은 지금 떠나려고 하는 현실과 그를 이어주는 고리가 될 것이다. 항해를 떠나는 날 요제프 마치니는 테게트호프 제독호의 선원들만큼이나 나로부터 멀어지게 된다. 기관사 크리슈 또는 상사 루지나와 달리, 내가 마치니를 알고 있다는 사실은 당시의 가능한 상황을 재구성하는 것만을 허락할 뿐이다. 상황이란 마치니의 기록에도 남아 있지 않은 것이다. 따라서 나는 내게 주어진 사실들을 정리하고 추측으로 빈 공백을 채우고 간접 증거를 연결하여, 이러했던 것입니다라고 말하면서도 스스로 자의적이라 느낀다. 그래서 마치니의 출발은 현실에서 그럴 수 있는 개연성으로 넘어가는 것처럼 보인다.

마치니가 사라지고 난 뒤 아나 코레트와 함께 그의 방에 처음 들어선 그날 오후가 기억난다. 서점 주인 아나 코레트는 마치 먼지 더미로 부터 자신을 보호하려는 듯 작업복에 머릿수건을 하고 있었다. 지난 몇 달간 물건들에 내려앉은 먼지는 탁자와 선반에 손자국을 만들기에 충분했다. 아나 코레트는 창문을 열었다. 마치 댐 위에서 쏟아져 내리 듯 끊임없이 차가운 공기가 창틀을 넘어 들어왔고 문이 소리 내며 닫 혔다. 석공의 미망인은 항상 그렇듯 복도 끝에 있다가 잠시 멈추었다. 그녀의 직조기 소리가 멈추었다. 아나 코레트는 서랍에서 니켈 도금 을 한 식기를 꺼내고 다시 서랍을 닫았다. 그릇을 신문지로 싸고 찻잎 이 든 양철통도 닫고 모든 것을 종이상자에 담았다. 저녁 무렵 방은 다 비워졌다. 카펫을 말 때 소금이 떨어졌다. 분홍빛 얼룩은 겨우내 초원에서 구르던 눈덩이 위의 흙자국이 사라지듯 사라져버렸다. 당시 나는 마치니의 일기를 이미 읽은 뒤여서 레드와인 얼룩을 보며 유빙 을 떠올렸다. 마치니는 헬리콥터에서 마취 총으로 쫓던 북극곰에 대 해 기록했다.

이 북극곰들이 몸을 일으키고 주둥이를 높이 내밀며 냄새를 맡는 동작은 흉내 낼 수도 없고 우아하기까지 하다. 헬리콥터가 다가오면 극지방에서 예전에 일어나지 않았던 일이 벌어진다. 곰들은 어슬렁거 리며 도망가기 시작하고 점점 더 빨라진다. 그것은 더 이상 어슬렁거 림이 아니라 유연한 역주이다. 그들은 빙하의 넓은 틈을 건너뛰어 운 하를 헤엄치고 갑자기 예기치 못한 쪽으로 방향을 바꾼다. 그러면 헬 리콥터는 바로 그들 위에 있고 곰들을 향해 총을 발사한다. 달리던 북 극곰들은 쓰러지면서 버둥거린다. 그들은 빙하 위에 뻗어 있다. 세 마 리다. 곰들의 이빨을 뽑는다. 두개골 옆 얼음에 피 웅덩이가 스며든다.

집게로 귀에 금속표지를 박는다. 가죽 위로 붉은 핏줄기가 흘러내린다. 마지막으로 그 위에 스프레이로 커다란 표시를 한다. 이렇게 사람들은 빙하를 지나는 수백 킬로미터에 달하는 곰들의 이동 경로에 대한 열쇠를 얻는다. 금방 얼음 결정체로 변해버린 피 얼룩은 희미해진다.

(이 얼룩에 대해서도 기억이 떠오른다. 테게트호프 제독호의 팀은 탐험 중에 67마리의 북극곰을 르포쉬 총과 베른들 장총으로 해치웠다. 사체는 항상 같은 기준에 따라 도끼와 얼음 톱으로 해체되었다. 머리는 장교들에게, 혀는 탐험대의 의사인 케페스에게, 심장은 슈타이어마르크 출신의 요리사 오라슈에게, 피는 괴혈병 환자들에게, 폐는 구워서 허벅지살과 함께 다 같이 식사하는 데, 두개골과 등뼈와 갈비뼈는 썰매개들에게, 가죽은 통에, 간은 쓰레기 더미로.) 텅 빈 마룻바닥에 남은 소금 덩어리는 아무것도 상기시키지 않았다. 석공의 미망인은 우리가 떠날 때도 직조기 앞에 앉아 있었다. 그녀는 아나 코레트가 준 지폐를 아무 생각 없이 받았다. 밤이 깊어 어둠 속에 눈이 내리기 시작했다.

마치니는 마지막 여름을 보내고 출발하기 전에 한 달간 서신 교환을 했다. 편지를 주고받는 과정에서 바이프레히트와 파이어의 북극 항해의 배경에 대한 생각은 점점 더 북극의 현재가 지닌 불분명한 상과 대립되었다. 노르웨이 극지 연구소 소장, 스토레 노르스케 스피츠베르겐 쿨콤파니 지부의 소장, 그리고 스피츠베르겐의 총독과의 서신 교환은 그냥 장난처럼 시작되었지만, 결과적으로는 거의 확실한 약속으로 이어졌고 마치니의 여행에 대한 환상은 자세한 계획으로 변했다. 그가 이 여행을 처음부터 단호하게, 정말로 원했다고는 생각지 않는다. 마치 모든 일들이 실제로 진행되고 나서야 비로소 마치니가 그것을 자신의 결정으로 받아들이려 한 것처럼 보인다. 비록 서신 교환 마지막쯤에 롱예르뷔엔의 아늑한 숙소뿐만 아니라, 중간 크기의 빙하용 3200마력의 저인망 크래들에 선실이 확보되었지만, 북극은 가까이 다가갈수록 그만큼 사람이 살 수 없고, 거부적이고 때로는 위협적이 되었다. 생각으로만 그려보던 빙하 불모지에서 요제프 마치니는 오리털 옷도, 눈부신 빛으로부터 보호할 장비나 무기도 필요 없었다. 그러나 지금은…… 지금까지 북극해 군도의 세계는 환상 속에서는 단지 무대이자 배경이었지만, 가까이 다가간 사람들에게는 험하고 기괴한 형태를 하고 있었다. 이것은 그를 두렵게 하는 동시에 매혹시켰다. 그리고 그는 그곳으로 다가갔다.

"친애하는 마치니 씨." 이바르 토르센 총독이 롱예르뷔엔에서 쓴 첫번째 답장이다. "당신의 극지방 역사에 대한 관심은 존경스럽습니다. 그러나 저는 당신이 노르웨이 극지방에 대해 충분한 정보를 갖고 있는지 의심스럽습니다. 스피츠베르겐에서 고깃배를 타고 북쪽의 바렌츠 해로 가려는 생각은 가능하면 빨리 잊으십시오. 그런 계획은 어느 계절이건 위험한 도박에 가깝습니다. 그 외에도 여기에는 물고기도 고깃배도 없답니다. 노르웨이 극지 연구소의 조사 항해에 참여하고 싶다는 당신의 문의는 제가 오슬로의 해당 관청에 전달하겠습니다. 그러나 지나친 기대는 하지 마십시오. 아시다시피, 소련령인 노바야제믈랴와 프란츠요제프 제도에서는 무슨 일을 하든 제가 아니라, 소련의 해당 관청에 말을 해야 합니다. 여행객을 위한 몇 가지 정보를 동봉합니다. 그럼 안녕히 계십시오, 이바르 토르센."

여행객을 위한 안내

스발바르는 동경 10~35도와 북위 74~81도의 북극해에 있는 모든 섬의 통칭이다. 여기에는 스피츠베르겐의 군도 크비퇴위아, 콩칼스란, 비에르뇌위아*가 포함된다. 스발바르는 옛 북유럽 지명으로 12세기의 아이슬란드 연감에 처음으로 등장하며 현무암, 변형된 퇴적물과 적색 또는 회색 화강암으로 된 이 땅의 성격을 잘 설명해준다. 그것은 '차가운 해안'이라는 뜻이다. 그러나 네덜란드의 선원 빌렘 바렌츠가 1596년 스피츠베르겐에 도착했을 때, 이 연감과 땅은 잊힌 상태였다. 따라서 바렌츠가 그 땅을 발견한 사람이 되었다. 1925년부터 스발바르는 노르웨이 왕국의 일부가 되었다. 이 섬나라 정부의 수장은 쉬셸만 총독이다. 그의 사무실은 롱예르뷔엔에 있고 주소는 9170 롱예르뷔엔이다. 그의 지시는 무조건 따라야 한다.

입국 조건 여권이나 비자는 필요 없다. 그러나 극지의 기후 조건 아래 허허벌판에서도 살아남을 수 있는 능력을 증명해야 한다. 스발바르에는 묵을 수 있는 호텔도 여관도 없다. 숙박의 가능성은 없다. 모든 여행객은 숙박을 미리 정하지 않은 경우에는 야외에서 체류하기에 적합한 장비를 제시해야 한다. 천막과 침낭, 비상식량, 극지에서 필요한 옷과 육지와 바다의 지도, 컴퍼스, 신호를 보낼 수 있는 램프, 무기 등. 도착할 때 모든 여행객의 장비는 그곳 관청에 의해 검열을 받게

---

* 곰 섬이라는 뜻.

된다. 장비와 식량이 자족하기에 적합하지 않을 경우, 입국 거부를 당하고 타고 온 비행기나 배로 다시 그 섬을 떠나야 한다.

외부 경관 스발바르 섬들은 균열이 많고 피오르에 의해 갈라진 산맥들로 거의 풀이 자라지 않는다. 이끼와 지의류, 꽃도 있지만 나무는 없다. 넓은 지역은 거의 황량하다. 해안선을 따라 깨어진 빙하들과 암벽, 가파른 절벽이 있다. 군도의 거의 3분의 2, 6만 2049제곱킬로미터가 만년설로 덮여 있다. 사람이 거주하는 롱예르뷔엔, 뉘올레순, 바렌츠부르그와 퓌라미덴 외에는 길과 도로도 없다.

기후와 일조량 스발바르는 드물게 고도가 높은 극지 중 하나로, 1년 중 상당 기간을 해로로 접근할 수 있다. 여름에는 멕시코 만 난류의 물줄기가 스피츠베르겐 서쪽 해안의 얼음을 녹인다. 기온은 여름에도 섭씨 영상 10도를 넘지 않고 겨울에는 영하 35도, 드물게 영하 40도 아래로 떨어진다. 여름에는 안개가 끼고 기상 상황은 대부분 변화무쌍하다. 롱예르뷔엔은 4월 21일부터 8월 21일까지 백야다. 10월 28일부터 2월 14일까지는 암흑 기간이다. 북쪽으로 위도가 올라갈수록 백야와 극야는 약 6일 정도 길어진다.

거주 지역과 항공편 지속적으로 사람이 사는 스발바르의 거주 지역은 석탄 광산 조합에 의해 만들어졌다. 노르웨이의 스토레 노르스케 스피츠베르겐 쿨콤파니와 소련의 트루스트 아르크티쿠골이 그것이다. 약 1200명의 노르웨이인과 2100명의 소련인이 스발바르에 상주

하고 있다. SAS가 트롬쇠와 롱예르뷔엔 사이의 항로를 운항한다. 이 것은 무르만스크와 롱예르뷔엔 사이의 경비행기다. 여름에는 여객선 스발바르가 정기적으로 다닌다. 비행 편수는 계절에 따라 다르다.

북극곰에 대한 주의 사항 여름 동안 북극곰들은 특히 동쪽과 북쪽 지역을 다닌다. 그리고 서해안에서도 곰을 만날 수 있다. 곰들은 대부분 매우 굶주려서 극도로 위험하다. 여행객들은 다음의 규칙을 지켜야 한다.

항상 안전거리를 지켜라. 절대 먹이로 동물을 유인하지 마라. 배나 숙소의 창문에서도 마찬가지다. 북극곰들은 사전 경고 없이 공격한다.

쓰레기를 천막과 문밖에서 최소 100미터 떨어진 곳에 두어라. 그래서 가까이 오는 곰을 제때 발견할 수 있도록 하라.

북극곰들은 예외 없이 법에 의해 보호를 받는다. 그럼에도 비상 상황이 발생하여 총을 쏠 필요가 있다면 머리가 아니라 어깨나 가슴을 겨냥하라. 오발의 위험이 적으며, 첫번째 발사로 치명상을 입히지 못한 경우 두번째 발사까지 시간을 벌 수 있다. 죽은 곰은 관청에 신고해야 한다. 가죽과 두개골은 총독에게 넘겨야 한다. 기타 등등.

몇 종의 새가 있는지 집계되었다. 이끼와 지의류의 이름이 기록되었고 그 번식 주기도 알려져 있다. 비상시에는 구조를 위한 행동 요령이 있다. 바다의 수심도 측량되었고 암초와 절벽에는 등대가 있다. 그리고 가파른 구릉은 지도에 표기되어 있다. 그곳은 멀리 떨어진 곳이지만 이제는 더 이상 신화의 마법에 걸린 땅은 아니다. 그곳으로 요제프 마치니가 출발한다. 스피츠베르겐은 잘 측량되고 관리된 상태로 빙하 속에 있다. 차가운 부표, 다른 시간으로 가는 여정 중에 만나는 돌로 된 마지막 정거장.

마치니는 아침에 눈을 떠 주위를 더듬으면서 차츰 이 방, 이 벽, 누워 있는 침대가 항상 꿈꿔왔던 것이라는 사실을 깨닫게 될 때 느끼는 그런 감동으로 7월 26일 정오에 빈을 떠난다. 꿈속의 사물과 배경들은 흐릿해지는 것이 아니라, 깨어나면서 점점 더 분명해지고 손에 만져진다.

오슬로로 향하는 비행기가 순항 고도로 상승할 때의 충격으로 그는 부드럽게 좌석으로 밀쳐진다. 지평선은 선실 창밖에 펼쳐진 광경을 비스듬히 가른다. 그리고 한순간 비행기가 상승하는 것이 아니라 세상이 바닥으로 꺼지고 그곳에 깊은 초록색 바다의 표면이 어른거린다. 그러고는 바닷물이 출렁인다. 구름층이 흰색으로 닫힌다. 더 이상 해저도 없고 땅도 없다.

비행기 안에서 요제프 마치니는 바다에 있으려고 노력한다. 이렇게 도보자는 여행을 하고 있다. 그는 구름층 사이로 드물게 보이는 평평한 땅의 기복을 세세한 디테일과 이전 여행에 대한 기억으로 미화시키고, 옆 자리에 앉은 무역 대리상과 드러나지 않는 경관에 대해 분명하지 않은 대화를 시작한다. 그는 거래를 마무리하기 위해 그리고 자신의 미래를 위해 여행을 하고 있다. 무역 대리상은 국경과 자신이 날아온 도시들에 관해 이야기한다. 그는 제방과 포플러나무에 대해서는 알지 못한다. 코펜하겐에서 무역 대리상은 작별을 고한다. 두 사람은 서로에게 행운을 빈다. 중간 기착 후에 요제프 마치니는 아래에 놓여 있는 땅에 대해서는 더 이상 기억이 없다. 지금 구름들 사이로 비치는 것은 이미 그에게는 낯선 것이다. 앞자리의 등받이를 뚫어지게 보는 그의 눈앞에 파스아이어탈 전통 복장으로 기차 객실 창가에 앉은 티롤의 알렉산더 클로츠가 떠오른다. 기차가 내뿜는 연기의 깃발은 하늘의 텅 빈 파란색을 통과해서 브레머하펜을 향하고 연기는 테게트호프호의 굴뚝에서도 나온다. DC-9*의 화물칸에서는 썰매개들이 짖어대고 있다. 멀리서 들리는 모터 소리는 역수(逆水)**의 소리다. 끝없이 이어지는 쐐기 모양이 파도에 의해 갈라진다. 그 위로 얼음 덩어리와 소금기 있는 거품이 떠다닌다.

이른 저녁에 마치니는 오슬로에 도착한다. 호텔로 가는 길에 아직 따뜻하고 무거운 여름비가 내리기 시작한다. 오랫동안 잠들지 못하게 하는 긴 일광을 빼면 이곳은 자신이 생각한 북쪽과 같은 것이 하나도 없다. 비가 오는데도 무덥다. 호텔 전면의 유리에 기중기가 비친다. 기중기 위의 계류기구가 물보라 속에서 어른거린다. 늦은 밤 마치니는 아나에게 편지를 쓰기 시작한다. 그러나 문장은 단순히 일기가 되어버리고 수신인도 없이 여행에 대한 단편적인 기억을 나열할 뿐이다. 마치니는 '사랑하는 아나에게'를 지워버리고 종이를 자신의 기록물 속에 끼워 넣는다. 비는 아침까지 계속 내린다.

"통상 그런 문의는 거절합니다." 그날 아침 올레 파겔리엔은 마치니가 빈에서 받은 편지에서 했던 말을 반복했다. "너무나 많은 사람들

---

* 미국의 더글러스 사가 제작한 스탠더드형 여객기.
** 배의 엔진이 가동할 때 생기는 물길.

이 오죠. 크래들은 여행선이 아닙니다. 당신에게 예외를 허용한 것에 대해 피란트에게 감사하십시오. 물론 알고 계시겠지만."호텔에서 밤을 지내서 피곤했지만 마치니는 '올레 파겔리엔 극지 연구소'의 나무 판자로 벽을 마감한 방에 앉아 아나가 한 비난에 대해 생각하고 있었다. 마치니는 스피츠베르겐의 총독에게 첫번째 도움을 청하는 편지를 보내고 나서, 하필 그녀의 친구 중 한 사람인 셰틸 피란트에게 부탁을 했던 것이다. 아나가 미쳤다고 생각하는 여행을 준비하는 데 도와달라고 말이다. 피란트는 빈의 어느 학회에서 북극해에서 발견된 산업 폐기물에 대해 강연했고 아나의 저녁 모임에 나타나 화주를 물컵으로 들이켰다. 지금 그는 다시 롱예르뷔엔에 앉아 북극을 생각하고 있었다.

극지 연구소의 요청으로 해양학자 피란트가 다리를 놓은 후에 파겔리엔은 크래들의 연중 조사 여행에 예외적으로 마치니를 참가시키는 데 동의했다. 그런데 그날 아침 파겔리엔이 마치 그 결정을 후회한다는 듯한 어조로 말한 것이다. 크래들은 어쨌든 노르웨이 빙해 연구의 최고 함선과 같은 것으로, 여객선은 절대 아니라는 것이다. 극지 연구소는 지금 유동성으로 어려움을 겪던 선주에게 엄청난 금액을 주고 트롤 어선을 구입해서 연구 조건에 맞게 개조했다. 모든 선상의 자리는 값비싼 것이었다······ 마치니는 자신이 선실의 자리를 얻으려고 고집을 부린 데 대해 파겔리엔이 사과받고 싶어 한다는 느낌을 받았다. 그래서 그는 주인의 말 한마디마다 문하생의 표정을 짓고 고개를 끄덕이면서 가르침을 받았다. (파겔리엔에게서 느껴지듯, 나를 좀 무시한들 어떠한가, 8월 10일 롱예르뷔엔의 항구에서 크래들이 출발해 프란츠요제프 제도로 항로를 잡는다는데, 그리고 나 요제프 마치니가 테게트호프호의 빙해 탐사 110주년을 맞아 선박의 난간에 기대어 발견의 순간을 재음미할 수 있다는데!)

"책 한 권이라." 파겔리엔이 말한다. 그는 손님으로부터 몸을 돌리고 빗줄기를 응시한다. "……책 한 권, 이제는 모든 배에 책들, 장서를 싣는 일은 없어졌어요."

"그 장서에서 한 사람의 탐험가가 나타나지요." 마치니는 말을 아끼고 고개를 끄덕이면서 동조하는 태도에서 조심스럽게 빠져나가고자 했다. 그러나 파겔리엔은 자신의 태도를 유지하며 마지막 말을 던졌다. "아니면 여행자 한 사람이겠지요." 지금 그는 웃고 있다.

셰틸 피란트는 극지 연구소에(파겔리엔이 곧 극지 연구소니까) 보내는 청탁서에 여름 여객선 항로와 떨어진 빙해를 항해하려는 분명한 이유를(가장 좋은 것은 학문적인 의도이고, 궁한 경우에는 역사 연구라고 기입해라. 그렇지만 현장 취재를 하겠다는 얘기는 절대로 하면 안 된다!) 적으라고 마치니에게 충고했다. 이 서신은 마치니의 관심을 '조사'로 신고하고 그래서 과소평가하도록 만들었다. 극지의 역사를 다룬 책을 쓴다는 설명 외에 더 설득력 있는 이유가 있을까? 수다와 여객선이 갖는 한계로부터 방해받지 않는 빙하 세계의 체험이 필요불가결한 연구? 아니 파이어-바이프레히트 탐험대에 관한 책은 증기 여객선에서는 집필할 수 없는 것이다. (그 비슷한 내용을 편지로 설명하느라 마치니는 애를 썼다.)

그러나 그날 아침 올레 파겔리엔은 마치니, 즉 술주정뱅이 피란트가 보호하는 사람의 계획에는 그다지 감명받지 않았다. 그의 앞에 아주 공손하게, 거의 비굴하게 앉아 있는데도 말이다. (피란트는 왜 이이탈리아 사람의 일에 개입한 걸까?) 그렇지만 파겔리엔은 방문객과함께 수백 개 탐험대 중 하나의 유일한 모험에 대해 놀라워하기에는북극의 연대기를 너무나 많이 알고 있었다. 게다가 그에게는 자신만의 영웅이 있었다. 그의 정돈된 연구실은 위대한 옛 시절의 기념품들로 가득 차 있었다. 달팽이, 양치류의 잎사귀, 조개와 나무껍질들. 이것들은 북극의 환경이 얼마나 푸르고 낙원 같았는지를 보여주는 증거였다. 스피츠베르겐은 열대 정원이었다. 벽에는 북극해의 과거 모습들을 포착한 유화의 금색 액자들과 니스가 매끈하게 광택을 내고 있었다. 이미 물감이 갈라진 하늘 아래에서 벌어지는 북극곰 사냥 장면과 유빙 속에서 바람을 받아 불룩해진 돛단배들과 만년설 덩어리가부서지면서 흰색, 푸른색으로 분수처럼 솟아오르는 거대한 물줄기들.그림 두 개 사이에 걸려 있는 북극권의 큰 지도 앞에는 로알 아문센의동상이 제단처럼 서 있었다. 아문센 말이다! 그날 아침 파겔리엔은 아문센에 관해 말했다. 이탈리아 방문객이 이야기하는 달마티아 선원들과 힘겨운 늦추위, 그 모든 것도 이 위대한 한 사람의 고난에 비한다면 아무것도 아니다. 그리고 아문센, 북서 항로의 정복자, 남극 최초의 인간, 노빌레와 함께 북극 비행에 참여한 정신적인 지도자이자 노르웨이의 영웅, 그도 이탈리아와 관련된 불행한 경험을 하지 않았던가? "이걸 보세요, 이걸……" 파겔리엔의 아카이브에는 노빌레가 그유일한 사람을 공격한 추잡함이 기록된 신문기사가 있었다. 이탈리아의 장군은 극지 비행을 함께한 후 아문센의 명성에 흠집을 내려 했고아문센과 열광하는 사람들 사이에 끼어들어 반박문을 썼다! 노빌레가 비행선인 노르게를 만들고 무솔리니가 탐험을 지원했다고 하지만, 이 모든 수단들을 고안한 유일한 천재, 아문센이 없었다면 무슨 소용이 있었겠는가?

"저도 그 이야기를 압니다." 마치니가 말했다.

그리고 장군이 2년 후에 독자적으로 극지 비행을 하다가 이탈리아호와 함께 빙하로 추락하여 애석하게 모험의 종말을 맞았을 때, 아문센이 아니라면 누가 적을 구하기 위해 구조 비행기를 탈 만큼 위대할 수 있었겠는가? 아문센과 다섯 명의 동행자는 1928년 6월 18일 비행기에 오른 후 실종되었다. 그들은 현란하게 치장한 광신자, 정신병자를 위해 목숨을 잃은 것이다. 비에르뇌위아 상공에서 마지막 교신을 나눈 후 영원히 침묵하였다(파겔리엔은 교신 내용을 외우고 있었다). 나중에 스피츠베르겐 해안에서 발견된 라탐기*의 착륙용 활주부가 전부였다.

"저는 노빌레가 아닙니다." 마치니는 파겔리엔과 작별인사를 하기 위해 일어서면서 낮게 이탈리아어로 말했다(얼마나 오랫동안 이탈리아 말을 하지 않았던가). 비에 젖은 그의 옷은 의례적인 방문 동안에도 마르지 않았다. 시간은 늦은 오전이었다.

"뭐라고요?" 파겔리엔은 그 말을 알아듣지 못했다.

"제 이름은 요제프 마치니입니다." 손님이 말했다. 파겔리엔은 처음으로, 오랜만에 불안해졌다. 순간 그는 고집스럽게 북극해로 가려는 작고 종잡을 수 없는 이탈리아인에게 어떤 호감을 느꼈다. 아마도

---

* 엔진 두 개가 달린 프랑스 비행기의 일종.

그것은 아문센이 노빌레를 수치스럽게 만든 그 대범함의 흔적이리라. 파겔리엔의 세계상을 마치 빗금 부호처럼 가르고 때로는 도덕적인 기준으로 변하기도 하는 그 흔적 말이다.

"피란트에게 안부 전해주십시오." 파겔리엔은 관심과 반신반의의 순간을 떨쳐내며 손님에게 고개를 끄덕였고, 마침내 다시 혼자가 되었다. 그는 빛바랜 청색 작업복에 뚱뚱하고 머리가 벗어진 남자였다.

거리에는 안개가 피어오르고 있다. 비는 그쳐 있었다. 마치니는 오슬로의 속살을 드러내주는 우회로를 지나 천천히 호텔로 돌아왔다. 펄럭거리는 지도를 접느라 애쓰는 관광객으로. 길모퉁이에 멈춰 서서 계속 가기 전에, 그리고 실제 도시의 광경과 마주치기 전에 그다음 길을 그려보려고 했다. 그것은 일종의 놀이였다. 긴 산책 끝에 비로소 그의 상상과 길의 모습들이 비슷해지기 시작했다. 이곳의 삶은 얼마나 축 처져서 차분하게 흘러가는지. 소도시의 휴일에 있을 만한 소음도 들리지 않았다. 파겔리엔의 말에 따르면 아문센과 난센의 빙하선 프람은 뷔그되위의 선박 박물관에 있다고 한다…… 뷔그되위로 배를 타고 가던 도중 마치니는 자신의 계획을 변경한다. 아니, 박물관 구경, 방문, 자신의 모험 속으로 들어와서 방해하는 다른 낯선 모험은 더 이상 하지 않으리라. 오슬로는 현재와 시간이라는 것이 없는 북극 사이의 아무도 살지 않는 땅이어야 한다. 중간 체류지인 것이다.

오후에는 물건을 사고 장비를 보충하느라 시간을 보냈다. 이곳의 모든 서점은 모든 축척의 바다 지도를 갖고 있었다. 그는 스노 고글을 석공의 집에 두고 왔다. 저녁에 마치니는 호텔방의 거울 앞에 섰다. 스노 고글의 검은색 렌즈가 그의 눈을 덮고 있다(안면이 좁아지면서

시야가 만들어지고 얼마나 안정감이 느껴지던지). 고글의 고무밴드
는 숱 많은 검은 머리칼을 볏처럼 묶는다. 수염 없는 얼굴, 여위고 높
은 광대뼈, 잘 깎아놓은 듯한 코는 시험 삼아 바른 동상용 연고로 번
들거린다. 몇 분 동안 그는 움직이지 않고 그렇게 서 있다. 총, 페를라
흐 쌍발총. 사격 자세로 서서 거울 속의 가늠쇠와 가늠자의 홈으로 시
선을 던진다. 불쌍한 사육절의 광대 같다!

그는 내일이면 트롬쇠에 있을 것이다.

7. 멜랑콜리

돛은 차가운 비로 인해 무겁다. 굵고 축축한 눈발이 간간이 떨어진다. 낮게 깔린 구름 아래로 낮과 밤의 구분은 없어져버린다. 안개 조각들과 끝없는 회색빛 속에서 지평선은 흐릿하다. 테게트호프호는 거칠어지고 난폭해지는 바다를 때리면서 나아가고 있다. 격랑이 이렇게 심한 적은 없었다. 범선 위에서 부서지는 파도는 선상에서 보초를 서는 이에게는 고역이다. 티롤 지방 출신의 사냥꾼들은 돌아가면서 뱃멀미를 하고, 거의 서 있을 수조차 없다. 그들은 서로 돌봐주면서 용기를 북돋워준다. 노바야제믈랴 섬 앞의 해안가는 잠잠할 것이다. 우리는 아름다운 산을 보게 될 것이다. 그렇게 해군 중위 파이어는 약속했다. 파도의 산맥이 마침내 평평해지고 바람이 더 이상 파도의 능선과 산마루를 가르지 않게 되면 추위가 몰려와 삭구를 얼어붙게 한다. 돛의 활대와 돛대, 돛대를 고정시키는 용총줄들, 진주처럼 은은하게 빛나는 선체는 얼음으로 이루어진 예술 작품이 된다. 그다지 거칠지 않은 바다 항해와 돌풍 속에서도 얼음의 유리 같은 거품이 부서져 갑판 위에 흩어진다. 삐걱거리는 소리는 개들을 성나게 한다. 트롬쇠를 떠난 지 채 2주도 되지 않았다. 그러나 트롬쇠, 영사 아가르트의 식탁에 있던 양초와 은색 촛대와 사라진 화려함에 관해서는 아무도 말하지 않는다. 바다는 육지에 대한 기억을 일기에서 몰아낸다. 바닷새들—솜털오리, 바다쇠오리, 북극갈매기—은 낡은 총에 맞아 하늘에서 떨어진다. 그리고 할러와 클로츠는 뜨거운 물로 가득 채운 양동이 앞에 앉아 깃털을 뽑는다. 시간의 흐름은 느려지기 시작한다. 바이프레히트는 메인 돛에 망루를 만들게 한다. 며칠 전부터 점점 더 북동쪽으로 기울어지는 희미한 활 모양의 빛은 구름에 반사되는 빙하의 빛인가, 아니면 바닷물이 곧 유빙과 빙하 장벽으로 뒤덮일 거라는 신호인가? 이렇게 빨리? 작년 이맘때 이스비에른 답사 탐험에서 유빙의 경계는 현저히 더 북쪽에 있었다. 망루에서 보초를 서는 장교는 누구보다 더 빨리 얼음을 발견하고 조타수에게 경고를 하고 방향을 지시할 것이다. 바람 한 점 없이 조용한 어느 날 저녁, 지휘관은 자신의 선원들을 위해 선실에서 치터*를 연주하고 있다. 망루에 있는 오렐 또는 브로슈는 그 소리를 듣지 못한다. 그들은 경계에만 열중하고 있다.

7월 25일 아침 8시 30분, 암캐 노바야가 새끼를 낳다 죽었다. 10시에 노바야는 차가운 무덤에 안장되었고, 같은 날 오후 7시 반에 우리는 첫 얼음

---

* 하프와 유사한 현악기.

덩어리를 발견하고 그것이 마지막이기를 바라면서 반갑게 맞았다.

오토 크리슈

　얼음이 이렇게 남쪽에 위치한 것에 놀랐지만, 바다가 얼음에 가로막힌 게 아니라 아마도 카라 해*에서 마토치킨 해협**을 통해 떠내려온 유빙일 거라는 가정으로 우리를 안심시켰다. 그러나 우리가 이미 서로 연결된 빙해 안에 있다는 사실은 곧 분명해졌다. 그리고 1872년의 항해 상황이 이전에 비해 너무나 좋지 않다는 것도.

율리우스 파이어

　유빙 지역은 아직은 느슨하고 배가 지나갈 수 있는 운하 정도의 넓이여서, 돛을 펴고 총력으로 통과한다. 이윽고 얼음이 점점 더 촘촘해지기 시작한다. 좋은 바람의 힘도 더 이상 충분하지 않다. 오토 크리슈와 화부 포스피실은 증기기관을 사용하라는 명령을 받는다. 그렇게 힘들게 앞으로 나아간다. 그러나 그 지역은 점차 하얀 평지에 가로막힌다. 그것은 지평선까지 가 닿는다. 운하는 더 이상 없다. 7월 30일 테게트호프호는 처음으로 얼음에 포위된다. 배는 금방 얼어붙는다. 다음 날에야 얼어붙은 해수면은 너울과 따뜻해진 공기로 인해 부서진다. 배가 승마장보다 더 큰 그림자를 드리우는 증기를 내뿜고 다시 항해를 시작하자 크리슈는 뿌듯하다. 8월 3일 러시아 노바야제믈랴 제도의 서쪽 해안에 도착한다. 돛을 달고 증기를 뿜으면서 범선은 바위 해안을 따라 천천히 나아간다. 일요일에 선원들은 갑판에 모인다. 바이프레히트는 이탈리아어 성경을 소리 내어 읽어준다.

---

* 러시아 북쪽 북극해의 일부.
** 노바야제믈랴 제도의 북섬 세베르니와 남섬 유즈니를 가르는 해협.

흥청대고 먹고 마시는 일과 쓸데없는 세상 걱정에 마음을 빼앗기지 않도록 조심하여라. 그날이 갑자기 닥쳐올지 모른다. 조심하여라. 그날이 온 땅 위에 사는 모든 사람에게 덫처럼 들이닥칠 것이다. 그러므로 너희는 앞으로 닥쳐올 이 모든 일을 피하여 사람의 아들 앞에 설 수 있도록 늘 깨어 기도하라……

하느님의 말씀이 더 이상 나약한 신자들을 진정시킬 만한 힘이 없을 때, 이들을 진정시키는 것은 흔들림 없이 바다와 하늘의 모든 신호들을 유리하게 해석할 줄 아는 바이프레히트의 약속이다. 우리는 준비가 되었다, 그가 말한다. 아무것도 우리를 놀라게 하지 못할 것이다.

며칠 전부터 우리는 선상에 있는 대부분의 사람들에게는 낯선 세계로 들어갔다. 짙은 안개가 우리를 감쌌다. 저 멀리 있는 육지를 뒤덮은 흰 눈의 옷이 찢어진 부분에서는 사람이 살 수 없는 황량한 첨탑이 솟아서 우리를 응시하고 있었다. 주위의 모든 것들은 무상함을 칭송했다. 바다의 침식 작용과 빙하의 용해 과정은 지치지 않고 부지런히 계속되기 때문이다. 구름으로 뒤덮인 밤하늘 아래로 얼음이 속삭이면서 사라져가는 것보다 더 멜랑콜리한 광경은 없다. 천천히, 축제 행렬처럼 의기양양하게 하얀 관의 행렬이 남쪽 태양빛 아래 무덤을 향해 이동한다. 수초간 계속되다 사라지는 긴 파도의 살랑거림이 구멍 난 얼음 덩어리 아래에서 포말이 되어 솟구쳐 오른다. 플라르데*들의 어마어마한 테두리에서 물이 단조로운 소리를 내며 흐르고 지지대를 잃은 눈덩이가 순식간에 바다에 빠지면서 불덩이가 닿은 듯 피식 소리를 낸다. 연달아 부서지는 소리가 들린다. 이것은 빙하의 일부가 폭발하면서 나

---

* 폭 1.6킬로미터 정도의 얼음 덩어리.

는 소리다. 빙산이 녹으면서 현란한 폭포가 되어 은근한 베일의 광채를 드리운다. 그리고 이글거리는 일광 속에서 스스로 무너지면서 천둥소리를 내면서 갈라진다…… 이윽고 다시 낮의 회색 빛이 압도한다. 그 앞에서 모든 색의 광채와 꿈은 무로 흘러든다.   율리우스 파이어

빙해 탐험선의 항로에 대해 쓸 만한 그림을 얻으려면 부엌의 하얀 벽에 투영된 파리의 비행 루트를 상상하면 도움이 될 것이다. 빙하를 피해 우회하고 빙하 장벽에서 되돌아가고 유빙 위에 올라앉거나 빙하가 우지끈 소리를 내면서 갈라진다. 마침내 드러난 혼란스러운 얼음 운하의 좁은 통로는 전반적으로 조용히 나아가는 직선이기보다는 사라지고 서로 엇갈리는 엉킨 실타래와 비슷하기 때문이다. 노바야제믈랴의 해안을 지나는 것이 그러하다. 망루의 보초 선원이 쉰 목소리로 소리를 지른다. 물길이 열렸다! 네 칸 앞으로, 다섯 칸! 그리고 상사 루지나의 손에서 조타륜이 속도를 낸다. 노는 놀란 새가 비상하는 것처럼 각을 세운다. 테게트호프호는 번쩍이는 회백색 조각들의 세계를 지나면서 기우뚱거린다.

8월 12일 그들이 철저하게 혼자라고 믿고 있을 때, 갑자기 낯선 배한 척이 안개 속에서 나타난다. 감격스러운 그 모습은 아직은 너무나 작고 흐릿해서 신기루라고 생각할 수도 있다. 그러나 그 배는 기수를 돌려 가버리는 허상이 아니라, 현실이 되어 톱 마스트에 돛을 달고 그들 쪽을 향해서 똑바로 온다. 눈을 감았다 다시 떠도 그 자리에 있다. 그리고 자그마한 별들, 붉은 황금색 총구의 불, 축포! 프리깃함이다. 그러나 이러한 광경에서 가장 굉장한 것은 지금 게양되는 깃발들이다. 그것은 노르웨이…… 그리고 오스트리아의 깃발이다! 오스트리

아 깃발이 이런 외딴곳에 있다니. 선원들은 떠들썩하게 환호한다. 이 스비에른호, 후원자이자 친구인 빌첵 백작이 스피츠베르겐에서 그들 뒤를 좇아온 것이다! 빙하 상태가 좋지 않은데도 빈에서 했던 약속을 지켜 나사우 곶에 탐험대를 위해 식량을 비축하려 한 것이다. 며칠 전 몇 킬로미터 떨어진 곳에서 요트 아이슬란드호와 발보리호에 일어난 일이 테게트호프호에게도 일어날 경우 그곳이 첫번째 피난처가 될 것이다. 두 요트 모두 빙하와 충돌해 가루가 되었고 침몰해버렸다. 백작은 동행인 슈테르넥 남작, 황실 사진사 빌헬름 부르거, 지리학 교수 한스 회퍼와 함께 보트에서 내려 테게트호프호에 오르면서 그 사건에 대해 말한다. 사망자는 얼마나? 백작은 알지 못한다. 그는 샴페인을 가져왔다.

이스비에른호는 테게트호프호의 항적을 따라 하루 종일 북으로 항해한다. 노르웨이 선원들이 '세 개의 관(棺)'이라고 부르는 바렌츠 섬까지. 비상 상황에서는 나사우 곶보다는 그곳에 식량을 운반해두면 찾아가기가 더 쉬울 것이다. 1해리를 갈 때마다 빙하 속에 갇혀서 사람이 살지 않는, 돌로 된 불모지 노바야제믈랴 제도 사이에서 겨울을 나야 하는 위험성이 높아진다. 이스비에른호에는 증기기관과 보호장구가 없기에, 이곳에서 겨울을 나는 것은 죽음을 의미한다. 그러나 백작은 돌아가려 하지 않는다. 아직은. 바렌츠 섬 앞에서 얼음이 앞을 가로막는다. 배 두 척의 발이 묶인다. 황실 사진사 부르거는 움직이지 않고 차곡차곡 쌓여 있는 얼음 덩어리 사이에 서서 렌즈를 통해 세상 끝을 응시한다. 황량한 검은색의 절벽, 하늘과 얼음.

비상식량. 오크통 속에 든 4킬로그램의 호밀빵과, 납땜한 주석상자에 든 2킬로그램의 완두콩 햄은 개썰매로 '세 개의 관' 위로 옮겨져 영원히 선사시대의 돌 사이에 보관된다. 그들 중 누구도 이곳으로 돌아오지 않을 것이다. 지리학자 회퍼는 화석을 줍는다.

바렌츠 섬의 석회바위에 파묻힌 동물의 세계는 부정할 수 없는 증인이다. 예전에 이 높은 평지에는 따뜻한 바닷물이 흘렀고 지금처럼 커다란 만년설이 바닷물에 떠다니는 것을 허용하지 않았다. 지금은 완전히 죽어버린, 그리고 얼음에 파묻힌 땅의 일부가 비옥했던 그때를 기억하고 있는 것이다. 바다에서는 다채로운, 때로는 귀여운 동물의 세계가 꿈틀거렸고, 비에르뇌위아와 스피츠베르겐에서 발견된 화석을 보면 알 수 있듯이, 육지는 이 시기에 상응하는 종려나무와 거대한 양치식물로 장식되어 있었다. 우리는 지구 역사의 이 시기를 석탄기라고 말한다. 그 시기는 최북단이 풍부하게 은총을 받은 유년기였다. 그러고는 이 지역의 생애 주기는 소멸을 향해 너무나 성급하게 달려갔다. 아직도 온 힘을 다해 하루의 변화를 살아가는 남쪽 지역에 비해…… 여기 파묻힌 화석을 잠깐 들여다봄으로써 이전의 풍족했던 삶, 다양한 형태의 유기 생물체들의 모습이 꿈결처럼 살아난다. 바렌츠 섬의 현재를 들여다보는 시선은 우리를 암울하게 만든다.　　　　　　한스 회퍼

섬 앞에 정박한 동안 바이프레히트는 매달려 있던 무거운 침목을 선체에 갖다대도록 한다. 다가올 얼음의 압력에 대비한 흔들거리는 방어 수단이다. 몰려드는 얼음 덩어리들의 압력은 침목에서 분산되어야 한다. 계속해서 파이어, 클로츠, 할러는 개들을 썰매에 묶는다. 그리고 개들을 빙하 위로 보내 분노를 진정시키고자 한다. 개들은 썰매를 힘겹게 끌고 간다. 그러고는 첫번째 북극곰을 해치운다. 축제가 벌어진다. 개들은 더 이상 멈출 수 없다.

8월 18일 프란츠 요제프 1세 폐하의 생신을 위해 선상에서 성대한 만찬이 열렸고 '북극곰'(이스비에른)의 모든 신사들이 초대를 받았다. 빌첵 백작은 거기에 필요한 샴페인을 내놓았다. 지휘관 바이프레히트는 식탁에서 일어나 황제의 평안을 위해 건배했다. 이는 분명 노바야제믈라 섬 바로 근처 빙하 속에서 가진 첫번째 식사였다. '북극곰'으로부터 우리는 순록의 허벅지 살을 받았고, 그것은 정말 맛이 훌륭했다. 식사는 거북이 수프, 여러 가지 피클을 곁들인 티티새 요리, 감자퓌레와 함께 나온 순록스튜, 닭스튜와 강낭콩 샐러드, 자두잼과 산딸기잼을 얹은 밀가루 슈마레, 마지막으로 치즈를 넣은 빵과 버터 그리고 블랙커피, 특별한 파티에 무척 잘 어울리고 이를 위해 아껴둔 시가였다. 우리는 수다를 떨고 고향을 추억하면서 사랑하는 가족들을 생각했다. 　　　　　　　　　　　　　　　　　　　　　　　　오토 크리슈

선원들의 식사는 더 단순했다. 메뉴에 관해서는 전해지지 않는다. 그들은 따로 식사를 한다. 상사 루지나와 빙하 전문가 칼센, 기관사 크리슈는 특별한 경우에만 장교들의 식탁에 초대받는다. 그러나 더 이상 식탁도 배도 없는 그런 시간이 올 것이다. 함께 얼음을 깨면서 검은 손과 서리로 덮여 갈라진 얼굴로 물개기름을 날것으로 씹을 때가 올 것이다. 눈으로 가득 찬 수통을 셔츠 안에 넣고 썰매를 끄는 고통스러운 몇 시간이 지난 후에 맛없는 물 몇 모금을 들이켤 것이다.

저녁 10시에 우리는 식탁에서 일어섰고 '북극곰'의 신사들은 그들의 배로 돌아갔다. 나는 이 글을 쓰고 잠자리에 들 것이다. 　　　　　　　오토 크리슈

8월 20일 얼음에서 항해를 재개할 수 있는 몇 가지 변화가 보였다. 그래서 우리는 다음 날 빌첵 백작, 해군 준장 슈테르넥 남작, 회퍼 교수와 부르거

씨와 작별인사를 하기 위해 이스비에른호에 올랐다. 그것은 통상적인 작별
은 아니었다. 이미 세상의 나머지와 멀어진 사람들 사이에 동요가 일어났고
다른 때보다 더 격해진 상태에서 작별을 고했다…… 우리는 뿌연 공기와 상
쾌한 북동풍을 맞으며 이스비에른호를 지나 북쪽으로 증기를 뿜으면서 나아
갔다. 이스비에른호는 곧 물안개에 둘러싸여 시야에서 사라졌다…… 오후
에 우리는 바케(빙하에 둘러싸인 열린 수면, 바다의 연못)에 들어갔다. 그러
나 밤사이에 빙하의 장벽이 여기도 가로막아버렸다.   율리우스 파이어

　8월 22일 우리는 두꺼운 빙하에 의해 갇혔다. 일찌감치 4시 반에 불을
끄고 얼음들이 흩어지기를 기다렸다. 눈발이 심하게 날렸다…… 오늘 선상
에 있던 고양이 두 마리 중 한 마리가 장이 꼬여 죽었다.   오토 크리슈
　기다림. 며칠. 몇 주. 기다림. 몇 달. 몇 년. 절망의 바닥에 이를 때
까지 기다리기. 빙하의 덫은 더 이상 열리지 않을 것이다. 절대로. 트
롬쇠항을 출발한 지 14일 만에 얼어붙은 바다가 사방에서 테게트호프
호로 다가온다. 어디에도 열린 바닷길은 없다. 테게트호프호는 이제
배가 아니라 하나의 오두막이다. 얼음 덩어리 사이에 꼼짝없이 갇힌,
피난처이자 감옥이다. 돛은 아무런 소용 없는 천 조각일 뿐이다. 증기
기관은 균형을 맞추기 위한 화물이다. 조타륜은 가소롭다. 빙하 전문
가 칼센이 쓴 항해 일지를 통해 좌표를 추론할 수 있다. 위치는 북위
76도 22분, 동경 62도 3분. 떨어지는 눈발은 곱고 단단하다.
　이제 그들은 작아졌다가 다시 커지기를 반복하는 빙하 섬 위에 앉
아 떠밀려 다닌다. 그들의 배는 나무로 된 빙하 섬의 심장이다. 눈부
신 허공 속으로 그리고 극야의 일출 속으로, 어둠 속으로, 북, 북동,

북서, 그리고 다시 북으로 표류한다. 전혀 예측하지 못하는 해류와 얼음의 고문에 내맡겨진 채. 그들은 무를 향해 항해한다. 모든 것이 다 가오고, 그들을 향해 온다. 2년, 그동안 여덟 달 넘게 해가 뜨지 않는다. 외로움과 두려움, 팔뚝 굵기만 한 얼음에 따뜻한 모직 담요를 덮고 있어도 몸이 얼어붙는 추위이다. 폐질환으로 인한 호흡곤란, 사지가 얼어붙어 목숨을 위협할 정도이며, 고통스럽지만 선상 주치의 케페스의 절제 수술로만 죽음을 막을 수 있다. 괴혈병에 의한 잇몸의 농양, 이것을 가위로 자르고 생긴 상처는 염산으로 소독한다. 결국은 환각과 절망 상태.

그러나 그들에게 가장 끔찍한 것은 빙하의 성난 울부짖음이다. 그것은 첫겨울을 나면서 점차 원을 그리며 좁혀 들고 서로 밀어붙이면서 쌓이고 테게트호프호를 박살 내려고 한다. 얼음의 위협이 진행되는 동안 대원들은 갑판 아래 비상용 포대 사이에서 어슬렁거리면서 위에 있는 보초의 경고 외침을 기다린다. 계속하라! 계속! 너희 삶의 목표가 바로 저기다! 그렇게 몇 번이고 갑판으로, 바깥 어둠 속으로, 빙하 위로 올라간다. 얼음이 벌어지는 틈에서는 물이 성난 듯 검게 끓어오른다. 그러고는 다시 잠잠해지고 더 이상 물도 없다. 유령이다.

그러나 어느 발견자의 불멸에 비한다면, 또는 대원들 입장에서 보자면, 점점 더 올라가는 추가 수당과 급료에 비한다면 궁핍함과 고통은 뭐란 말이냐? 그리고 극지 하늘 빛의 경이에 비한다면 극야의 어둠은 뭐란 말이냐? 물안개의 막 속에 광선이 굴절되면서 대여섯 개로 갈라져 나타나는 자정의 해에 비한다면? 부드러운 신기루, 어른거리는 거대한 달무리와 오로라의 춤추는 광채에 비한다면 그건 아무것도 아니다. 오로라가 처음 나타났을 때 선원 로렌초 마롤라는 무릎을 꿇고 큰 소리로 기도를 올렸다.

피우메의 항만청 앞에서 바이프레히트가 한 연설, 아드리아 해에서 주문처럼 외우던, 빙하와 어둠의 공포, 유빙에 떠다니면서 경험하게 될 공포. 남쪽 나라에서 온 선원들은 이 모든 것에 대항할 만큼 강해진 듯하다. 바이프레히트는 황실 해군들이 보낸 비난과 의심에도 자신의 신념을 굽히지 않은 데 대한 보상을 느낀다. 제발 이탈리아 사람은 쓰지 말게! 사람들은 그에게 말했다. 극지 탐험을 위해서는 노르웨이인, 덴마크인, 러시아인을 고용해야 해. 그러나 조용하고 바람이 불지 않는 겨울밤이면 컴컴한 빙하 위로 내려와 햇불 아래에서 보체*를 하는 것은 이탈리아인, 달마티아인들이다. 그는 나중에 어느 여자 친구에게 쓴다. 자신이 높이 평가하는 이탈리아인들을 데리고 온 이유는 이들이 북쪽 끝의 위협 한가운데에서 인간이 가질 수 있는 가장 값진 것, 바로 밝은 성격을 갖고 있기 때문이라고. 프란츠요제프 제도를 발견한 것보다 이 사실을 세상에 알리는 데 관심이 더 많다고 바이프레히트는 편지를 끝맺는다.

그들은 떠밀려 간다. 모든 것에 대비를 했고, 갇힐 것도 계산했다고 지휘관들은 대원들에게 장담한다. 테게트호프호는 안전한 배이고 바로 이런 바다를 위해 건조되었고 내년 봄에는 빙하에서 벗어나 열린 바다에서 베링 해협까지 어쩌면 그 너머까지 항해를 계속할 것이다. 지휘관들이 얼마나 확신에 차 있던지. 바이프레히트는 흔들리지 않는

---

* 로마 시대에 하던 공놀이의 일종.

다. 그리고 파이어는 바이프레히트의 말에 따른다. 모든 것이 지금 항해를 하려는 그곳에서 그들이 돌아올 수 있을 거라는 말과는 정반대로 보인다 하더라도 바이프레히트는 여전히 말한다. 우리는 돌아올 것이다. 나는 알고 있다. 아직 아무도 그것을 의심하려 하지 않는다. 빙하 전문가 칼센 같은 사람은 다른 진실을 알고 있을 것이다. 그러나 그는 침묵한다.

우리보다 앞서 많은 사람들이 실패했다. 우리는 북으로 나아가고 있다, 쉬지 않고 북으로, 그리고 넓은 곳이 나온다. 그곳은 모든 것이 영원히 얼어붙어 있고 봄이 오지 않는 곳이다. 해빙은 없다. 항해할 수 있는 물이 없다. 그곳에서 돌아온 사람은 아무도 없을 것이다. 베링 해협은 넓고 우리는 다른 사람들처럼 종말을 향해 나아간다.

누가 그런 예언을 할 힘을 가졌겠는가? 아니 죽음은 단지 머릿속에 있을 뿐이다. 율리우스 파이어는 그림을 그린다. 그것은 마찬가지로 불확실하고 미약하다. 벌거벗은 북극의 겨울 추위에 아무런 보호막도 없이 내팽개쳐진 사람들 주위로 곧 안개구름이 형성될 것이다. 마치 달무리처럼. 적당히 빛을 받으면 구름의 가장자리는 무지개 색으로 빛날 것이다. 이 구름은 재빨리 증기로 변하는 몸의 수분일 뿐이다. 보라, 파랑, 초록, 노랑, 오렌지, 적황. 점차 무지개 색깔이 하나씩 사라지고, 이것은 동사(凍死)의 과정과 일치한다. 고통의 한계 저편에서 죽음은 마지막 주황색 활 모양이 사라지면서 분명해진다.

죽음이란 색깔 놀이다.

8. 두번째 부록
길을 찾는 사람
— 실패를 기록한 연대기에서 나온 도표

(파이어-바이프레히트 탐험대에 앞서 북극 지역과 곶, 물길의 수호성인이 된 사람들 가운데서 선별함)

주의: 어선을 타고 가다 꼼짝없이 얼음에 갇혔거나, 물에 빠지거나 굶주리거나 동상에 걸렸다면 역사에 기록될 꿈을 꾸지 못한다. 그래서 실종된 고래잡이나 고래기름 채취꾼에 대해 이야기하는 사람은 없다. 그들의 항해에 탐험이라는 열광적인 이름을 붙이지도 않고 북극의 얼음 바다를 매년 다니는 선원들에 관해서도 말하지 않는다. 고래기름 채취꾼도 땅을 발견하고, 천지학자에게 오랫동안 알려지지 않던 섬에서 겨울을 난다. 그들은 얼음을 알고 배로 다닐 수 있는 루트를 학자들보다 더 잘 안다. 그러나 무역 사무소의 서기 외에 누가 그

이름들을 기록하겠는가? 국왕의 명에 따라 항해하다가 침몰한 한 척의 탐험 선박에 비하면 사라진 열 척의 물개 사냥용 프리깃함은 무엇이란 말인가? 어선에서 하는 일은 명예를 요구하지 않는다. 그러나 탐험대에는 비록 성공하지 못했더라도 기념비가 세워지는 것이다.

이름 (탐험대의 지휘관)	연도	목표	비고
휴 윌러비	1553/1554	북동 항로	첫번째 답사. 윌러비의 죽음 참조.
마틴 프로비셔	1576/1577/ 1578	북서 항로	그린란드의 남쪽 꼭짓점까지 항해해서 황철광과 금을 실은 후 그린란드에서 강제로 태운 에스키모와 함께 귀환. 두번째 항해에서는 다섯 명의 선원이 에스키모에 의해 죽임을 당함. 프로비셔의 보고에 따르면 많은 수의 그린란드인들이 그들의 공격을 피하기 위해 물에 뛰어들었음. 결국 북극해에서 실종됨.
빌렘 바렌츠	1594/1595/ 1596/1597	북동 항로 북서 항로 북극을 관통하여 태평양으로	노바야제믈랴 주위를 처음으로 항해하고 포모레족과 아이슬란드인들 다음으로 스피츠베르겐을 발견함. 항상 황철광을 갖고 돌아옴. 마지막 여행에서는 노바야제믈랴의 북동 해안가 '세 개의 관'에서 빙하에 부딪쳐 배가 침몰함. 바렌츠와 네 명의 선원은 해안가에서 겨울을 지내다 죽음. 막사의 잔해는 수백 년 후 빙하 전문가 엘링 칼센에 의해 발견됨.
존 나이트	1606	북서 항로	그린란드에서 에스키모에게 죽임을 당함.
제임스 홀	1605/1606/ 1607/1608	북서 항로	그린란드에서 에스키모에게 죽임을 당함.
헨리 허드슨	1607/1608/ 1609/1610/ 1611	북서 항로 북극을 관통하여 태평양으로	그린란드, 스피츠베르겐까지 항해, 허드슨 해협과 허드슨항을 통해 북미 내륙까지 항해. 돌아오는 길에 얀마옌 섬 발견. 두 번의 선상 반란 끝에 일곱 명의 선원과 아들과 함께 선원들에 의해 소형 보트에 태워진 후 실종됨. 선상 반란자들은 영국으로 돌아와 교수형을 당함.

비투스 베링	1725~1741	북동 항로 북서 항로 북극을 관통하여 태평양으로	차르 이반 키릴로비치 크릴로프가 계획하고 조직한 북극 대탐험대(총 일곱 개의 부대와 600명의 참가자)의 영웅, 베링 해협을 처음으로 통과한 사람 중 하나. 베링 섬 근방에서 침몰 후 괴혈병으로 죽음.
바실리 야코블레비치 치차고프	1765/1766	북극을 관통하여 태평양으로	루트를 찾으려던 첫번째 시도가 실패한 후 두번째 항해를 강요당함. 항해 중 탐험대 대다수가 죽음. (강제적인 탐험은 제정 러시아의 통상적인 북극해 연구 방식이었다. 따라서 선원들은 두번째 항해를 피하기 위해 새로운 땅이나 얼음이 없는 루트를 지어내기도 했다.)
존 프랭클린	1818/19, 1820/21, 1825~1827, 1845~1847	북서 항로 북극 관통 후 태평양으로	세 번의 힘든 극지 항해를 마치고 네번째 탐험에서 129명의 선원들과 에레부스, 테러라는 배 두 척과 함께 빙하 속에서 실종. 수년간 수색을 했으나 성과가 없었음. 1859년에야 매클린톡 선장이 막사의 잔해와 시신을 발견함.
엘리샤 켄트 케인	1850/1851, 1853~1855	미국로(그린란드의 서해안 방향으로 스미스 해협을 지나 북극과 베링 해협으로)	케인은 뉴욕항에서 출발하여 대서양을 건너 미국로를 찾으려 함. 첫번째 항해는 실패했고 두번째는 선원들 중 일부만 살아남음. 케인은 돌아온 후 궁핍에 시달리다 죽음.
찰스 프랜시스 홀, 에밀 이스라엘 베셀스	1860~1862, 1864~1869, 1871~1873	미국로	홀이 에스키모 가족들을 항해의 안내자이자 조언자로 동행시킴. 1871년 힘든 빙하 썰매 여행 도중 사망. 탐험대는 에밀 이스라엘 베셀스의 지휘 아래 계속 북극으로 전진함. 탐험대 일부는 항로에서 벗어난 배에서 떨어져 나와 일곱 달 동안 래브라도 해까지 유빙 위를 떠돎. 테게트호프호의 출항 무렵 홀의 탐험대는 모두 실종된 것으로 추측됨.

보충 내용: 승리자들

파이어-바이프레히트 탐험대의 귀환 후 4년이 지난 1878년, 아돌프 에릭 노르덴셸드 남작은 신중하게 생각한 끝에 자신의 배 베가와 함께 빙하에 간힌다. 북극의 밤 속에서 얼음 덩어리들과 함께 떠밀려간 끝에 다음 해 북극의 여름에 다시 풀려나 돛을 올리고 베링 해협을 통과한 다음 마침내 1879년 9월 2일에 요코하마에 도착하여 열렬한 환영을 받는다. 첫번째 사람! 북동 항로를 정복한 자! (왕래에도 아무런 의미가 없고 무역에도 가치가 없는 길…… 그러나 그것도 달라질 것이다. 먼 미래의 쇄빙선들. 예를 들면 러시아의 7만 5000마력의 거대한 배 레닌-클라세, 또는 엑손 오일 회사의 유조선, 그리고 엄청난 기술력으로 무장하고 특별한 임무를 띤 배들로 인해.)

1903년부터 1906년까지 로알 아문센은 예아에서 이틀간 극야를 견뎌내고 얼음을 밀고 북서 항로를 지나 베링 해협에 도달한다. 그 길은 항로로서는 아무런 의미가 없고, 1년 내내 얼음에 갇혀 있을 만큼 가치가 있는 것도 아니다……

그러나 누가 감히 길을 찾으려는 탐험가의 모든 고통과 고난이 헛되다고 말할 수 있는가? 아무 가치 없는 항로를 위한 지옥행? 여하간 그들은 부나 무역은 아니지만 학문에는 공헌을 했다. 열린 북극해에 대한 신화와 빙하 속 낙원에 대한 신화도 깨뜨렸다. 신화는 희생 없이 깨지지 않는다.

9. 흔들리는 풍경의 그림

내일이면 7월이 끝난다. 요제프 마치니가 트롬쇠에 온 지 3일째 되는 날이다. 북극해는 물안개 속에서 녹아 흐르고 있다. 습도가 높아 시야를 가린다. 기온은 섭씨 10도를 넘지 않는다. 하늘은 흰색이다. 바위로 된 땅 위로 부는 바람의 세기는 움직이지 않는 연못과 바닷물 표면이 살랑이게 하거나 때로는 작은 물결을 만들기도 한다. 굽은 떡갈나무 우듬지를 흔들어 바스락 소리를 내게 하기도 한다. 이것은 기상 전문가에게 가벼운 미풍의 특징으로 통한다. 행글라이더 하나가 트롬쇠보다 높이 솟은 프라게르네스의 암벽 앞에서 길고 낮은 줄을 잡아당긴다. 비행사는 자신을 산맥 위로 데려가는 행글라이더의 밝은 빨간색 줄 아래 매달려 맹금류처럼 잠시 공중에 머물러 있는 듯하더니, 방향을 돌려 마치니의 시선에서 사라졌고 잠시 후 더 먼 곳에서 다시 나타난다. 마치 바위가 행글라이더를 끌어당겼다 다시 밀어내고, 점점 더 아래로 끌어내리는 듯 보인다. 빨간색 천이 자신의 포획물과 함께 시야에서 어른거릴 때, 요제프 마치니는 수백, 아니 수천년 전 그대로의 모습으로 솟아 있는 산과 더불어 혼자이다. 변하지 않은 절벽, 암벽, 해수면에서 겨우 200~300미터 위에 놓인 수목 경계선, 빈약한 키 작은 나무군락, 떡갈나무, 숲, 향나무 가지들, 그 위의 지의류, 돌들과 이끼에 대한 기억. 그 위로 파이어가 올라가 있어야 한다. 기압계와 모든 기계들을 들것에 싣고. 할러와 개들이 그를 따르고 라플란드인 딜코아가 맨 앞에 선다. 지금 그들은 정상에 서서 불타는 도시 트룸쇠 위로 솟아오르는 검은 연기 기둥을 보고 있다. 그리고 바이프레히트가 항구에서 나와 소방대를 도우러 간다. 종이 울린다. 그리고 행글라이더는 공중회전을 마치고 다시 시야로 들어와서 현재를 뒤로한다. 마치니는 주의 깊게 프라게르네스 절벽 앞에서 케이블카가 빛나는 곳까지 그를 뒤쫓는다. 그곳은 걸어서 올라갈 필요가 없다. 만약 걸어서 간다면 그것은 게임 또는 불필요한 노력이다. 시멘트로 된 날씬한 곡선의 다리가 항구로 들어가는 배들을 긴장시킨다. 만에는 온통 녹물로 가득 찬 큰 어선 두 척이 정박해 있다. 테게트호프호의 선원들은 놀랐을 것이다. 이 두 척의 거대한 배에 비하면 돛대가 세 개 달린 그들의 범선은 안테나와 레이더망을 갖춘 훌륭한 수로 안내선이다. 항구의 다리는 하나의 레일처럼 시선을 교회로 이끈다. 아니, 마치니는 그곳에서 바이프레히트의 선원들이 출발에 앞서 예배를 보는 장면을 상상할 수 없다. 어제 아침 로얄 호텔의 식탁에서 함부르크에서 휴가를 온 명예욕 강한 건축가가 이 교회에 대해 이렇게 말했다. 성공한 건축물은, 여기에 생선이 매달려 있고 새들의 욕심으로부터 생선을 보호하기 위해 망을 덮은 건조대를 떠올리게 하는 단순한 구조이다. 아니, 선원들은 그곳에서 무릎을 꿇고 있지 않다. 함부르크의 건축가는 지금 피오르에서 어느 고기잡이배의 난간에 기대 먹지도 않을 물고기를 잡고 있다. 이것은 패키지 여행 프로그램이다. 같이 하시지요, 함부르크 사람은 마치니에게 말했다. 한 사람 더 많건 적건 아무 상관이 없고 여기선 어차피 모든 것이 다 좋다. 구릿빛, 이끼와 같은 녹색, 장밋빛, 시내 목조 건물의 색깔들. 그곳은 시골 마을처럼 조용하다. 집들은 멀찍이 떨어져 있는데 이것은 화재를 대비한 것이다. 아직도 화재에 대비한다. 도심지에서 떨어진 곳에는 새 건물들이 밀집해서 늘어나고 있다. 기와지붕들, 유리와 시멘트. 바다 갈매기들의 소리. 벌판 위로 실제 삶의 모든 척도와 멀리 떨어진 곳에 3, 4미터 높이의 아문센 동상이 공허한 두 눈을 회색 바다를 향한 채 우뚝 솟아 있다.

나는 침낭과 작은 가방을 어깨에 메고 모랫길을 올라가는 마치니를 본다. 그는 곧 바위로 된 좁은 길, 보랏빛 비탈길로 들어선다. 밝은 밤이고 트롬쇠에서 행군으로 40킬로미터 떨어진 곳이다. 요제프 마치니는 혼자 있는 연습을 하고 있다. 자작나무가 둘러서 있는 호숫가에는 높고 불안한 기둥들, 모기 떼들, 수백만 마리의 곤충들, 떨리는 가로수들이 어른거린다. 그곳에서 그는 잠들 수가 없다. 안개가 검은색 물 위로 몰려와 육지와 바다를 가깝게 만든다. 아래 스케이보그로는 울스 피오르의 외딴 거주 지역, 폐허들, 잠긴 오두막들과 그 위로 풀과 빈 창문이 보인다. 걷기 시작한 지 열두 시간이 지났다. 밤인데도 그는 다시 출발하여 절벽으로 높이 올라간다. 더 이상 길이 없다. 아래로는 그뢰트 만이 울스 피오르와 만나고, 저 멀리서 테게트호프호가 대양을 향해 증기를 내뿜고 있다. 지금 바닷물은 완전히 빠져나갔고 빽빽한 안개만 내린다. 아직은 나침반이 그를 안심시키지 못한다. 아침에 그는 스나르뷔 근처의 산드 거리와 안개 속의 목조 주택에 도착한다. 불과 10미터 앞도 보이지 않는다. 그는 그뢰트 만을 따라 돌아간다. 보그네스 앞에서 화물차가 서더니 그에게 타라고 신호한다. 이제 그는 피곤을 느낀다. 이방인은 자신도 그런 큰 차를 몰았다고 말하고 몸짓으로 보여주려 하지만 운전수는 이해하지 못한다. 계속해서 머리를 흔든다. 그런 도로에서는 보통은 말을 많이 하지 않는다. 젖은 땅이 우르릉거리며 지나간다. 라디오에서 큰 목소리가 들린다. 방해음이다. 운전수는 하늘을 가리키고, 옆자리의 오리털 외투를 가리킨다. 일기예보다. 기온이 내려갈 것이다. 저녁에 마치니는 다시 도시로 돌아와 있다. 함부르크의 건축가는 막 트윈 오터*를 타고 바르되에서 돌아왔다. 그리고 바르되의 레스토랑에서는 넥타이를 매야 한다고 불평했다. 그는 노르 곶에도 갔다고 했다. 유럽의 끝, 바다 한가운데 300미터 높이의 테이블 산이 가파르게 솟아 있고, 안개와 비 때문에 실망만 했다고. 그리고 또 넥타이 이야기! 이런 촌구석 오지 변방에서, 넥타이라니, 바보 같으니. 마치니는 아가르트 영사의 자택에서 있었던 만찬에 대해 생각한다. 빙하 전문가 칼센도 손님 가운데 있었던가? 하얀 가발을 쓰고 올라프 훈장을 달고? 파이어는 외출용 제복을

---

* 수륙양용의 쌍발 비행기.

입었던가? 헝가리인 의사 케페스는 가장 허영심이 많은 사람이니, 분명 멋진 외출용 양복 차림으로 나타났을 것이다. 내 말을 듣고 있는 겁니까, 함부르크 사람이 말한다. 오늘이 마지막 저녁이라고요, 예? 내일은 스피츠베르겐으로 간다고요? 그렇다면 건배합시다. 그것도 축하할 일이죠, 이번에는 빈의 젊은이도 거절하지는 않겠지. 마치니는 그러자는 대답을 하지 않는다. 그는 함부르크 사람 뒤를 따른다. 작은 외로움으로부터 돌아온 지금, 트롬쇠는 그에게 더 새롭고 현실감 있게 다가온다. 폭격 맞은 독일의 '파괴자'*, 절벽 사이의 잔해를 봤던가? 아니다, 요제프 마치니는 다른 배를 구경했다. 옛 트롬쇠가 제2차 세계대전 때 독일의 함포 사격으로 불탔다니, 나쁜 일이다.

불타버린 도시, 파이어의 트롬쇠에 대한 기억은 아마도 낭만적인 풍경과 유리 액자 속의 펜화로 레스토랑 '피스케로겐 앤드 페퍼묄렌'의 천장 널에 걸려 있을 것이다. 그 레스토랑의 인테리어를 보면 마치 범선 안에 있는 듯하다. 폭우용 랜턴, 나무와 놋쇠를 많이 사용했다. 멋있는 술집이군, 함부르크 사람이 입을 열기 전에 마치니가 먼저 말하고 얼굴을 찡긋했다. 이 집의 주인은 수년 전 오스트리아에서 이주한 요리사로, 각종 물고기들을 요리로 변신시키는 것을 자랑스러워한다. 이 물고기들은 노르웨이 해안가 사람들이 못 먹는 것으로 알고 다시 바다로 던져버리는 것들이다. 자갈도 금으로 바꿀 수 있느냐고 마치니가 주인에게 묻는다.

"예?"

---

* 제2차 세계대전 때 영국의 어뢰정을 파괴하기 위해 투입된 작고 빠른 전함의 이름.

"자갈을 금으로요."

"무슨 말씀인지……" 주인은 곧 다음 탁자로 향한다. "한번 해볼 만은 하겠군요." 하하, 좋은 저녁 되십시오. 제토이펠 아 라 노르베기엔네*가 118크로넨이다. 자갈을 금으로, 연금술, 부의 비밀, 진정한 모험.

"너무 빨리 마시는군요." 함부르크 사람이 말한다.

이곳에서는 한 주를 지내는 데 빈에서 한 달을 지내는 것보다 더 많은 돈이 필요하군. 마치니가 계산해본다. 그러나 내일이면 그는 북극해에 있을 것이고 그곳에서는 모든 것이 바뀔 것이다. 내일, 밤의 항해.

"그럼, 건배." 함부르크 사람이 말한다. 빈 젊은이는 술을 이기지 못하는 듯이 보인다. 아쿠아비트**에 정신이 몽롱해져서 카드 키로 호텔 문도 열지 못할 정도이다. 술 취한 관광객. 호텔 접수계 사람이 그를 도와준다.

유럽 땅에서 보내는 마지막 날은 두통과 구토와 함께 지나간다. 아직 저녁이고 짐은 이미 다 쌌고 마치니는 담즙 색의 거품을 게워낸다. 공항의 차가운 바람이 상쾌하다. 미끄러지는 불빛 원반 속의 비행기가 그를 놀라게 한다. 다시 DC-9이다. 그는 쌍발기나 작은 헬리콥터, 몇 안 되는 승객을 예상했다. 자정이 지나 잠시 후, 그는 구름 위에 있다. 아주 일반적인 국내 비행이다. 산에서 일하는 사람이나 엔지니어가 석탄 광산에서 일을 하기 위해 롱예르뷔엔을 향해 가는 중이고 몇 명의 관광객들은 화려한 색깔의 플리스 재킷을 입고 휴가 중이다. 이

---

* 노르웨이식 아귀 요리.
** 화주의 일종.

관광객들에게 안내책자는 태고의 신비를 간직한 자연을 보게 될 거라고 약속한다. 구간의 3분의 1이 지나고 트롬쇠를 출발한 지 한 시간이 채 되지 않아, 하늘이 빛나기 시작한다. 붉은색 태양이 뜨기 시작한다. 롱예르뷔엔에서는 앞으로 두 주 동안 자정에 태양을 볼 수 있다. 낯선 빛에 관광객들은 기대에 부풀어 동요한다. 그들은 서로 불타는 구름을 가리킨다. 대부분의 광부들은 잠들어 있다. 마치니의 옆 사람도 말을 하기 시작한다. 그는 불가리아 사람으로 여름 동안 전통 타악기로 핀마르크 지방의 무대를 휩쓰는 수많은 불가리아 소규모 재즈밴드 중 하나에서 음악을 한다. 록 어라운드 더 클록, 아테네의 흰 장미, 러브 미 텐더. 마치 특별히 감동적인 연주를 마친 뒤에 자신의 소규모 밴드 멤버들을 청중에게 소개하려는 듯이, 그 불가리아인은 자신을 소개한다. 콘트라베이스에 슬라티유 보야드시에프. 안토니오 스카르파, 선원입니다, 마치니가 말한다. 그리고 곧 후회한다. 잘 속아 넘어가는 정직한 사람에게 거짓말을 한 것이다. 이제 그는 관심 끄는 질문을 하고 주의 깊게 들을 것이다. 다른 거짓말도 마찬가지의 친절함으로 믿어줄 불가리아 사람에게 보상을 하기 위해서. 슬라티유 보야드시에프는 아무것도 알아채지 못한다. 그는 함메르페스트와 알타에서도 연주했고, 이제는 매년 그랬듯이 스피츠베르겐에서 일주일 동안 천막에서 지낼 것이다. 비록 멤버들은 돈 낭비일 뿐이라고 말하지만 말이다. 멤버들은 이해하지 못한다. 자신은 상관없다. 그런데 왜 하필이면 불가리아인이 핀마르크 시장의 오락 욕구를 채워주어야 하는가? 콘트라베이스 연주자는 그 이유를 정확히 모르고 있다. 그냥 그렇게 되었다고 한다. 서유럽 음악가에게 북유럽은 아마 너무 황량하고 지루할 것이다. 언젠가는 노르웨이로 망명 신청을 해서 1년 또는 그 이상 롱예르뷔엔의 광산에서 일할 것이다. 세금이 붙지 않는 수입이 한 달에 1만 크로넨이다. 게다가 수당도 있으니 나중에는 자신만의 선술집을 차릴 수도 있을 것이다.

  롱예르뷔엔 정상의 눈발이 휘날리는 바람이 그들을 덮친다. 무르만스크로 가는 아에로플로트* 여객기가 그들을 지나간다. 막사 앞에는 말없는 소련 광부들의 무리가 서 있다. 그들은 바렌츠부르그로, 트루스트 아르크티쿠골의 광산으로 자신들을 태우고 갈 헬리콥터를 기다리고 있다. 콘트라베이스 연주자는 그들에게 뭐라고 소리를 지른다. 화려한 색깔의 관광객들 그리고 하늘색 옷을 입은 마치니도 당황해하며 거의 수줍은 시선으로 러시아인들을 쳐다본다. 유행이 지난 외투, 줄로 묶은 여행 가방. 그들은 이미 그렇게 모험 속 깊숙이 들어와 있다.

---

* 러시아의 항공사.

10. 납으로 된 시간 비행

그들은 맞서 싸운다. 사방을 내려친다. 그들은 손도끼와 돌망치로 빙하 덩어리를 찍어내고 긴 톱으로 빙하 안에 구덩이를 도려내고 구멍을 뚫어서 검은색 가루를 채우고 이 저주받고 꽁꽁 얼어붙은 바다 속에 도화선을 넣어 불을 붙인다. 기관사 크리슈는 빙하용 닻을 녹여서 거대한 끌을 만들어낸다. 선원들은 계속해서 좁혀오는 빙하에 대항하기 위해 그것을 비계에 매달아 끌어올려놓는다. 그것으로 얼음에서 테게트호프호를 떼어낼 것이다. 그들은 풀려날 것이다. 풀려나야 한다. 최소한 노바야제믈랴 해안의 겨울을 무사히 날 수 있는 만에 닿기라도 해야 한다. 그러나 군도는 점차 수평선 아래로 가라앉는다. 빙하 섬이 조각나서 마침내 그들을 놓아줄 때, 단 1초도 허비하지 않기 위해 하루 종일 중간 돛과 메인 돛은 펼쳐져 있다. 수평선에 검은 선이 드러난다. 하늘과 바다가 맞닿은 개수면! 그곳으로 가야만 한다. 그곳에 항해할 수 있는 길이 있을 것이다. 그러나 그들은 지금 여기 있다. 여기! 그들은 붙잡혀 있다. 개수면은 그들에게 해당되지 않는다. 톱은 추위 속에서 유연함을 잃고 부러진다. 절단면은 몇 분 만에 다시 얼어붙어버리고 폭파로 인해 얼음 가루의 산만한 화환들만이 날릴 뿐이다. 그것들은 그들 위로 우박처럼 떨어진다. 테게트호프호는 움직이지 않는다. 어제 얼음을 겨우 떼어낸 노는 오늘 다시 얼어붙고 끌로 깨어 만든 구멍에 북동쪽에서 다시 폭풍이 불어와 얼음은 유리처럼 단단해지고, 새로 얼음이 생기고, 돛은 바람 속에서 부질없이 펄럭인다. 때로 하늘이 그들 위를 달려가고 얼음 폭풍우에 빙하에서 절벽과 잔해들이 떨어져 나온다. 섬은 점점 더 작아지고 금이 가서 이제 아마도 모두 자기 자리를 찾은 듯하다. 그러나 곧 더 거대한 빙하의 무리가 다가오고 그 얼음 덩어리들은 하나의 유빙과 합쳐지더니 움직이지 않는 지역을 만들어낸다.

고대하던 임무 완수는 그러니까 짧은 꿈이었다. 우리는 서투름이 진행형이라는 것을 알게 되었고 고통스러웠다. 그리고 평정을 유지하기가 힘들었다…… 하루가 점점 더 짧아졌고 태양은 붉은 물안개에 둘러싸여 점점 더 이글거리면서 검푸른 빙하의 장벽 뒤로 가라앉았다. 점점 더 깊은 여명이 태양의 실종을 뒤따랐다…… 몇 마리의 바다 갈매기만이 보였고 이들은 우리 주위의 수면에서 보일 뿐이었다. 돛 꼭대기에서 날갯짓을 하면서 떠다니다 우리를 잠시 내려다보고는 목쉰 소리를 내면서 쏜살같이 남쪽으로 날아갔다. 새들이 가버리면 왠지 울적했다. 모든 피조물들은 우리 앞에 놓여 있는 긴 그림자의 나라에서 서둘러 도망가는 듯이 보였다…… 절망적인 불모지가 우리를 맞았고 가늠할 수 없는 시간과 거리 앞에서 우리는 의지를 상실한 채 그 안으로 밀고 들어갔다.   율리우스 파이어

배의 돛대들이 얼음으로 뒤덮이는 바람에 망루에 도달하는 데만도 너무나 많은 노력과 힘이 든다…… 돛대에 붙어 있는 얼음들은 기묘하다. 이것은 세상에서 가장 아름다운 깃털처럼 보인다.   오토 크리슈

이런 삐걱거리는 얼음이 두껍게 달라붙은 선체를 타고 올라가서 망루 안에서 손도끼로 공간을 만들어보지만 아래에 있는 다른 사람들에게 소리를 질러 알릴 만한 것을 보지는 못한다. 열린 해수면은 멀어진다. 끝없는 얼음. 바이프레히트가 돛을 끌어내려서 중간 돛대를 떼어내자, 그들은 그해에는 희망이 없음을 알게 된다. 그러나 아직 기적이 일어날 수도 있다. 9월 첫째 주부터 나타나는 오로라가 있다. 그것은 다가올 해방을 알리는 하늘의 신호이다. 버림받은 그들 위로 첫번째 빛줄기가 에메랄드 녹색으로 그리고 이어서 찬란한 무지개 색으로 굴러가면, 마롤라는 기도를 하기 위해 무릎을 꿇는다. 성모가 그들을 도울 것이다. 그러나 바이프레히트는 그들에게 기적이 아니라 자신을 믿어야 한다고 말한다.

무엇보다도 그 근방에서 이 이방인을 놀라게 한 것은 오로라다. 그것은 자연이 불꽃 같은 글씨로 별 박힌 북극 하늘에 써놓은 풀리지 않은 수수께끼다.

무더운 여름밤에 먼 번갯불이 성난 폭풍우가 되는 것처럼, 우리 주위에 보이는 오로라의 약한 여명은 북극에서 펼쳐지는 자연의 즉흥극이 된다. 모든 섬광들이 곧 불길에 휩싸인다. 사방에서 수천 개의 번개 불빛이 천공의

한 지점을 향해 촘촘하게 쏘아댄다. 제멋대로이던 나침반은 그 지점을 향한다. 그 주위로 색깔 있는 테두리를 한 하얀빛의 불꽃들이 어지럽게 번뜩이고 펄럭이고 흔들리고 널름거린다. 바람에 채찍질을 당한 듯 불꽃 같은 빛의 물결은 동쪽에서 서쪽으로, 서쪽에서 동쪽으로 서로 엇갈리면서 엎치락뒤치락한다. 쉬지 않고 붉은색은 흰색 자리에, 녹색은 붉은색 자리에 들어선다. 수천 개의 광선이 쉼 없이 다발로 타오르고, 멋진 추격전을 펼치면서 그들 모두가 갈구하는 하나의 정점, 천정에 도달하고자 한다. 마치 옛날 연대기에서 읽은 오래된 전설이 사실이 된 것처럼, 하늘의 군대가 전쟁을 일으켜, 지상의 인간들이 보는 앞에서 번갯불로 싸우는 듯하다. 깊고 조용한 침묵 속에서 모든 것이 지나가고 모든 소리가 잦아들고 자연도 자신의 작품에 대한 놀라움으로 숨을 죽인 듯하다.   카를 바이프레히트

　이제 그들은 여유를 갖는다. 갇힌 자들의 여유. 이제는 벗어나기 위해 할 수 있는 일도 더 이상 없다. 빙하 장벽에 대항해서 투쟁한 광기로 지금은 단조로움과 싸우고 있다. 시간과의 싸움. 상의를 바느질하고 돛으로 비상식량 주머니를 만들고 장화의 굽을 대고 두 번, 세 번 갑판의 천막 지붕을 묶는다. 배가 겨울을 날 수 있도록 채비한다. 일감도 충분하지 않다. 너무 빨리 끝나버린다. 선원들은 테게트호프호 주위에 얼음으로 된 건축물을 만든다. 처음에는 배수구를 만들기 위해, 뒤이어 벽과 집, 탑을 만든다. 그리고 거의 성난 흥분으로 마침내 요새와 궁전들을 세운다. 톱으로 얼음판을 잘라내고, 얼어붙어 희미하게 빛을 내는 기와로 아치형 성문과 창문을 쌓는다. 이러면서 시간은 쏜살같이 지나가야 한다. 좋다. 그들이 만든 건축물과 도시들은 빙하가 밀려다니면서—엄청난 빙하의 압력은 아직 목전에 있지 않

다— 점차 넘어지고 가라앉는다. 그래서 그들은 처음부터 시작할 수 있다. 모든 것을 이전보다 더 새롭게 더 크게 더 아름답게 만들 수 있다. 며칠이나 걸리는 힘든 작업 끝에 그들은 거대한 빙벽을 통과하는 도로와 철로를 내고, 돌처럼 단단한 바다를 매끈하게 하고, 그 위에 물을 붓는다. 썰매의 활주부를 펠트 장화에 단단히 묶고, 스키를 탄다. 선원들에게 기관사 크리슈는 유쾌한 선생님이다. 그러나 남쪽 나라 사람들은 이곳에서도 능숙하고 유연해서 마침내 스케이트를 타고 보체 게임을 한다. 바이프레히트는 진지하다. 탐험의 경과에 그렇게 불안해하거나 실망한 모습을 보여준 적이 없었던 것처럼, 점차 포로가 된 상태에 대비하고 있는 지금도 그들의 홀가분함에 동참하지 않는 것이다. 그는 빙하 위에 세운 관찰용 천막에 밤새 혼자 앉아서 기상학, 천체학, 해양학 학술지를 펼치고 지구 자력의 흔들림을 측정하고, 긴 수열을 적고 그들이 표류해온 혼란스러운 코스를 계산하고 측연으로 바다의 수심을 재고 서술하고 계산하고 연관성을 만들어낸다. 모든 것이 그에게는 집중력이다.

자연에 감동하기 위해 학자가 될 필요는 없다. 학자는 꽃실에서는 그 종의 특징을, 곤충에게서는 현미경으로 들여다볼 대상을, 산에서는 돌을 본다. 물론 감상적인 열광론자가 될 필요도 없다. 열광론자는 별의 반짝임에도 황홀경에 빠지고 번개의 장엄함에 진부하게 놀라지만 아마도 자연의 모든 것을 관장하는 영원한 법칙에 대해서는 아는 것이 하나도 없을 것이다. 우리를 감싸고 있는 자연의 수수께끼를 탐구하는 과정에서 진보를 향해 사고하는 인간의 노력이 온전하게 표현된다. 뉴턴이 간단한 관찰로부터 천체의 운행, 하늘 전체의 메커니즘, 우리가 살고 있는 지구의 존재를 지배하는 불변의 법칙을 발견해냈을 때, 그는 단순한 공식을 세운 것이 아니라, 생각하는 온 인류가 앞으로 나아갈 수 있는 동인을 제공해주었다. 인류를 고양시키고 인간의 이성이 가진 능력을 보여주면서 말이다.

자연에 대해 진정 놀라고자 하는 자는 극한의 자연을 관찰한다. 풍요와 풍성함, 열대가 차려입은 화려한 옷을 관찰하느라 정작 핵심은 놓치게 되는 열대. 벌거벗었지만 거대한 내부 구조를 더 분명하고 명쾌하게 드러내는 극지. 열대에서는 경이로운 디테일이 거대한 집단을 이루고 있어서 눈은 길을 잃는다. 극지에서는 디테일이 결여되어 있어서 장엄한 전체를 향하고, 부족한 생산물 때문에 생산하는 힘에 주의를 기울인다. 개개의 것에 정신을 빼앗기거나 영향을 받기보다는 주의력을 자연의 힘 자체에 집중하게 된다.

카를 바이프레히트

배에서의 생활이 좁고 혼잡할수록 대원들은 서로 더 가까워진다. 젊은 시절 노바야제믈랴에서 위대한 바렌츠의 겨울 막사를 발견한 칼센. 가장 높은 산을 올라갔고, 배의 진수식에 참여했고, 약술을 빚을 줄 아는 클로스, 수에즈 운하 건설에 참여했으며 이집트에 관한 믿기지 않는 이야기를 할 줄 아는 피에트로 팔레지치. 해군 상사 루지나는 골초이고, 마롤라는 하모니카를 분다. 그리고 다른 사람들. 모두들 자신의 인생 이야기를 나누고 그 이야기를 새로 각색해서 하고 또 한다. 그들의 지휘관만이 아무에게도 다가가지 않는다. 지휘관들과는 서먹해지기 시작한다. 파이어는 잃어버린 시간을 애석해한다. 그는 신대륙이나 새로운 길을 발견하고자 하고 탐험되지 않은 지역을 개썰매를 타고 여행하려 한다. 그에게는 관찰용 천막이 너무 미약하다. 그는 경이로운 천지를 발견하고 뜨거운 환호를 받으며 귀환하고 싶어 한다.

바이프레히트에게 그들이 떠다니는 바다는 탐험되지 않은, 충분히 새로운 것이다. 할 일도 많다고 한다. 자신이 수집한 사실들은 학문에 유용할 것이고 어떠한 대가를 치르더라도 북극을 정복하려는 최근의 국가적 야욕과는 다르다고 한다. 학문을 위해서는 북극 자체도 북극권의 어느 지점보다 더 가치가 있지는 않고, 발견자로서 명성을 획득하고 고위도 기록을 깨기 위한 국제적인 경쟁은 그에게는 역겨우며, 얼음으로 뒤덮인 땅을 그린 대략적인 지도보다는 차라리 확실한 결과와 선원 모두를 데리고 돌아가는 편을 택할 것이다. 신대륙이라, 그것도 좋다. 그러나 단순히 명예를 위해서라면, 혹은 대가를 치러야 한다면, 그건 아니다. 이 모든 말에 파이어도 동의한다. 그럼에도 아무런 성과 없이, 땅 없이 돌아가는 것은 자신에게는 죽음보다 더 수치스러운 일이라고 말한다. 쓸데없는 소리, 바이프레히트가 말한다. 야망이 있는 파이어는 불모지에 솟아 있는 거대한 얼음산에 정신이 쏠려 있다. 이 산은 노바야제믈랴의 만년설에서 떨어져 나온 것이 아니다. 그 해안의 것이라고 보기에는 너무나 거대하고 육중하다. 아니, 이 산은 다른, 미지의 땅에서 떠내려온 것이리라, 그리고 자신이, 바로 이 파이어가 그 땅을 발견해야 한다.

육지의 지휘관은 승리를 준비하고 있다. 파이어는 탐험을 시도한다. 점점 더 얼음 덩어리들로 나아가기 위해 빙하 위에서 개들을 채찍질한다. 개들은 성나서 예측할 수 없고 크리슈는 얼어붙은 가죽 입마개를 채워야 한다. 몸집이 큰 뉴펀들랜드 개 길리스가 그때까지 살아있던 트롬쇠의 마지막 고양이를 갈기갈기 찢어 죽인다. 그 고양이는 그들이 사랑을 줄 수 있는 유일한 생명체였다.

이 일로 대원들은 매우 슬퍼했다. 다들 이 동물을 끔찍이 생각했는데 특히 티롤 출신 클로츠의 눈가에는 눈물이 고였다.   오토 크리슈

생각이 깊고 조용한 클로츠, 알렉산더 클로츠는 격분한 나머지 개에게 달려들어 미친 듯이 두들겨 팼고 사람들은 그를 말려야 했다. 클로츠는 선실에서 키우던 식물 앞에서 서성이다가 햇볕을 받지 못해 죽은 노란색 서양 갓냉이를 물끄러미 바라보더니 아무도 알아듣지 못하는 사투리로 할러와 말을 주고받는다.

각자 할 일을 끝내고 선실에서 책이나 잡지 한 권을 집어 든다. 책을 읽지 못하는 사람은 두 손을 앞에 놓고 앉는다. 크로노미터*만이 시간의 흐름을 확인시켜주고 간간이 보초의 외침만이 굳어 있는 그들을 뒤흔든다. Un orso! 곰이다! 그러면 그들은 하던 모든 일감을 팽개치고 그대로 갑판으로 달려간다. 때로는 장화도 신지 않고 모피 외투도 입지 않은 채로 달려간다. 사냥보다 더한 위안거리는 없다. 모두 제일 먼저 총을 쏘려고 한다. 수평선 위에서 총구로 곰을 겨누고 있을 때면 더 이상 슬픔도, 납이 되어버린 시간도 없다.

10월 6일 눈발과 함께 남서쪽에서 바람이 불어온다…… 오후에는 소화도 시킬 겸 갑판으로 갔다가 배 후미에서 북극곰을 발견했다. 너무나 기뻤다. 나는 곧 선실에 보고했다. "곰이 가까이 있다." 그러자 곧 모두들 선미의 선실로 몰려가 서둘러 총을 준비했다. 곰은 배를 따라 가까운 곳을 지나갔다. 때로는 몸을 세우기도 하고 배를 킁킁거리기도 했다. 모두들 총을 쏠 준비가 되었고 선체 뒤에 몸을 숨겼다. 그런데 곰은 빙하 덩어리 뒤로 숨더니

---

* 초정밀 시계.

우리 시야에서 사라졌다. 우리는 곰이 그 얼음 덩어리에서 나오길 기다렸지만 소용이 없었다. 우리의 인내심은 한계에 이르렀다. 나는 곰의 위치를 알아내기 위해 돛으로 올라갔고 곰의 형체가 멀어지고 있는 것을 보았다. 나는 이를 알렸고 사냥을 하기로 결정되었다. 우리는 빙하 위로 올라가서 곰에게 다가갔다. 곰은 앞에 있는 얼음 때문에 우리를 볼 수 없었고 우리는 곰에게 다가갈 수 있었다. 우선 파이어 씨가 발사했고 등을 맞혔다. 곰은 쓰러져 앞으로 기면서 여덟 명의 남자가 쌓아놓은 돌무더기로 다가갔고 다시 여섯 발을 맞았다. 곰은 죽어서 주둥이를 빙하 가장자리에 떨어뜨렸다…… 여덟 남자가 힘겹게 곰을 갑판으로 옮겼고 배를 갈랐다. 위에는 음식물 찌꺼기가 전혀 없었고 창자도 납작하게 비어 있었다. 불쌍한 곰은 오랫동안 굶주렸음에 틀림없다.

오토 크리슈

사냥으로 해방감을 느끼는 일은 드물고, 눈보라가 점점 더 자주 그들을 압박해 온다. 얼굴을 돌려야만 숨을 쉴 수 있고 결국 갑판 아래로 내려와야만 한다. 폭풍우가 멈추더라도, 멀리 빙하 벌판으로부터 불어오는 울림과 날카로운 소리만 들릴 때도, 추위, 그들 중 대다수가 겪어본 적이 없는 추위는 그대로다. 점점 더 어두워진다. 태양빛은 희미해지는 빙하의 무대에서 부드럽게 반짝이며 꺼져간다. 그리고 곧 큰 이벤트를 위한 막이 오른다. 빙하의 압박 드라마가, 그 전희가 매일 그들을 불안하게 하고 어둠 속에서 상연된다. 그들은 배가 걱정된다. 테게트호프호가 밀려들어오는 얼음을 더 이상 견디지 못할 그날을 위해 비상식량과 석탄을 빙하 위로 옮겨놓는다. 피할 수 없는 비상조치다, 바이프레히트가 말한다. 테게트호프호는 견뎌낼 것이다. 10월 28일 그해의 태양이 지평선 아래로 가라앉는다. 그러나 이틀 후 갑자기 사라졌던 태양이 다시 나타나고, 그것은 일그러진 타원이다. 그런데, 아니, 그것은 태양이 아니라, 태양의 상일 뿐이다. 왜곡되고 다시 분열되는, 다시 지평선 위로 비치는 허상이다. 서리의 베일에서 반사된 광선으로 만들어진 속임수이다. 단지 상이라고? 그럼 실재는? 그들은 땅도 보았다. 하늘을 통해 몰려오는 그리고 흩어지는 산맥도. 공기 중의 반사. 아니, 그것은 진짜 땅이 아니다. 아니, 그것은 땅이다. 흔들리는 은빛 띠를 두른 세상이다.

10월 31일, 목요일. 날씨 맑음. 배 주위의 얼음은 꽤 조용하다. 중위의 모피 장화를 계속 만들었다. 10월 30일에 마지막 태양을 보았다. 10월 31일에 마지막 바다 갈매기를 보았다. 포경꾼이 바다 갈매기를 쏘아 죽였다.

요한 할러

11월 초인데 벌써 깊은 어스름이 우리 주위를 감싼다. 마법과 같은 아름다움이 우리의 고독을 숨겨준다. 배의 돛대들은 서리로 흰색이 되고 청회색 하늘 때문에 유령처럼 보인다. 눈으로 만든 옷을 입고 수천 갈래로 갈라진 얼음은 순수와 얼음꽃의 부드러운 명암을 지닌 설화석고의 차가운 외양을 하고 있다. 정오에는 남쪽 근방에서 서리로 된 증기의 보라색 베일을 볼 수 있다.

율리우스 파이어

이곳에서 아름다움이란 그 어디에서보다도 허망한 것이다. 그리고 정적은 단지 휴식기, 한순간일 뿐이다. 점차 이 얼음의 영원함, 아름다운 얼음을 더 이상 참을 수 없어진다. 매년 극지의 빙판은 500만 제곱킬로미터에서 1200만 제곱킬로미터까지 늘어난다. 다음 세기에 그것을 확인할 것이다. 극지방의 만년설은 맥박이 뛰는 아메바이고 테게트호프호는 혈장(血漿) 안에서 사라져가는 이물질 조각이다. 이제 얼음은 불어난다. 모든 것이 늘어난다. 어둠, 테게트호프호에 가해지는 엄청난 힘, 배에 대한 걱정. 그러나 아직은 목숨 때문에 마음 졸이지 않는다. 어제 산 하나가 솟아난 곳에 오늘은 얼어붙은 웅덩이가, 내일은 다시 암초가 생길 것이다. 그들의 궁전도 무너진다. 도시는 쓸려 간다. 빙하 덩어리, 그들의 섬이 아마도 몰려드는 얼음산으로부터 그들을 지켜줄 것이다. 얼음산도 작은 공간을 원한다. 지금 테게트호프호가 있는 자리 말이다. 아직은 자리를 차지하고 있는. 이제 그들은 그들의 섬을 보살피고 묶는다. 그들의 위협받는 피난처. 얼음에 금이 가면, 이것을 밧줄과 닻으로 연결하고 금이 간 부분을 눈으로 채운다. 그러나 아무것도 고쳐지지 않는다.

북극해가 숨이라도 한번 쉰다면 이런 짜깁기 작전은 허사가 된다…… 소요 속의 군중들처럼, 모든 얼음들이 우리를 향해 일어선다. 산들은 평평한 평지에서 위협적으로 일어서서, 작은 신음과 삐걱거리는 소리, 우르릉거리는 소리, 뒤끓는 소리를 내고 수천 인파가 성나서 외치는 소리를 낸다…… 울림과 쏴 소리가 점차 가까이 다가온다. 마치 전쟁터의 모랫바닥 위로 수천 대의 고대 전차가 몰려오는 것 같다. 점점 더 압력이 증가한다. 바로 우리 밑의 얼음이 흔들리기 시작한다. 온갖 소리, 우선 셀 수 없는 화살의 윙윙거림 같은, 그러고는 삐걱거리면서, 큰 소리를 내면서 높고 아주 깊은 목소리가 동시에, 점점 사납게 울부짖으면서 일어나 배 주변을 응축된 용수철처럼 솟구치게 한다. 깨진 빙산 조각들이 굴러온다. 충돌하면서 나는 울부짖는 소리의 끔찍하게 짧은 리듬이 엄청난 힘의 긴장을 알린다. 곧 부서지는 소리가 나고 여러 개의 검은 선이 눈 위를 아무렇게나 어지럽힌다. 그것은 가까운 곳에서 생긴 새로운 분열이다. 곧 다음 순간 바닥까지 갈라질 것이다……
우르릉거리면서 일어선 몸체가 서로를 밀어내며 무너질 것이다. 마치 무너
지는 도시처럼…… 새로운 덩어리들이 우리 곁의 작은 얼음 덩어리 주위에
서 깨진다. 바다에서 빙판이 기우뚱하게 오른쪽으로 흔들리고, 잴 수 없는
엄청난 압력에 활 모양으로 구부러진다. 표면이 부풀면서 솟아오르고 무시
무시한 얼음의 탄성을 증명해 보인다. 도처에 크리스털 같은 조각들이 서로
를 밀어내고 그 사이로 큰 물줄기가 범람해서 찍어 누른 분지로 흘러 들어간
다. 빙하 절벽은 붕괴되면서 부서지고 눈의 강물은 무너져 내려가는 비탈에
서 흘러내린다…… 이런 혼란 속에서 배는? 배는 날아가고 기울어지고 솟
구친다. 그러나 압력은 엄청나다. 압력에 우리의 '버팀목'인 몇 피트 두께의
떡갈나무가 우지끈 부서지고 소리를 내기 시작하면…… 인간들은 더 이상
아무것도 하지 않는다. 단지 머리로만 살아남기 위해 투쟁한다. 더 이상 그
들은 얼음을 밧줄로 엮지 않는다. 처음에는 조금 우왕좌왕하다가 램프를 들
고 솟아오른 곳으로 달려가보지만, 그것도 쏟아지는 얼음이 배의 숨통을 조
이기 시작할 때까지만이다. 어떤 사람의 얼굴에는 두려움이, 어떤 사람의 얼
굴에는 어둠이 서린다. 밤은 이 두 가지를 다 숨겨준다. 말소리는 들리지 않
고 울려 퍼진다. 외침만이 들릴 뿐이다…… 지구상 어디에 이런 혼돈이 있
을 수 있을까? 자연의 법칙은 무의식적으로 그들의 두려움도 관장한다.

율리우스 파이어

　분노는 때로는 수분간 지속되기도 한다. 그리고 다시 조용해진다.
바람만이 돛대에서 소리를 낸다. 그들은 모피로 온몸을 두르고 비상
용 침낭 사이에서 얼음의 다음 공격을 기다린다. 배가 금이 가는 순간
을 대비하는 것 외에는 아무런 할 일이 없다. 그러고는 곧 갑판으로,

재빨리 갑판으로. 그러나 어디로? 새로운 기다림은 이전보다 더 고통스럽다. 잠은 얕아진다. 점점 더 얕아지고 자주 중단된다. 계속하라! 이 저주받은 배가 아침에 부서진다면, 그럼 모든 것이 끝날 텐데. 입닥쳐, 불길한 말로 화를 자초하지 마! 아무것도 부서지지 않는다. 선원들은 북극곰의 두개골을 던지고 트롬쇠에서 가져온 순록의 가지 뿔을 배 밖으로 버린다. 포경꾼 칼센이 말한 적이 있다. 죽은 짐승의 두개골은 불행을 가져온다고, 자연재해는 자연에게서 빼앗아 온 것을 되돌려줄 때 다시 진정될 것이라고. 그들은 그의 말대로 한다. 그들은 이교도의 제물을 가져온다. 그들을 위협하는 힘은, 결코 자비롭지 않은 그 힘은 이방 신일 것이다. 그리고 그들은 그 이방 신에게 자신의 포획물을 내던진다. 바이프레히트는 그것을 눈감아준다. 일요일에 성경을 소리 내어 읽어줄 때 그들이 평소처럼 갑판에 나와 있으면 되는 것이다. 걸을 수 없는 환자는 빠져도 된다. 얼음이 압박해 오는 이 시간에 지휘관은 욥기의 구절을 읽어준다. 우스의 불행한 욥은 하느님의 도움으로 빙하보다 더한 시련을 극복했다.

나의 생애는 끝났고 나의 계획은 물거품이 되었으며, 실낱같은 희망마저 끊기었네. 밤은 낮으로 바뀌고 빛이 어둠을 밀어낸다지만, 저승에 집터를 마련하고 어둠 속에 자리를 까는 일밖에 나 무엇을 더 바라겠는가? 구덩이를 향하여 "아버지!" 하고 구더기를 향하여 "어머니!", "누이!" 하고 부를 몸인데, 희망이 어디 있으며 기쁨이 어디 있겠는가? 어차피 나와 함께 저승으로 내려갈 수 없는 희망이요, 나와 함께 땅속에 들어갈 수 없는 기쁨이 아닌가…… 여보게, 하느님께 매를 맞는 일이야 즐거운 일 아닌가! 그러니 전능하신 분의 교훈을 물리치지 말게. 찌르고 나서 싸매주시며, 때리고 나서 낫게 해주시는 이. 그가 여섯 가지 곤경에서 자네를 건져주시리니. 일곱 가지 일에서도 재난이 자네를 건드리지 못할 것일세.

이걸 아직도 믿을 수 있단 말인가? 그들에게는 욥의 고통이 모든 불행 뒤에 그들을 기다리고 있는 행복보다 더 가깝단 말인가? 이곳은 우스가 아니다. 그들은 배 위에 서 있다. 아주 가만히 서 있어야만 한다.

11월 9일 토요일. 바람과 안개. 얼마 전에 '동통'을 앓았다. 이 북극 지역에서 그런 병이 나면 어떤 생각을 해야 할까? 석 달간 극지에서의 밤······ 선원들의 소란 속에서 살거나 죽는 것. 의사에게 거는 희망이 나를 위로한다. 의사는 곧 나의 고통을 멎게 했고 나흘 후에 나는 침대에서 일어나 금방 다시 걸을 수 있게 되었다.

10일 일요일. 바람과 안개. 약간 병이 남.

11일 월요일. 바람과 눈발. 병이 남.

12일 화요일. 바람과 눈발. 병.

13일 수요일. 바람과 눈발. 병.

14일 목요일. 바람과 눈발. 병.

15일 금요일. 바람 부는 날. 병이 남.

16일 토요일. 맑고 바람. 병이 남.

17일 일요일. 오늘 배 근처에서 소동이 벌어짐. 병이 남.

18일 월요일. 맑음. 배 근처에 곰이 보임. 그러나 죽지 않음. 의사로부터 갑판으로 나가도 된다는 허락을 받음. 잠깐 동안 나갔다가 다시 침대로 돌아옴.

19일 화요일. 얼음이 다시 배를 압박하여 우리를 위협함. 병중에 있는 나에게는 좋지 않은 위안.

20일 수요일. 맑음. 기온 열씨 영하 29도(섭씨 영하 36도). 배가 부서질 위험은 상존. 병중.

21일 목요일. 맑음. 다시 커다란 얼음의 압력. 배 옆에 엄청난 얼음 덩어리들이 날아옴. 거의 집채만 함.

22일 금요일. 맑음. 배 근처의 얼음은 꽤 조용함. 병이 호전됨.

23일 토요일. 얼음은 조용함. 전력을 다해 모피 장화 한 켤레를 만듦.

24일 일요일. 맑음. 11시에 미사 강독. 다시 예배드리러 감.

요한 할러

12월이 되었지만 상황은 변하지 않았다. 우리의 생활은 점점 더 고독해져 갔다. 감각적으로 인지할 수 있는 변화 없이 날짜만 나열되고 식사와 취침 전후 시간의 구분만이 있을 뿐이었다…… 우리는 외로운 숙소에서 시간을 보냈고 시계의 초침에 귀를 기울이고 있었다. 천천히 우리의 2년 반, 7800만 초가 흘러가버렸다. 우리의 목적에는 아무런 가치가 없는 납으로 만든 시간은 별로 애석함 없이 지나갔다. 율리우스 파이어

아무것도, 아무것도 그들이 해낸 것은 없다! 점점 더 빙하가 그들을 향해 울부짖는다. 죽음이다. 기온은 섭씨 영하 40도로 떨어지고, 영하 45도, 영하 48도가 된다. 주위는 어둠에 잠기고 그 안에서 그들은 두세 발자국만 떨어져도 서로를 알아볼 수 없다. 선실 벽은 오래전에 8센티미터 두께로 얼음이 얼었는데, 그것은 몸에 있던 습기가 모여 얼어붙은 것이다. 선원들의 방에는 마이딩어* 석탄난로로 난방을 하는데도 바닥의 온도가 영상으로 올라가지 않는다. 머리 높이는 덥

---

* 상표 이름.

다. 그러나 그들의 작은 침실까지는 온기가 들어오지 않는다. 잠자리 아래 작은 만년설이 생겨난다. 모직 담요도 곧 얼어붙는다. 2주에 한 번씩 욕실에서 씻는 습관도 포기해버린다. 씻으면서 생겨난 습기가 배 안에 성에를 만들고 목욕물이 차가워져 옷을 벗은 채 튀어나오는 일도 자주 있다. 갑작스러운 빙하 압력으로 침몰할 위험이 있을 때면 달랑 모피만 걸치고 또는 벗은 채 추위로 뛰쳐나오는데 그때 몸 주위에 뭔가가 생겨나는 것을 그들은 보지 못한다. 파이어의 말에 따르면 그것은 여러 색깔의 아름다운 화환이다. 그렇지만 그들은 호흡할 때 그르렁거린다. 이제 아무도 옷을 벗으려 하지 않는다. 기관사 크리슈는 피를 토한다. 하루도 지나지 않아 여러 명이 괴혈병 증세로 선실에 눕는다. 잇몸이 하얘지고 붓기 시작한다. 농양에서 피가 배어 나오고, 곧 위경련으로 몸이 꼬이고 극심한 피로감이 따른다. 신선한 고기는 너무 부족하다. 이런 어둠 속에서 곰을 잡기란 정말 드문 행운이다. 수백 병의 레몬즙, 건조 과일, 채소 통조림, 몰트비어는 괴혈병에 도움이 되지 않는다. 사냥에 성공하면 그들은 곰의 피를 마신다.

크리스마스 3일 전 포경꾼 칼센이 무기를 실으면서 실수로 총을 발사한다. 총알은 선미의 선실과 무기고를 맞힌다. 2만 개의 총알이 배에 있다. 선미에서 첫번째 탄약통이 터진다. 바이프레히트와 크리슈는 그곳으로 달려가서 아직 터지지 않은 탄약통들을 빼낸다. 화재는 크지 않다. 끌 수 있다. 바이프레히트는 칼센의 부주의에 대해 아무 말도 하지 않는다. 그러나 다른 사람들의 질책에 빙하 전문가는 점점 더 말이 없다. 클로츠는 말한다. 어쩌지? 일요일은 포경꾼에게 신성한 날이어서, 곰 사냥도 하지 않을 것이고 가죽도 벗기려 하지 않을 텐데. 그런데 일요일인 지금 그는 배 전체를 날려버리려 하고 있다.

12월 24일, 얼음은 신성한 밤에도 가만히 있지 않는다. 테게트호프호의 선상은 다시 압력에 흔들거리고 함부르크 식품 회사 리허스와 해군의 선물 상자를 연다. 여섯 병의 코냑과 두 병의 샴페인, 귤렌, 시가 100개, 과자, 이 모든 것이 뮌헨이나 크리스마스트리, 여섯 개의 도자기 인형이 그려진 그림에 싸여 있다. 인형들은 무용수인데 피루엣*을 하기 위해 두 팔을 들고 앙증맞게 서 있다. 분홍빛 다리와 진한 붉은색 입술. 소녀들은 각기 다른 우아한 포즈를 취하고 있다. 리허스 사는 그들을 위해 독일 북쪽 지방 사투리로 된 책도 넣었다. 슈바인이겔**이다.

선원이 여자 애기를 많이 할까? 아니면 서로에게 기대거나 서로를 안아줄 생각을 할까? 그들이 온 곳에서는 그런 애정은 가혹하게 처벌받는다. 그렇지만 빙하 속에서 법 따위가 무슨 효력이 있겠는가? 의사나 환자를 보살피는 사람이 열이 날 때 그들의 이마를 쓰다듬어주는 것으로 충분하지 않나? 나도 모르겠다.

규율이 사라지면, 모든 것은 실패한 것이다. 바이프레히트가 그들에게 말한다.

지구상 어느 곳에서도 이곳만큼 온전하게 망명할 수는 없다. 끔찍스러운 삼두 정치, 즉 어둠, 추위 그리고 외로움. 천사도 변화의 욕구를 받아들였을 것이다. 모두가 빼앗긴 갈망을 인간들은 얼마나 붙잡고 싶어 하는가. 소망을 자극하고 환상을 통해 더욱 미화되는 갈망. 마침내 레싱의 말은 참이 된다.

---

* 한 발을 축으로 해서 회전하는 발레 동작.

** 저속한 농담을 이야기해주는 사람.

"우리는 이성과의 교류에 너무나 익숙해 있어서 우리가 완전히 매력을 잃고 나서도 끔찍한 공허함을 느끼지 못하게 될 것이다."　　　율리우스 파이어

　새해 첫날 밤은 빙하가 조용하다. 그들은 타르 횃불에 불을 붙이고 배 둘레를 성큼성큼 걷는다. 그것은 불빛 순례이다. 선원들은 빙하 속에서 사열하고 대위들을 위해 노래한다. 로렌초 마롤라의 목소리가 가장 아름답다. 피에트로 팔레지치는 하모니카로 반주를 한다.

　Solo e pensoso i più deserti campi

　　vo mesurando a passi tardi e lenti,

　　e gli occhi porto per fuggire intenti,

　　ove vestigio uman l'arena stampi……

　아니다, 그들이 부른 노래는 전해 오지 않는다. 사진에 누가 있는지도 전해지지 않는다. 그 사진은 건조된 빵 조각과 함께 양철통에 넣어서 물이 나가는 구멍을 통해 바다에 안장시켰다. 양철통은 묵은해를 의미하고, 바닥까지 가라앉을 거야. 모든 실망을 잊고, 그들은 세 번의 만세 소리와 함께 1873년을 반갑게 맞는다. 파이어는 샴페인 병을 가져오게 한다. 내용물이 얼어붙어서 병을 깨뜨릴 수밖에 없다. 잔에는 밝은 노란색 얼음 조각들이 덜거덕거린다. 그리고 오지에서 수많은 겨울을 살아남은 엘링 칼센은 항해 일지 앞에 앉아서 의심스럽게, 그리고 거의 비장하게 지금까지의 불행의 기록을 끝맺는다.

　우리는 새해에도 신이 우리와 함께 하시기를 바란다.

　그러면 아무것도 우리와 대적할 수 없다.

11. 황량한 땅

여기에 잣나무가 자란다니.

스피츠베르겐에는 나무들이 없다고 했다. 이것은 물론 나무들이라고 할 수 없다. 이것은 유일한 잣나무 한 그루다. 침엽과 빽빽한 나뭇가지로 된 구름처럼 넓게 뻗은 잣나무의 왕관이 집의 2층을 둘러싸고 있다. 눈처럼 흰 집. 트롬쇠에서 보았던 것처럼 부드러운 색깔의 목조주택이 대부분인 롱예르뷔엔에서는 독특한 것이다. 녹슨 갈색, 녹슨붉은색. 그러나 이 집은 흰색이다. 구름은 짙은 녹색이다. 1층은 일요일처럼 창문이 열려 있다.

날씨는 춥다.

조용하다. 커튼이 공기의 흐름에 살랑거리며 시선을 열어준다. 집안의 어두운 내부가 들여다보이고 뒤편에는 창문이 열려 있다. 아드벤트 피오르의 거품이 만들어내는 왕관, 조용히 롱예르뷔엔의 절벽을 때리는 해협. 파도치는 소리도 없다. 집 안의 어둠 속에서 누가 말한다. 갑자기 큰 소리로 단조로이 읊는다. 시다. 이탈리아 시! 여기. 네가 여기서 유일한 이탈리아 사람이잖아, 세틸 피란트가 말한다. 혼자.

Solo e pensoso i più deserti campi

vo mesurando a passi tardi e lenti,

e gli occhi porto per fuggire intenti,

ove vestigio uman l'arena stampi……

페트라르카*의 소네트**다! 아나가 읽어주었던 소네트의 시구다. 그러나 여기 누가 그걸 알겠는가? 목소리는 계속 중단되었다가 다시 시작한다. 머뭇거리다가 단어를 바꾸고 운율을 바꾸었다가 또 중단된다. 다시 시작한다. 수업 시간을 준비하는 것 같다. 절망적인 반복, 커튼이 살랑거리고 파도치는 소리. 페트라르카의 소네트 3편. 내일 아침까지. 외워서. 외워서, 마치니. Solo e pensoso i più deserti campi…… a passi……

홀로 생각에 잠겨

황량한 들판을 가늠해본다

느릿느릿하게 우물거리는 걸음걸이로

눈으로는 도망을 치려고

주위를 둘러본다

---

* 14세기 이탈리아의 시인이자 인문주의자.
** 13세기 이탈리아 민요에서 파생된 소곡 또는 14행 시.

주의 깊게

모래 위에 남겨진 인적을……

그것은 아나의 목소리다. 아나의 목소리! 커튼은 없다, 그것은 커튼이 아니다. 그것은 지붕에서 떨어지는 눈덩이다. 그리고 경련에 사로잡힌 듯 녹색의 주먹이, 지금 잣나무 왕관이 집을 둘러싼다, 점점 더 단단하게…… per fuggire intenti…… 벌써 얼음으로 된 불완전한 작품이 부서지기 시작한다. 천장의 돌림띠가 부러진다…… 오이야, 아노레(아노레, 이랴)! ……ove vestigio uman……! 오이야, 아노레! 그것은 아나의 목소리다. 집은 얼음으로 되어 있고 구름은 소리를 내면서 부풀어 오른다. 얼음 조각들을 가지에서 터뜨린다……

오이야, 킹고! 아노레! 야아!(킹고, 아노레, 이랴! 헤이!)

이제 목덜미를 찌르는 듯한 고통에 잠을 깬다. 야아! 오이야!(헤이! 이랴!)

외침은 닫힌 창문을 뚫고 들어와 그를 깨우기에 충분하다. 요제프 마치니는 펄쩍 뛰어 일어나고 아파서 균형을 잃을 뻔한다. 그는 살금살금 창가로 다가간다. 창 앞에는 세틸 피란트가 개썰매를 멈추고 있다. 더러워진 그린란드도그 일곱 마리 중 두 마리가 서로 싸우려고 덤빈다. 피란트는 욕을 하면서 그들을 떼어내고 있다. 마치니가 창을 열자, 차가운 롱예르뷔엔의 8월 아침에 개 짖는 소리가 울부짖는 소리로 변한다.

"에, 에르 두 이케 스토트 오프 엔다, 두(아니, 아직도 안 일어났어요)?" 피란트가 소리치며 개들 때문에 낑낑거린다.

"Altro schermo non trovo che mi scampi(나를 보호해줄 것은 아

무것도 없네)!" 마치니도 자신의 모국어로 말한다. 지금 이 꿈에서 깨어난다면 어떻게 될까? 목조 가옥이 휩쓸려 내려가고 피란트가 사라져버린다면, 그리고 석공의 미망인이 그 자리에 들어선다면? 잘 잤어요, 요제프?

그러나 거칠고 황량한 바깥의 바위 지형은 쓸려 가지도 터지지도 않는다. 황량한 땅, 그는 잠을 깬다.

"에?" 피란트는 마치니의 대답을 알아듣지 못했다. 마치니도 피란트가 한 질문을 이해하지 못했다. 한순간 그들은 자신의 세계에 빠져 있었다. 각자 자신의 말만을 이해했다. 나는 그들이 서로 이해했다고 말하고 싶지 않다. 그러나 그들은 서로 고개를 끄덕인다.

"또 봅시다!" 오이야! 개들이 출발한다. 피란트의 개들은 재빨리 다시 움직이기 시작한다.

"그럽시다!" 피란트는 마치니의 말을 더 이상 듣지 않는다. 그는 고정시킨 운전자석과 솟은 운전대만 빼면 작은 차의 구르는 바닥판 외에는 아무것도 아닌 이 빈 들것 위에 앉아 얼쩡거리면서 롱예르뷔엔의 눈 녹은 진창길을 지나 사라진다. 지난 며칠 동안 내린 눈은 더 이상 남아 있지 않다. 지금은 여름이다.

시선을 돌리지 않고 마치니는 창가에서 물러선다. 그는 자신의 생각을 김이 서린 아쿠아비트가 가득 담긴 잔으로 가져가려고 애쓴다. 두통과 어지럼증은 더 강해진다. 기억 속의 그림은 질기다. 그 그림 속에는 지난 저녁에 마신 잔들이 반쯤 차 있고, 계속 반만 차 있다. 계속해서.

만취한다. 테게트호프 제독호에서는 18일마다 럼주 한 병을 선원들 모두에게 배급해주었다. 그러면 서로 거래를 하거나 바꾸었다. 몇 명은 하루 이틀 만에 다 마셔버렸기 때문이다. 얼음이 압박해 오는 시기에는 특별 배급이 있었다.

마치니는 창을 닫는다. 피란트는 작고 붉은 형체로, 개들은 뛰어다니는 하얀 점으로 줄어들었다. 맨 먼저 대장인 우비가, 그리고 그 뒤로 주사위의 여섯 개 눈처럼 킹고, 아방가, 아노레, 슈피츠, 이미악과 술리가 뒤따랐다. 피란트는…… 그런 저녁 시간을 보내고 난 후에도 훈련을 시킨다. 눈이 없는 여름에도 썰매개의 규율이 느슨해지지 않도록. 해양학자는 규칙적으로 썰매개들에 줄을 매고 녹슨 탈 것에 끌어다놓는다. 야아! 그렇게 개와 남자는 탄광 도시를 헤집고 다닌다. 그러나 피란트는 별로 주목을 끌지 못한다. 지평선 저 아래에 놓인 문명 세계의 척도보다 야생의 조건이 더 위협적이고 피부에 와 닿는 이곳에서. 천천히, 무거운 동작으로 마치니는 옷을 입는다. 일주일 전부터 석탄 조합 소속의 집에 있는 그의 방은 산란장처럼 덥다. 중앙난방의 온도조절기가 벌써 다가올 겨울 추위에 대비해서 작동하는 듯하다. 밖에는 젖은 눈이 내린다. 곧 거의 수직으로 내리는 비가 온다. 목조 가옥들 사이의 진창길은 점점 더 물러지고 깊어진다. 1981년 8월 10일. 출발일이다. 크래들은 어제 저녁부터 부두에 있다. 1300톤 크기에 길이 60미터, 바다 같은 푸른색 선체, 집채만 한 하얀색 구조물, 여름에 무르만스크와 베링 해협 사이 2800킬로미터의 북극해 루트를 지나다니며, 오래된 북동 항로를 다니는 쇄빙선들에 비하면 작은 배다. 그러나 이 트롤선에 비하면 테게트호프호는 얼마나 자그마하고 연약한 모습이었을까. 피란트가 말한 바에 따르면, 이 트롤선도 중간 크기 정도의 얼음에만 쓸모가 있고 여름의 일상적인 항해에는 충분하지만, 큰 얼음에는 적당하지 않다고 하던데……

……바이프레히트? 피란트가 마치니를 소개하자 선장 코레 안드레아센이 물었다. 파이어와 바이프레히트? ……아, 예, 그럼요. 프란츠요제프 제도…… 바이프레히트! 북극해와 관련된 선원들의 이름이 워낙 많아서요. 다 기억하기는 불가능하죠…… 그들은 롱예르뷔엔 우체국 안에 있는 술집의 테이블에 섰다. 피란트는 몸집이 크고 목소리도 크고, 텁수룩한 수염에 어두운 노란색 야구점퍼를 입은 40세의 남자다. 야구점퍼는 그를 거의 애처럼 보이게 했다. 선장은 마치니보다 크지 않았고 가냘픈 몸매에 전혀 지휘관다운 면모가 보이지 않았다. 안드레아센은 진청색 모직으로 된 두꺼운 스웨터와 낡은 면바지를 입고 있었다. 그가 말을 덧붙이거나 질문을 할 때면 테이블 주위가 잠시 조용해졌고, 그래서 그가 뭔가 말을 하고 있다는 것을 알 수 있었다.

롱예르뷔엔에서 유일한 이 술집은 사람들로 가득 차 있었다. 광부와 엔지니어, 학자, 붉은색 작업복에 흰색으로 배 이름을 수놓은 크래들 선원 들이 테이블 주위로 몰려들었다. 가장 시끄러운 사람은 세 명의 지질학자였다. 그들은 비에르뇌위아에서 악천후로 실패한, 어느 명예욕 강한 동료의 프로젝트에 대해 험담을 늘어놓았고 그 동료의 실망감을 번갈아가면서 팬터마임처럼 흉내 냈다. 그것은 다른 사람들의 환호성과 야유로 자주 중단되었다. 저녁은 길어졌다. 자정이 지나 마치니가 진창길을 지나 터덜터덜 숙소로 돌아왔을 때, 붉은 태양이 부드러운 루비처럼 그의 눈을 부시게 했고 두통이 머릿속을 환하게 했다. 다음 날 아침 피란트의 명령 소리와 개들이 짖는 소리에 깼을 때도 두통이 있었다.

마치니가 방을 나선 것은 늦은 오전이다. 그 집의 공동 공간에는 텔레비전 스피커에서 웅웅 소리가 난다. 맬컴 플래허티가 혼자 텔레비전 앞에서 재난 사고 장면의 푸른빛에 완전히 몰두해서 수색과 소방 작업을 기록하는 카메라의 불안한 흔들림을 뒤쫓고 있다. 조심스럽게, 막 언 투명한 얼음 위에 있을 때처럼, 석면 복장에 복면을 한 구조자가 잿더미 위에서 움직이고 있다. 비행기의 널린 잔해들 사이에 터진 가방과 화물 들이 놓여 있고 그 옆에 승객들의 까맣게 탄 시체를 옮기고 나서 쓸어놓은 자리가 있다. 모습은 보이지 않고 울부짖는 목격자의 목소리가 사고 경위를 설명하고 있다. 하역을 하기 위해 착륙, 화염이 솟아오르고 충격, 쐐기 모양의 연기, 그리고 충돌. 거실의 공기는 너무 따뜻해서 사람을 늘어지게 만들고, 플래허티가 재떨이의 톱니 모양 사이에 끼워놓고 잊어버린 담배의 연기가 똑바로, 가늘게 기둥 모양으로 올라가더니 곧 나선형으로 솟아오른다. 플래허티는 쉬는 날 대부분을 텔레비전 앞에서 시작한다. 그러나 최신 뉴스라도 아드벤트 피오르의 빙하 골짜기 탄광 도시에 도착하면 이미 한 주가 늦어진다. 롱예르뷔엔은 대륙과 텔레비전 방송이 연결되지 않는다. 그래서 트롬쇠의 노르웨이 방송을 녹화해서 비디오테이프를 뒤늦게 스피츠베르겐으로 보낸다. 그래서 모든 사건은 단순히 회고로 보일 뿐이다. 지역 방송국 라디오 스발바르의 소식은 스피츠베르겐에서 케이블을 통해 목조 가옥으로 보내진다. 재난 방송도 이런 긴 운송 시간이 경과하고 나면 그다지 혼란스럽지 않은 것이 되고, 녹화된 뉴스는 의미가 반감된다.

"재미있군." 맬컴 플래허티가 영화 소식에 논평을 단다. "재밌어." 그는 맥주 캔에 손을 뻗고 하품을 하며 일어서서, 소리를 낮추고 마치 니에게 몸을 돌린다. "방학을 맞은 아이는 아마 당구를 치고 싶겠지?" 지금 화면에는 열대의 풍경이 나온다. 그리고 아프리카 지도, 그 위에 하얀 화살이 벌레처럼 움직인다. 군대의 행렬. 마치니는 당구대로 다가간다. 그는 여기서 사람들이 쓰는 말투에 익숙해졌다. 그것은 하나의 언어로, 심각한 것은 아무것도 없다. 롱예르뷔엔에서 일주일이면 탄광 도시의 사교 사회의 좁은 무대와 단순한 질서에 익숙해지는 데 충분하다. 지루해질 정도로 익숙해진다. 여기와 같은 공동 공간에서, 지금은 당구공들이 부딪치는 소리가 지나간 소식들의 소리를 뒤덮고, 특권층, 탄광의 엔지니어, 학자와 탄광촌의 손님 들만이 서로 교류한다. 총독 관저와 함께 롱예르뷔엔의 유일한 석조 건물이자 도시의 심장인 우체국 건물 안에서 삶은 정말 공적인 것이 된다. 그곳에서 인간관계는 온실에서처럼 가꾸어진다. 우체국 창구에서는 육지와의 관계가, 선술집 테이블에서는 이 지역의 느슨한 인간관계가 유지된다. 외국 잡지들과 특히 포르노 잡지를 걸어둔 극장 옆 홀 가게에서는 똑같은 환상이 반복되는 책들을 살 수 있다. 가끔 사람들은 위층 극장으로 향하는 계단을 올라가서 할리우드 영화나 또는 드물긴 하지만 향토영화를 보면서 추운 세상 끝에 살고 있다는 사실을 잊으려 한다. 이틀 전에는 히치콕의 〈새〉가 상영되었다. 사람을 공격하는 무시무시한 새 떼의 모습이, 주둥이로 쪼는 새들의 스타카토가 관객들로부터 많은 웃음과 환호를 받으면서 끝이 났다. 플래허티는 상영 시간 내내 작년 북극제비갈매기에 의해 심각한 사고를 당한 라디오 기술자에 대한 기억을 홀의 어둠에 대고 내뱉었다. 그 남자는 절벽을 따라 걸어갔고 새둥지에 너무 가까이 다가갔다.

'스테르나 파라디세아'는 바다 갈매기와 비슷한 놀라운 새로, 날개는 흰색이고 머리는 검은색이다. 때로 사람들이 새끼들을 위협하는 듯이 보이면 하강해서 주둥이와 발톱으로 공격하는데, 재빠르고 우아한 공격으로 공격당한 사람의 머리에 열상과 찰과상을 남긴다. 그 상처는 술집 사람들로부터 검증받고 웃음을 사기도 한다. 총독의 안내문은 초행자의 경우 북극제비갈매기를 피해 두꺼운 모직 모자를 쓰라고 권한다. 그때는 치과 의사인 요아르 호엘이 라디오 기술자의 머리 피부를 봉합해주었다.

당구공들이 마지막으로 부딪친 뒤에도 조용해지지 않았지만, 플래허티는 들고 있던 큐대와 함께 튀어올라 플뢰레처럼 마치니를 향해 찌르는 척한다. "어서, 바이프레히트, 당신 차례야." 플래허티는 재빨리 집중해서 게임을 한다. 위치를 바꿀 때 그는 탁자로 걸어가지 않고 달려간다. 다음 순간 다시 긴장한 자세를 취하기 위해 정지한다. 이렇게 급히 열성적으로 기묘한 싸움을 하면서 플래허티는 자신이 하는 일에 온전히 몰두하는 듯이 보인다. 그는 몇 년 전 스피츠베르겐의 가장 북쪽 마을 뉘올레순에서 내기에 지고 나서, 한밤중에 흔들의자를 설계하는 데 착수했다. 며칠 후 그는 열기구 계류장에서 흔들의자에 앉아 서른 시간을 보냈다. 그 계류장은 일찍이 아문센과 노빌레가 자신들의 비행선을 묶어두었던 곳이었다. 그렇게 서른 시간을 보낸 후 플래허티는 동상에 걸린 발가락 네 개와 왼쪽 새끼손가락을 절단했고 총독 토르센은 앞으로 스피츠베르겐의 역사적인 기념물들에 좀 더 존경심을 보이라고 그에게 경고했다. 어제 저녁 셰틸 피란트가 이야기해준 바에 따르면 그랬다.

그럼에도 맬컴 플래허티는 반전으로 가득 찬 불안정한 인생들의 집합소인 롱예르뷔엔의 작은 마을에서 결코 눈에 띄는 인물은 아니다. 아드벤탈의 빙하 계곡에 자리 잡은 깨끗한 광산 도시에는 목조 가옥들이 너무나 정갈하고 거의 소시민적으로 옹기종기 모여 있지만, 마치니가 스피츠베르겐에서의 첫날에 들은 여러 버전의 인생 이야기 중 괴상하지 않은 것은 없었다. 플래허티가 다른 광산업자들과 다른 점은 그가 12년 전부터 이곳에 살고 있다는 것이다. 대부분의 광부들은 몇 년 동안만 세금이 없는 높은 보수를 받기 위해 이곳으로 온다. 롱예르뷔엔의 빙산 지형에서 탄광 일은 다른 어느 곳보다 혹독하다. 그렇지만 그 혹독함과 북극 지방의 고독을 견뎌낼 수만 있다면, 삶을 조금은 더 편안하게 다시 시작할 희망이 생기는 것이다. 때로 굴뚝 넓이의 갱도에서 이루어지는 작업은 이런 개인적인 이득 이상의 것은 보장해주지 않았다. 채굴된 석탄의 가치는 투입된 노력에 비해서는 형편없었다. 넓게 뻗은 수평 갱 시스템은 시장의 법칙보다는 오히려 이 외딴 영토에 노르웨이 왕국이 존재하고 있음을 보여주는 데 이용되는 듯 보였다. 그리고 시장의 법칙이란 게 이곳에서 무슨 의미가 있겠는가? 이렇게 돌로 된 자연에서 어떤 법칙인들 무의미해지거나 또는 깨어지지 않겠는가? 하여간 이 멀리 떨어진 곳에서 광부들은 더 나은 미래를 위해, 그리고 국가는 주권을 위해 탄광을 팠다. 만년설의 아름다움이나 자연의 아름다움 또는 외로움이 주는 매력에 대해서는 누구도 이야기하지 않는다. 그럴 이유도 없지 않은가? 한 달에 1만 크로넨을 벌기 위해 매일 탄광 바닥을 기어 다니는 형편없는 인생은, 탄광 이야기가 나오면 플래허티가 하는 말에 따르면, 대지의 어머니에 대해 충분히 알고 있거나 아니면 전혀 알고 싶어 하지 않는다고 했다.

플래허티는 자신은 이곳에 영원히 살기 위해 온 것이라고 주장했다. 영국 식민지 장교의 아들로 태어나 케냐에서 자란 그는 마흔여섯 살로 폴란드에서 광산학을 공부했다. 캐나다와 남아프리카의 탄광에서 일하고 카디프에서 은퇴한 아버지에게 총상을 입히고 징역을 살았다. 그리고 몇 년 동안 셰틀랜드 제도에서 비료 장사를 하는 어느 불행한 여자의 불행한 남편으로 살았다. 12년 전 플래허티는 결국 러윅에서 먼 바다에서도 탈 수 있는 보트를 타고 혼자 화가 난 상태로 힘껏 노를 젓기 시작했다. 셰틀랜드 제도에서 대서양을 건너 노르웨이의 노르 곶까지 1500해리를 가는 데 석 달이 걸렸다. 자신의 인생에서 가장 힘들었던 일을 마치고 난 후 그는 함메르페스트에서 배를 때려 부수고는 석탄 운송선을 타고 스피츠베르겐으로 왔다. 그 후 그는 이곳에서 광부들과 함께 굴착 기술자로 지냈고, 5년 전부터는 이미 오래전에 이 극지방을 떠날 생각을 접은 셰틸 피란트의 바로 옆집에 살았다. 플래허티는 흰색 실크 장갑을 끼고 있는데 금색 래커 칠을 한 풍금에 앉을 때만 그것을 벗었다. 풍금은 그의 방구석에 무성한 화초들에 둘러싸여 있었다. 그는 습진으로 갈라진 두 손으로 느긋하게 건반을 두드리며 웨일스 지방의 노래를 불렀고 때로 셰틸 피란트가 성의껏 테너 색소폰 반주를 넣기도 했다.

"그만둘래." 마치니는 뒤로 깎아 치는 것을 실패한 후에 게임을 중단하고 화가 나서 공의 대열을 흩어버렸다.

　오늘은 셰틸 피란트의 개들을 억지로 우리에 들여보내야 했다. 진흙투성이의 발자국을 남기며 피란트가 그곳에 들어섰을 때, 플래허티는 다시 텔레비전 앞에 있었다. 그런데 텔레비전에는 흐릿한 소리를 내면서 흔들리는 하얀 반점 외에는 아무것도 없었다. 마치니는 신문에 머리를 박고 있었고 둘 다 말이 없었다. 개들을 향해 소리를 지르던 어조를 바꿀 시간이 없었는지 피란트의 등장은 시끄럽고 요란했다. 피란트가 제일 먼저 들어오고, 그다음에 치과 의사 호엘, 그리고 만년설 등반에 미친 캐나다인 광부 이스라엘 보일, 포병 장교 에이나르 구토름스고르드, 그리고 아직은 마치니가 모르는 사람들이 들어왔다. 시간은 정오였다. 서로 인사를 하고, 마치니에게 간단한 일상적인 질문을 하고 마찬가지로 간단한 대답을 듣는 데 만족했다. 잘 지냅니다. 그렇죠. 불평할 수 없죠. 오늘은 포트*가 떨어졌다는군요. 그럼…… 그리고 그들은 식탁에 앉았다.

　요제프 마치니는 자신이 오래전부터 이 모임에 들어와 있다고 믿는다. 그러나 그들은 알고 있다. 무슨 일로 그와 함께 있는 것인지. 극지 이야기에 얼이 빠진 언론인이나 작가 또는 그 비슷한 사람인 것이다. 사람들은 이 작은 이탈리아 사람이 며칠 동안 피란트, 플래허티, 보일 주변에서 더 이상 보이지 않아도, 또는 광산에 나타나지 않아도 그냥 넘어가거나 다시 잊어버릴 것이다. 이 키 작은 사람은 정말 호기심이 많은 듯 보였다. 이스라엘 보일은 그를 지하 갱도로 데리고 가서 광맥

---

* 냄비요리의 일종.

이 있는 곳까지 기어가도록 했다. 이런 사람은 1킬로미터 정도 산맥을 파고 들어가게 해야 한다. "그곳은 어둡고 좁았어. 그렇지, 보일?" 하고 나중에 쓸 수 있도록 말이다. 심지어 토르센 총독도 이 작은 사람을 초대해서 화주 몇 잔을 마셨다. 그들은 그를 탐사선으로 데리고 와서 제대로 빙하를 볼 수 있도록 했다. 그리고 셰틸…… 흠, 셰틸, 그에게 토시를 떠주었나? 글 쓸 때 몸이 얼지 않도록 말이야, 응? 스콜*. 글쎄, 이전 탐험대의 루트를 더듬는 사람들이야 충분히 많지. 카메라 장비를 짊어지고 나침반도 읽을 줄 모르는 사람들 말이지.

멋지지? 이젠 구루병을 앓는 여행객도 보잉기를 타고 이 망할 놈의 극지로 날아오기만 하면 되니까, 그렇지, 양복에 넥타이를 매고, 비닐에 스테이크를 담아서 무릎에 올려놓고 코닥 카메라를 배의 창가에 가져다대지. 지금 그 사람들은 다시 호랑이 담배 피우던 시절에 벌레로 좀먹은 나룻배나 썰매, 열기구나 퍼렇게 얼어터진 얼굴로 그곳으로 가려던 정신 나간 사람들에 미쳐 있어. 그런 말을 들을 때면, 마치 니는 피란트의 개들과 함께 당장 길을 떠나고 싶어졌다. 고삐를 쥐고 썰매를 몰고 싶어졌다. 그는 아마도 썰매개들을 망아지와 혼동했음이 틀림없다. 그래도 좋다. 한 사람에게 그건 아무래도 상관이 없었다. 스콜.

늦은 오후, 배에 오를 시간이 되었다. 눈발은 그쳤다. 비도 그쳤다. 북동풍만 약해지지 않고 차갑게 불어와서 피오르에 거품 왕관을 만들어낸다. 현재는 가동되지 않는 자재 운반용 케이블카의 녹슨 곤돌라

---

* 스웨덴어로 건배를 뜻함.

가 돌풍에 빙글빙글 돌고 있다. 나무로 된 지지대의 긴 행렬은 수직 갱의 입구로 이어진다. 안개는 없다. 크래들은 자정 전에 출발할 것이다. 피란트와 마치니는 여행 준비를 마치고 선술집 테이블 앞에 서 있다. 북극해의 해안을 따라 내륙을 걸을 때면 항상 허리춤에 큰 권총을 차는 해양학자가 지금은 워크맨을 차고 있다. 피란트는 맥주 한 잔을 마시고 헤드폰을 끼고는 간간이 노래의 마디를 따라 부르고 있다. 혼자만 들리도록. never put me in a job…… Mama Rose…… well, never, never again……(날 끌어들이지 마요…… 마마 로즈…… 절대로, 다시는……)

지난 며칠 동안 피란트는 거의 워크맨을 듣고 있었다. 롱예르뷔엔의 가게에, 극지에서 필요한 장비에서부터 설탕에 절인 과일, 아동복까지 정말 없는 게 없는 슈퍼마켓에 새 카세트테이프가 들어올 때도 항상 그랬다. 피란트는 특히 자신이 주문한 색소폰 연주의 멜로디를 하루 종일 들었고, 한 곡씩 다시 들은 다음 직접 자신의 색소폰으로 연주를 따라 하려 했다. 헤드폰을 내려놓을 때면 원곡에 대해 열광했다가도 갑자기 모든 것을 집어던지고 일주일 내내 아무것도 듣거나 부르지 않았다. Mama Rose! 에이리크, 맥주 한잔 줘! 그렇지만 이번이 정말 마지막이야.

셰틸 피란트는 5년 전에 여름 동안만 극지 연구소에 머무르기 위해 롱예르뷔엔으로 왔고 지역 학교의 여교사 토릴 홀트 때문에 남게 되었다. 그렇지만 그동안 이 여교사는 광산의 엔지니어와 결혼해서 라르센이라는 성을 얻어 그와 함께 살고 있었다. 그들의 집에는 카리브 해의 화려한 풍경 사진이 잔뜩 붙어 있었다. 그녀가 해양학자를 볼 수 있는 것은, 학교 행사에서 그가 공연장의 맨 끝 줄에 앉아 소리 지르며 노래할 때였다. 피란트는 여전히 이곳에 있었다. 그는 스피츠베르겐을 거의 떠나지 않았고, 만약 떠나더라도 오슬로의 소규모 청중 앞에서 가설에 대한 강연을 하거나 극지의 연구 프로젝트를 기획하느라 며칠간 떠나 있을 뿐이었다. 때로 학회에 가기도 했는데, 항상 비싼 귈런 잎이나 화주를 가지고 돌아왔다. 피란트는 밤새 외곽의 활주로에 있는 포병 장교 구토름스고르드의 사무실에 앉아 오지에 나간 탐험대와의 무전 연락을 점검했고, 때로는 자신의 배나 썰매를 타고 측정 지점을 점검하고 데이터를 읽기 위해 몇 주 동안 없어지기도 했다. 쉬는 날에는 대부분 플래허티나 보일과 함께 만년설에서 시간을 보냈다. 겨울에는 용해로에서 구리를 녹여 주변 경치를 형상화한 괴상한 모자이크를 만들어 썰매개들에게 무거운 예술작품을 걸어주기도 했다. 대장 개 우비는 피란트가 명령하면 앞발을 들고 뒷발로 걸어갈 수 있었다. 롱예르뷔엔 사람들은 개썰매에 의존하지 않은 지 오래되었다. 겨울이면 이곳의 거의 모든 사람들이 모터를 단 썰매나 스쿠터를 탔고, 백야는 1년 중 가장 시끄러운 시기였다. 눈이 녹으면 그 지역을 달릴 수 있는 차를 타고 몇 킬로미터 되지 않는 진창을 헤치고 다니거나, 무전기를 단 택시를 자주 이용했다. 흙탕물로 뒤덮인 리무진들은 항구, 활주로, 구덩이 사이를 왕래했다. 개들의 고삐를 잡는 것은 여기서도 사치스러운 스포츠 이상은 아니었고 아마도 명백한 북극 남성의 상징일 터였다. 치과 의사 호엘도 피란트와 다른 사람들처럼 우리에 곰 같은 그린란드도그 네 마리를 데리고 있었고, 백야에는 빙하 위에서 스키를 탄 채 개들이 자신을 끌고 가도록 했다. 이 개들은 지역의 견주 클럽에서 스피츠베르겐의 가장 사나운 사냥개로 통했다.

피란트의 조용하지만 아마도 가장 열정적인 관심은 하여간 자신의 북극해 연구와는 멀리 떨어진 지중해와 열대의 강에 쏠려 있었다. 그의 방에 있는 책장에는 히드로충류에 관한 전문 서적들이 쌓여 있었고 탁상 스탠드도 불투명 유리로 세심하게 만든 참외해파리 모양이었다. 피란트는 머리 없는 이 메두사가 해양의 어스름에 떠다니는 것처럼 우아하고 이색적인 광경은 없다고 마치니에게 말했다. 종 모양, 몸체, 목과 머리에 달린 촉수는 연약하고 부드럽고, 터키석 색깔 물에서 움직이는 모든 동작은 부드러운 심장 박동 같다······

그러나 몇 년 전 피란트가 해파리들 때문에 빈으로 와서 서점 주인인 아나 코레트의 모임에 들어오지 않았더라면, 해양학자의 열정은 요제프 마치니의 삶에 별 의미가 없었을 것이다. 마치니가 트리에스테의 도배장이 집에서 힘들어하고 있을 때, 피란트는 처음으로 빈 여행을 했는데, 보헤미안 지방 유리 공예가의 경이로운 해파리 모델을 공부하기 위함이었다. 이 모델들은 자연사 박물관에 보관되어 있었고, 그는 애서가인 동물학자를 통해 아나를 알게 되었다. 이 친분 관계는 결국은 지속적인 편지 왕래로 발전하였다. 어떤 편지는 세밀화로 가득 차 있기도 했다.

"좋아, 에이리크! 글렌피딕 한 잔 주게, 빨리, 그리고 택시를 한 대 불러주게나. 우리는 부두로 가야 하거든." 피란트는 헤드폰을 목 아래로 내린다······ never put me in a job······ 마치니는 배낭을 멘다.

항구는 위쪽 피오르에 있다. 가는 길은 멀지 않다. 차창은 더러워서 밖이 보이지 않고, 마지못해 하얗게 닦아주는 와이퍼 덕에 보이는 붉은 빛에 잠긴 땅이 그들을 향해 흔들린다. 피란트와 마치니는 마지막으로 배에 오른다. 손을 흔들어 작별한다. 피란트는 헤드폰을 다시 끼고 트론헤임의 기상학자이자 프로젝트 책임자인 오드문 얀센이 회식장에 모인 열 명의 학자와 세 명의 손님과 열두 명의 승무원 앞에서 간단하게 연설을 할 때도 벗지 않는다. 연설의 내용은, 배에서 여러분을 맞게 되어 기쁘다 등등, 특히 극지 연구소의 손님들도…… 성공적인 공동 작업이 되길 희망한다 등등…… 그런 연설의 그렇고 그런 내용이다. 피란트의 워크맨에는 빨간색의 불빛이 줄기차게 깜빡이고 있다. 그는 배의 유일한 금발 여자에게 찡긋하고 웃는다. Mama Rose……! 매사추세츠에서 온 만년설 연구자다. 요제프 마치니는 얀센이 손님들에게 하는 인사말만 알아들을 수 있다. 그러니까 연설의 영어 부분 말이다.

크래들의 출발은, 다른 항구에서 어떤 배가 출발하는 것 이상도 이하도 아니다. 정규 항해의 시작일 뿐이다. 안개가 낄 때 울리는 긴 뱃고동 소리에서 둔하고 장엄한 여운이 남고, 이 소리는 아드벤탈로 퍼졌다가 절벽에 부딪혀 다시 돌아온다. 트롤선은 3200마력으로 피오르에서 북극해의 불안한 어둠 속으로 나아간다.

나는 요제프 마치니가 승선 후 처음 한 시간 동안 자신의 선실에서 편안하게 있는 것을 상상해본다. 그리고 나는 그가 이날을 보내면서 테게트호프호의 항해에 대한 기억을 자신의 여행으로부터 분리하기 시작하지 않았을까 자문한다. 극지 위에는 결국 현재, 피할 수 없는 현재 외에는 아무것도 없다. 그리고 이 현재는 황량한 이 땅이 기억의 단순한 배경이 되어 사라지는 것을 허락하지 않는다. 침몰한 배의 영상들이 마치니에게 거는 주문이 빈의 해군 아카이브가 아닌 이 광산 도시에 왔다고 해서 약해지지는 않는다. 그는 해군 아카이브에서 테게트호프호의 항해 일지를 뒤적이고 또 뒤적였다. 그러나 나는 내 추측을 명백하게 확인해줄 기록을 가지고 있지 않다. 마치니의 스피츠베르겐의 일기도 마찬가지로 사냥꾼 할러나 기관사 크리슈의 것만큼이나 대략적이다. 사건을 간단하게 기록하고 때로는 이해할 수 없게 중요한 단어로만 설명하고 있으며, 현재를 넘어서는 생각은 전혀 담고 있지 않다. 그래서 나는 나의 상상에 의존하고자 한다. 맬컴 플래허티가 약간 심술궂게 마치니를 바이프레히트라고 부르며 웃음거리가 되면서까지 벗어나지 못할 상상이나 생각은 없다는 것을 보여주었을 때, 요제프 마치니는 거의 안도감을 느꼈음이 틀림없다고 나는 생각한다.

12. 새 땅

1월. 빙해는 우스이다. 그리고 여기에 있는 모든 사람은 욥과 같다.

사냥꾼 클로츠는 향수와 결핵에 시달리고 있다.

선원 팔레지치는 괴혈병,

목수 베체리나는 괴혈병과 관절염,

선원 스티글리치는 괴혈병,

사냥꾼 할러는 관절염,

선원 스카르파는 괴혈병과 경련,

기관사 크리슈는 결핵……

병의 징후나 안 좋은 곳이 없는 사람은 아무도 없다. 누가 병상에서
일어나면 항상 다른 사람이 대신 눕는다. 그렇게 반복된다.

테게트호프 제독호가 일출을 신의 귀환으로 믿고 빛을 숭배하는 목

조 사원이라 하더라도, 극야가 끝나기를 바라는 희망, 태양이 다시 뜨기를 바라는 희망이 1873년 1월만큼 강하지는 않으리라. 환자들은 힘을 되찾고, 얼음벽은 무너질 것이다. 너울에 녹기 시작한 폐허가 쓸려가고 바람이 다시 좋아진다면, 태양이 다시 수평선 위로 올라오기만 한다면……

그렇지만 여전히 어둠은 너무나 거대하다.

별이 총총한 정오에 벌써 하늘 끝에서 다가올 여명의 광채가 나타난다. 뿌연 빛의 곡선, 그것은 다시 보랏빛 여명 속에 잠겨버린다. 그러면 그들은 선박의 난간에 서서 이 빛을 칭송한다. 오늘은 지난번보다 예감이 더 밝고 힘차다. 며칠 전에는 전혀 읽을 수 없었던 제목을 거의 해독할 수 있고 네 걸음 떨어진 곳에서도 폭풍우용 램프 없이 얼굴을 알아볼 수 있다고 말하면서.

그러나 얼음의 압박은 계속된다. 바다는 영원히 움직이지 않는 빙하 요새 아래로 파묻힌 듯 보인다. 바이프레히트의 관찰용 천막과 일부 옮겨놓은 비상 석탄이 갑자기 튀어오른 틈 속으로 사라져버린다. 그리고 썰매개 보프도 깊숙이 떨어져버린다. 온도가 몇 도만 올라도 누그러지는 1월의 추위는 두송주 브랜디를 얼음 덩어리로 만들고 밖에 내놓은 수은은 너무나 단단해서 그것으로 총알을 만들어 3센티미터 두께의 판자도 뚫을 수 있을 정도다.

그러나 그들의 삶이 더 평안해지지 않고 비상 상황과 재난을 기다리는 절망적인 시간 속에서 두려움도 무뎌졌지만, 수평선에서 어른거리는 빛의 곡선은 바깥의 혼돈에 다시 맞설 수 있도록 그들에게 용기를 불어넣어준다. 바이프레히트는 목숨을 부지하게 하는 것은 무엇보다 규율이라고 말한다. 가장 일상적인 매일매일의 일과, 기상 측정, 틀에 박힌 보초 교대, 그리고 식사 당번 또는 일요일 장교들의 선실 점검은 바로 인간 사회의 질서가 이런 오지에서도 여전히 통용되고 있다는 표시인 것이다. 법과 원칙을 지키는 것은 바로 인간이라는 표시이며, 이런 외딴곳에서 견딜 수 있는 유일한 길이다.

빙하 전문가이자 포경꾼인 칼센이 그 예가 된다. 오랜 세월을 북극해에서 보낸 이 노인은 장교 식탁에 초대를 받으면, 항상 흰색 곱슬머리 가발을 쓴다. 존경하는 어느 순교자의 교회 축일에는 심지어 자신의 모피외투에 올라프 훈장을 단다. (하늘에서 오로라의 물결과 베일이 번쩍이면, 엘링 칼센은 흐르는 오로라의 조화를 방해하지 않고 빛의 분노가 자신에게 향하지 않도록 몸에 지닌 금속을 모두 내려놓는다. 물론 혁대의 버클도.)

1월 어느 주에 바이프레히트는 학교를 연다. 그들 이전에 누구도 이렇게 북극 가까이에서 겨울을 나지 않았지만, 이런 빙글빙글 도는 불모지가 그들을 쉼 없이 위협하고 있지만, 지금은 모두 읽고 쓰는 것을 배우고 무한한 시간과 우울함을 이기기 위해 선상의 도서관—400권, 그 가운데에는 레싱과 셰익스피어의 희곡과 존 밀턴의 『실낙원』, 누렇게 변한 〈노이에 프라이에 프레세〉도 있다—을 이용할 수 있다. 그들은 시문학을 가져야 하며, 현재의 비참함에 대한 생각에서 벗어나야 한다! 바이프레히트와 장교들, 브로슈와 오렐은 이탈리아인과 슬라브인들을 가르치고, 파이어는 티롤인들을 맡는다. 펠트 외투를 입고 서리로 하얘진 수염으로 그들은 선상의 오두막에 앉아 있다. 어떤 이는 글자를 따라 쓰고, 어떤 이는 물리와 수학의 기초 공식을 보고 있다.

이 작은 교실에서 숙제를 점검할 때, 서리의 구름 속에서 말을 하는 선생님이 계산을 한 칠판을 알아볼 수 있도록 하기 위해 학생들은 숨을 참아야만 할 때, 나눗셈을 공부하다가도 눈으로 손을 문지르기 위해 갑자기 멈춰야 할 때, 이곳에 기적이 일어난 것인가? 보통 학교는 인기가 없는데.

율리우스 파이어

때로는 비상 신호가 그날의 수업을 중단시켜 그들은 조난 보트로 가야 한다. 결국 추위가 너무 극심해서 수업은 느슨하게 연습과 설명이 불규칙적으로 이어지는 것이 되고 만다. 클로츠가 말한다. 어쩌지, 우리가 곰들에게 성경 구절을 읽어주어야 할까? 노트에 쌓인 눈을 뭉쳐볼까? 1월 말, 아침의 먼동은 오전 내내 그들에게 빛을 비추었고, 뉴펀들랜드의 개 마토치킨은 북극곰에게 잡아먹혔다. 파이어의 개들은 이제는 더 이상 큰 썰매를 끌 수 없다. 육지의 지휘관은 아직도 탐험 여행을 생각하고 있을까? 파이어는 흔들리지 않고 개들에게 줄을 매고 때로는 때리기까지 해서, 사냥꾼 할러는 훈육 뒤에 개들을 보살펴야만 한다. 파이어의 출동은 점점 더 잦아지고 점점 더 과격해진다. 북쪽에 아직 사람이 살지 않는 땅이 있다면, 그는 그곳을 향해 개들을 채찍질할 것이다.

진지하고 조용한 연구자 바이프레히트와 열광적인 탐험가 파이어 사이에 간간이 생겨나는 어색한 분위기는 1873년 1월에 이미 극적인 형태를 띠기 시작했는지 모른다. 이 시기의 일기에는 그에 대한 기록은 없다. 그렇지만 카를 바이프레히트가 모든 것의 지휘관이었음을 안다. 그는 권위 그 자체, 선원들 사이의 분쟁이나 싸움에서는 심판자, 귀향에 대한 간헐적인 희망과 관련해서는 위안자이자 예언자이며, 모든 질문의 마지막 단계였다. 그리고 파이어는 육지의 지휘관으로서 여전히 땅이 없었다. 이듬해 빙하 위를 걸어 사람이 사는 땅으로 돌아오는 고통스러운 행군에서 바이프레히트는 싸움에 대해 언급하게 된다. 그것은 극야 첫날의 일지에는 적혀 있지 않다.

파이어는 다시 해묵은 질투를 하기 시작한다. 그는 다시 격분했고, 나는 매 순간 진지한 충돌을 각오하고 있다. 사소한 일로—빵 한 자루 때문에—그는 자신이 너무 많이 운반한다고 주장했다. 그는 사람들 앞에서 비꼬듯 말했고 나는 그것을 나무라지 않고 그냥 넘어갈 수 없었다. 나는 그에게 앞으로 그런 표현을 할 때는 주의하라고, 그러지 않으면 공개적으로 바로잡을 것이라고 말했다. 이에 그는 격분하면서 말하기를, 1년 전에 내가 총으로 그를 위협했던 것을 잘 기억하고 있으며, 그런 일이 또 생기면 자신이 먼저 해치울 것이라면서 심지어 무례하게도 집으로 돌아가지 못하리라는 것을 알게 되는 대로 내 목숨을 노릴 것이라고 공언했다.   카를 바이프레히트

나는 생각이 깊은 바이프레히트가 자신의 동료이자 오랜 친구에게 총을 겨누는 것을 상상하기 힘들다. 마찬가지로 시인이자 화가인 파이어가 죽이겠다고 위협하는 말을 하는 것도. 그러나 북극해에는 이미 최악의 변화가 일어났고 1873년 1월에는 불가능해 보였지만, 나중에 그들이 영광스럽게 귀환한 이후에 증오는 예의라는 격식으로 돌아가게 된다. 나는 이 글을—율리우스 파이어는 마침내 자신의 탐험 보고를 시작하게 된다—동료인 해군 중위 바이프레히트의 훌륭한 업적에 무조건적인 찬사를 보내며 시작하고자 한다. 그에 비하면 나의 노력은 그다지 중요하지 않다……

그러나 오스트리아 해군 아카이브의 서류 서랍에서 점차 희미해지는, 바이프레히트의 일기장 페이지에 간단하게 기록된 일이 실제로 일어났다 하더라도, 그것은 아마 내부와 외부의 여명 속에서 일어났을 것이다. 그들이 태양이 돌아오기를 학수고대하던 여명 속에서.

주위가 밝아질수록 폐허는 더 참혹하게 드러났다. 우리 주위에는 절벽 모양의 얼음 산맥이 솟아올랐다…… 아주 가까운 곳도 배의 솟아 있는 돛 외에 보이는 것이 아무것도 없었다. 나머지는 높은 빙하의 파도에 덮여버렸다. 배도 수면보다 2미터 높이로 솟아서, 솟아오른 얼음 기포 위에 머물러 있고, 자연스러운 요소들에 의해 밀려서 정말 비참해 보였다. 이 얼음 기포는 여러 번 갈라지고 다시 얼어붙은 얼음 덩어리에 의해 만들어진 것으로 얼음이 아래로 들어가고 옆으로 압력이 가해지면서 놀라운 곡선을 만들어냈다…… 우리가 돌아올 태양을 기다리면서 갖는 긴장 속의 기대감, 그것도 역시 우리가 서로를 관찰하는 계기가 되었고, 긴 밤 동안 시달린 우리의 외양과 그 변화에 대해 놀라고 있었다. 깊은 창백함이 우리의 초췌한 얼굴을 뒤덮고 있었다. 우리 대부분은 회복기 환자의 징후를 갖고 있었다. 뾰족하게 높이 솟은 코와 움푹 들어간 두 눈……　　　　　　　　　　　　　율리우스 파이어

통증이 심하다. 숨을 쉴 때에도. 그래서 침대에 누워 있어야만 했고 계속 아팠기 때문에 체중이 줄어서 형편없는 몰골이었다. 욕실에서 앙상한 내 몸을 보고 나는 정말 놀랐다. 약물 치료로 다시 회복되기를 바란다.

　　　　　　　　　　　　　　　　　　　　　　　　　오토 크리슈

1873년 2월 11일, 화요일. 바람과 눈발. 배 근처의 얼음이 불안정하다.

새로 운하가 생겨났다. 개썰매를 탔고, 수업이 있었다.

12일, 수요일. 맑은 날씨. 배 근처의 얼음이 불안정함. 개썰매와 수업.

13일, 목요일. 바람과 안개. 의사 선생님의 침대 정리, 수업.

14일, 금요일. 개썰매를 탐. 오후에는 병에 우편물을 넣어 북쪽, 남쪽, 동쪽 그리고 서쪽으로 보냄. 우편물을 병에 넣어서 코르크 마개로 막아 빙하에 맡김. 우리의 탐험에 관한 소식이 담겼다. 만약 우리가 죽음을 맞고 우리 24명 중 아무도 발견되지 못할 경우를 대비한 것이다.　　　　요한 할러

오스트리아의 배 '테게트호프 제독호', 시베리아 북극해 탐험. 얼음에 갇힘. 1873년 2월 14일.

1872년 8월 21일 노바야제믈랴 해안 근처, 그리니치로부터 북위 76도 22분, 동경 62도 3분에서 얼음에 덮여 얼기 시작했다. 그 후로 바람의 방향에 따라 빙하 덩어리들과 함께 밀려가고 얼음이 움직임에 따라 위험에 처하기도 했다. 지금 배는 가장 무거운 종류의 빙하 사이에서 몇 피트 높이로 솟아 자리 잡고 있기는 하지만 아주 양호한 상태다. 배에 탄 모두는 별 이상이 없으며, 별다른 질병에 걸리지도 않았다. 얼음이 일어날 때 동남동 방향으로 밀고 들어가서 타이미르 반도 근처의 시베리아 해안에 도달한 다음, 상황이 허락하는 대로 해안을 따라 동쪽으로 들어갈 생각이다. 1874년 여름에 우리는 카라 해를 통해 귀환할 것이다. 신대륙은 시야에 들어오지 않고 우리가 도달한 최고 위도는 그리니치로부터 북위 78도 50분, 동경 71도 40분이다. 1872년 10월 중순까지 노바야제믈랴의 해안은 모든 방향에서 얼음으로 촘촘하게 뒤덮였고 나중에 시야에서 사라졌다.

배가 얼음에 의해 압력을 받아 부서진다면, 우리는 노바야제믈랴의 해안

으로 가서 그곳에 있는 우리의 비상식량 저장소로 철수할 것이다.

파이어(자필 서명), 바이프레히트(자필 서명)

탐험대가 반복해서 사방으로 보낸 병 가운데 하나가 노르웨이의 물개 사냥꾼에 의해 노바야제믈랴의 서부 해안에서 발견되기까지는 48년이라는 시간이 걸린다. 편지에 적힌 수신인인 빈의 해양부와 제국의 영사관은 이때는 이미 없어지고 왕정은 해체되고 탐험대의 지휘관은 죽은 지 오래다. 테게트호프호의 제1장교였던 백발의 구스타프 브로슈 해군 중장은 병에 담긴 우편물이 발견되었다는 소식과 함께 빈의 〈노이에 프라이에 프레세〉에 기고한 연대기에 회고와 소망을 덧붙인다. 이 대담한 탐험 여행은 결코 잊히지 않을 것이다…… 그렇다. 그렇지만 아직 탐험대가 1차로 내보낸 병들은 스쿠너 주위 2해리에 흩어져 있고 대원들은 마치 축제를 하려는 듯 모여 있다. 시간은 1873년 2월 19일. 이미 이틀 전에 그들은 지평선 위로 반사된 태양, 태양의 찌그러진 허상을 보았고, 오늘은 진짜 태양, 붉은 황금색의 실재를 고대하고 있다.

한순간, 빛의 파도가 예고하듯 넓은 공간을 통해 어른거렸고, 태양이 보랏빛 장막에 싸여서 얼음으로 된 무대 위로 높이 솟아올랐다. 아무도 말을 하지 않았다. 누가 이 구원의 느낌을 말로 할 수 있으랴. 이 느낌은 모두의 얼굴에서 빛이 나게 했고 무의식적으로 순박한 한 남자의 꾸밈없는 낮은 외침 속에서 드러났다. "Benedetto giorno(이날을 축복하소서)!" 태양은 반쪽만 얼굴을 드러낸 채 얼음의 어두운 테두리 위로 천천히 솟았고 세상은 이 빛에 비하면 아무런 가치가 없는 듯했다…… 어둡고, 꿈꾸는 듯이 쓰러져 있던 얼음의 탑들이 마치 수많은 스핑크스처럼 빛나는 빛의 바다 가운데에 두

드러졌다. 절벽과 제방 들은 균열에 둘러싸여 굳어 있고 다이아몬드를 뿌린 듯한 눈길 위로 긴 그림자를 던졌다.   율리우스 파이어

　사냥꾼 클로츠는 이 반쪽의 태양을 바라보느라 넋이 나갔고 한 시간 동안 터키색과 밝은 녹색, 흰색 공들이 눈앞에 뛰어다녀 앞을 볼 수 없었다. 아침이 밝아오는 것은 얼마나 자주 보았던가. 무역선 위에서, 산에서 파스아이어탈 위로, 또는 황제의 군대의 전쟁터에서 이글거리며 거대하게 떠오르던 태양을. 그러나 지금의 불완전한 일출에 비한다면 이제껏 살면서 본 해돋이는 아무것도 아니다. 비록 이것이 그들을 어둠에서 벗어나게 할 뿐, 북극해로부터, 감금 상태와 힘든 질병으로부터 해방시켜주지 못하더라도, 그들은 하루라도 모든 것에서 해방된 것처럼 하려 한다. 그들은 자축한다. 그들은 사육제를 연다.

　장교들은 카니발 의상을 입고 나온 모든 사람들에게 럼주를 추가 배급한다고 했다. 그래서 선원들은 빈 깡통으로 왕관과 헬멧과 주교의 모자를 만들고 천 조각으로 가운을, 펠트 천으로 비늘과 발바닥을 만들었다. 라플란드에서 데려온 개 숨부에게는 술을 먹이고 숨부의 털을 미친 용 모양으로 바꾸어놓았다. 그리고 그들은 마롤라의 노래와 하모니카 연주에 맞춰 빙하 절벽 사이에서 춤을 추고, 용을 끌고 다녔다. 이날 하루를 위해 모든 욥은 사육제의 바보가 되어야 했다. 그리고 사냥꾼 할러와 클로츠가 곰 사냥에 실패하고 발에 동상이 걸려 축제가 중단되자, 안토니오 카타리니치는 그들에게 꽃으로 장식한 지팡이를 건넸다.

　2월 21일, 금요일. 맑음. 클로츠와 나는 발에 동상이 걸림. 엄청난 통증.

　22일, 토요일. 맑음. 클로츠와 나는 병이 남. 아침 일찍 다시 곰 한 마리

가 배로 옴. 보초를 선 장교와 선원 한 명 외에는 아무도 일어나지 않았으므로 소동 없이 곰을 해치움.

23일, 일요일. 11시에 미사 강독. 클로츠와 나는 아파서 예배에 참석하지 못함.

24일, 월요일. 클로츠와 나는 발이 아픔.

25일, 화요일. 맑음. 클로츠와 나는 병이 남. 대원들에게 선물을 상으로 내걸다. 산딸기주스 한 병을 획득함.　　　　　　　　　　　　요한 할러

3월에 2주 동안 그들은 의사가 죽을까 봐 염려한다. 그들을 도와주었던, 무엇보다 고통을 이야기할 때 그들의 이야기를 들어주었던 탐험대의 의사 케페스가 열병으로 죽어가는 듯이 보인다. 그는 나쁜 환상에 사로잡혀 마치 정신 나간 사람처럼 약과 음식을 거부하고 있다. 의사가 죽으면 어떻게 한다? 부상을 당하거나 병이 나면 누가 조언을 해주지? 알렉산더 클로츠의 민간요법을 믿는 선원은 그다지 많지 않다. 그래서 그들은 돌아가면서 의사의 침상에 앉아 어쩔 줄 몰라 하면서 말을 걸거나 지켜보거나 한다.

지휘관 바이프레히트는 그의 곁을 떠나지 않고 도우려고 온갖 애를 쓴다. 의사가 잠깐 정신을 차렸을 때 증상에 맞는 약과 그 양을 물어봐서 직접 준비한다…… 그러나 그의 상태는 지금까지 호전되지 않았다. 오히려 악화되었다. 의사는 쉬지 않고 밤낮없이 소리를 지르고, 울고, 탄식한다.

　　　　　　　　　　　　　　　　　　　　　　　오토 크리슈

나는 의사 선생님 곁을 지켰다. 그는 정신을 잃고 침상에서 끔찍한 소리를 지른다.　　　　　　　　　　　　　　　　　　요한 할러

의사의 상태는 27일 밤에 현저하게 변했는데, 비록 경련은 없어졌지만

모든 징후로 보아 미친 듯하다. 그는 밤새 말을 하고 온갖 귀신들을 보고 하루 종일 환각 상태에 빠져 있다.   오토 크리슈

악마들. 이 재앙은 주술사에게 맡겨진다. 클로츠와 할러는 한 시간 동안 케페스와 함께 있었고, 그때 그들은 의사의 '심장 가까이 있는' 왼쪽 팔에 술을 붓고 환각을 보는 사람에게 불을 붙였다. 케페스가 놀라서 소리 지르다 잠시 제정신으로 돌아오더니 열에 의한 환각에 시달리지 않고 조용히 잠이 들자 주술사들은 기뻐 웃으면서 울부짖었다.

케페스가 며칠 만에 산책을 하러 갑판으로 올라왔을 때, 클로츠는 불의 힘이 악마들로부터 이 헝가리인을 해방시켜 광기에서 벗어나 이 세상으로 돌아오도록 했다고 말한다. 그러나 그것은 그다지 좋은 일은 아니었던 듯하다. 왜냐하면 이 세상이란, 도대체 이게 사람 사는 세상이란 말인가.

그들의 봄은 계속 날씨가 험하지 않으면 때로 너무나 투명한 흰색이어서, 만년설용 고글의 렌즈를 통해서만 불모지의 긍정적인 신호와 운하와 틈을 찾아볼 수 있다. 그들은 얼음으로 벽돌을 만들어 여름 테라스를 만들고 그 위에서 환자들은 바람이 없는 오후를 보낸다. 때로 기온은 몇 시간 동안 섭씨 영하 40도에서 0도까지 올라가고 그러면 얼어붙은 돛에서 녹아내리는 물이 장관을 이룬다. 그들은 돛대 아래에서 서로를 본다. 북극제비갈매기들이 처음으로 돛대에 앉다니, 운이 좋은 날이다. 이제 그들의 감옥살이는 곧 막을 내릴 것이다.

모래 섞인 돌 같던 눈이 축축해지기 시작하고 공 모양이 된다. 익숙하지 않은 온도에서 우리가 살던 지역의 계절풍처럼 불쾌한 습기가 느껴지고, 두꺼운 모피 옷이 조여드는 느낌을 받는다. 이 옷은 얼마 전에는 엄청난 추위

앞에서 무기력하기 짝이 없었는데 말이다. 짙은 물안개가 하늘을 뒤덮고 정오에도 자정처럼 빛의 흔적을 질식시킨다. 눈은 평소와 같은 가는 바늘 모양 대신, 지금은 커다란 눈송이가 되어 거대한 양으로 떨어지고 바람에 날려서 하늘과 땅 사이의 모든 것을 뒤덮어버린다. 그러나 온기의 위력은 이곳에서는 오래 지속되지 않는다. 대부분 48시간 안에 바람이 약해지고 천천히 북쪽으로 방향을 바꾼다. 어두운 구름에 몇 군데 구멍이 생겨나고 그곳에서 오로라와 별들이 빛을 낸다. 날이 맑아지고 기온은 떨어지기 시작한다. 싸움은 공기가 서로 다투는 힘들 사이에서 생겨난다. 그러나 그건 잠시일 뿐이다! 뻔뻔하게 벌판을 차지한 침입자에 대한 분노에 사로잡힌 듯, 두 배의 힘으로 북쪽에서 불어닥친 얼음 섞인 눈보라가 북극의 여행자의 채찍을 부러뜨린다…… 공기는 눈으로 가득 차서 얼굴을 돌려야 숨을 쉴 수 있고, 폭풍우에 무방비 상태로 내맡겨지면 사망에 이를 것이 확실하다.

하늘에 구름이 있는지 없는지 알 수 없다. 쉼 없이 몰아치는 눈덩이들만이 전부다…… 눈덩이는 얼음으로 뒤덮인 저곳 평원까지 달려간다. 그곳에서 방해물을 만나 벽을 쌓는다. 높낮이가 다른 곳을 평평하게 하고 모든 것을 단단하게 누른다. 그래서 새롭게 만들어진 얼음 덮개는 다시금 발아래 단단한 토대를 제공한다.

눈보라를 예고하는 것은 대부분 여름의 햇무리와 겨울의 달무리 현상이다.

광선이 공기 중에 떠다니는 보이지 않는 얼음 크리스털에 굴절되면 태양과 달의 전체 체계가 나타난다. 그것은 계속 특정 각도를 향해 배열하는 듯 보인다. 대부분 23도 떨어져서 태양을 감싸고 있는 빛의 원이 있다. 같은 높이에 양쪽으로, 그리고 위쪽에 동그란 세 개의 해가 있다. 그 현상이 강할 때면, 다시 한번 같은 거리에 같은 빛의 원이 생겨나고, 그 안에 다시 세 개의 해가 생겨난다. 원래 태양으로부터 빛의 덤불이 좌우로, 위아래로 뻗어나가고 이것이 바깥의 원까지 도달하면서 커다란 십자가가 그 위에 생겨난다. 이따금 십자가의 가로 기둥 위에서 새로 뒤집어진 빛의 곡선이 나타나 바깥의 원과 접한다. 그 양쪽으로 두 개의 태양이 더 멀리 떨어져서 나타난다. 그 현상은 진실로 강렬한 아름다움이다.   카를 바이프레히트

   하루하루 그렇게 고대하던 해방의 시간이 우리 눈앞으로 다가온 듯하다. 우리가 여기서 풀려난다면 그것은 가능한 범위 내에서일 것이다. 비록 전설적인 길리스 섬*은 아니더라도 인적 없는 시베리아 북극해의 해안에는 도달할 수 있을 것이다. 그래서 시베리아가 우리에게 가장 가능성 높은 희망이 되었다. 특히나 확고하지 않은 기대감에 자신을 내맡기는 사람에게는 표류하는 동안에도 신대륙을 발견하는 것이 중요했다. 하여간 우리의 소망은 너무나 겸손해져서 작은 절벽이라도 발견자의 자존감을 만족시켰을 것이다.
                                                          율리우스 파이어
   그들은 얼음에 대항하는 고된 작업을 재개한다. 여덟 시간 반을 매일 두드리고 터뜨리고 톱으로 썰고 갈라진 곳을 판다. 막대기로 돛에 달라붙은 얼음을 두드리고 배의 몸체를 감싸고 있는 얼음 갑옷을 부순다. 빨래를 삶고 있는 양철냄비에서는 겨울 냄새가 피어오르고 양잿물로 석유램프와 물개기름 램프 때문에 생긴 그을음을 선실 벽에서 닦아낸다. 기관사 크리슈는 보일러의 녹을 제거하고 구리 전열관과 주입구 콕을 손보고, 잠금장치의 패킹을 새로 하고, 피스톤과 팽창 밸

---

* 1707년 네덜란드인 힐리스가 발견한 스피츠베르겐 북동쪽의 땅.

브를 조이고 크랭크에 기름칠을 한다. 그러면 기계는 마치 새것처럼 출발 준비가 완료된다. 선체에는 타르 칠을 하고 돛은 거풍을 시키고 준비를 한다. 그러나 그들은 여전히 갇혀 있다. 안식일에 성경을 읽고 나서 그들의 작업을 보노라면, 방금 한 일과 지난해의 허사가 된 노력 사이에 전혀 시간이 흐른 것 같지 않다. 마치 작년에 떨어진 시험을 다시 반복해서 치르는 듯하다. 모든 것은 변하지 않은 채 그대로다. 모든 것이 소용없다. 모든 작업은 시시포스의 일이다, 파이어가 말한다. 시시포스? 그들이 묻는다. 시시포스도 우리와 같은 상황이었어, 파이어가 말한다.

겨울이 되어 그들의 배 아래로 밀고 들어온 얼음은 대부분 9미터 두께로 어마어마하다. 얼음의 물구멍들은 우물보다 더 깊어서 스쿠너를 다시 해수면 위로 옮기려는 노력은 결국 테게트호프호를 비스듬히 기울어지게 한다. 그래서 그들은 배에서 돌아다닐 때 마치 산비탈에 있는 것처럼 움직이고, 슈타이어마르크 출신의 요리사 오라슈는 냄비를 놓을 수가 없다고 투덜거린다. 테게트호프호는 얼음으로 된 조선소에 폐선처럼 서 있고, 그들은 선체가 넘어지지 않도록 들보로 지탱한다. 그리고 보초는 망루에서 얼쩡거리며 매끈하게 빛이 나는 먼 곳을 향해 눈을 부릅뜬다.

5월 1일, 암컷 제믈랴는 새끼 네 마리를 낳는다. 그중 한 마리, 토로시만 살아남는다. 녹색의 자연과 나무, 들판, 그러니까 고향에 대한 기억이 없는 선상에서 태어난 첫번째 생명체, 강아지다. 할러는 재빨리 향수병에 시달리는 친구 클로츠를 위로하려 한다. 저놈은 풀밭이라곤 본 적도 없는데 우리 가운데 제일 쾌활한 녀석이야.

토로시는 갉아먹은 곰 뼈로 테두리를 한 물웅덩이가 파스아이어탈의 멋진 갈대 호수나 되는 듯 뛰어다니고, 테게트호프호 주위에서 따뜻한 태양빛 아래 점차 빙하 속으로 깊숙이 가라앉는 오물과 재, 쓰레기 투입구를 마치 경작지나 들판, 정원이나 되는 양 뒤진다. 선원들은 이 강아지가 마치 신성한 동물인 양 예뻐하며 돌봐준다. 옛날에 시베리아의 이스라엘인이 지칠 줄 모르는 힘과 야성 때문에 우랄에서 데리고 왔다는 대장 개 유비날도 평소에는 아무에게도 곁을 주지 않지만 토로시가 자신의 주둥이에서 먹이를 빼앗는 건 참아준다.

강아지의 유년은 그들이 빙하에 갇혀 있는 몇 개월 동안이다. 그들의 일기에는 희망도 없고 항상 똑같은 일만 적혀 있어 단조롭다. 지금 그들에게는 사소한 일도 엄청난 사건이 된다. 그들은 왕정의 축일과 교회 축제에도 비단깃발을 내걸고 의식과 즉흥적인 만찬을 연다. 이를 위해 해군 소위 후보생 오렐은 빵을 굽는다. 곰 사냥은 의식이다. 하늘의 현상은 오페라다.

5월 26일, 우리가 있는 지역에 부분 일식이 나타난다고 했다. 우리는 실수로 두 시간 반 전부터 그 암흑의 시작을 기다렸다. 모두들 각자 도구를 맡아 설치하고 잔뜩 긴장해서는 배에서 달이 태양을 가리기를 기다렸다. 하염없이 그것을 기다리고 있을 때 우리가 시간을 착각했음을 알게 되었지만, 계속 망원경 옆에 머물러 있었다. 대원들 앞에서 관찰의 존엄성을 깎아내리지 않기 위해서.   율리우스 파이어

그런데 중위이자 육지의 지휘관이며 황제의 측량사인 파이어가 대원들을 재촉해서 3해리 길이의 인공 도로를 만들게 하는 것도 역시 가치 있고 합당한 일인가? 오스트리아식 이름이 붙은, 얼음이 녹아내

린 물이 만든 호수를 따라서, 교량과 터널로 연결되고, 얼음으로 만든 우편 역과 사원, 인물상과 선술집을 지나는 도로 말이다. 물론 파이어는 썰매개들을 훈련시킬 길이 필요하다. 그러나 사원이나 우편 역, 선술집, 일본 정원과 비슷한 이런 장난감 같은 풍경은? 대원들에게는 이런 작업도 다른 일과 마찬가지로 가치 있는 것이다. 파이어가 요구한 대로 사원은 화려해지고 탑은 높아진다. 그들은 복종을 하는 것이 아니라, 그것을 가지고 놀이를 한다. 6월 어느 일요일, 선원 빈첸초 팔미치는 중세의 공주 복장을 하고 탑의 발코니에 서 있고, 눈으로 만든 성곽의 격자문에는 머리에 양철로 만든 두건을 쓰고 투구 깃털을 나부끼는 로렌초 마롤라가 보인다. 그는 동상에 걸려 얼굴이 변한 시종 피에트로 팔레지치와 함께 세레나데를 부른다. 그러나 곧 보초가 망루에서 소리친다. "물길이 열렸다." 그들은 동화에서 현실로 내쫓긴다.

1873년 6월 23일 월요일. 날씨 맑음, 북풍. 기온은 0도. 장교들과 대원들, 우리 모두는 도끼와 톱으로 운하를 만들고 배를 운하로 옮기기 위해 일한다. 배를 얼음에서 자유롭게 하는 것은 정말 힘든 일이다. 그렇지만 일하지 않으면 여기서 나갈 희망이 없다. 가장 높은 돛에서만 멀리 있는 물길을 볼 수 있다. 배는 여전히 빙하 속에 갇혀 있다.

24일 화요일. 날씨 맑음, 북풍. 기온은 영상 1도. 의사 선생님이 포도주 빚는 것을 도움. 곰 한 마리가 배 근처로 옴. 중위님이 곰이 다가오는 것을 보고 내게 소리쳤다. "곰이다!" 우리는 그를 엄호했고 적당한 사정거리에서 곰을 해치웠다. 저녁에 두번째 곰이 배를 향해 왔지만 거리가 멀었다. 브로슈 중위가 돛대 옆에 있었고 곰을 발견했다. 그는 소리쳤다. "곰이다!" 지휘관 바이프레히트는 곧 배로부터 약 500보 떨어진 곰에게로 달려간다. 중위와 나는 엄호를 받으면서 속보로 뒤를 쫓는다. 곰은 지휘관 바이프레히트로부터 열 걸음 거리에 있다. 그는 총을 쐈지만 곰을 맞히지 못했다. 바이프레히트는 총알이 하나뿐이었다. 그 곰은 대번에 바이프레히트에게 달려들려했다. 이 순간 중위가 곰의 가슴에 총을 쏘았고 지휘관 바이프레히트는 목숨을 건졌다. 곰은 상처를 입은 채 도망쳤다. 나는 그 곰을 다시 탄환으로 맞혔지만 곰은 계속 기어갔다. 나는 두 번, 세 번 총을 쏘았고 곰은 잠시 쓰러지더니 다시 일어서서 도망갔다. 내가 바로 가까이에서 심장을 맞히자 곰은 마침내 쓰러져 죽었다.

25일 수요일. 맑은 날씨와 북풍. 기온은 영상 2도. 곰의 가죽을 벗김.

26일 목요일. 우중충한 날씨와 북풍. 기온은 영하 2도. 곰 가죽을 벗김.

27일 금요일. 흐린 날씨와 북풍. 기온은 영하 1도. 하루 종일 음식 준비로 시간을 보냄.

28일 토요일. 흐린 날씨와 동풍. 기온은 영하 1도. 얼음을 깸.

29일 일요일. 성자 페트루스와 파울루스 축일. 나의 생일파티. 밤 1시 반경에 곰 한 마리가 배 쪽으로 옴. 보초를 서던 장교와 선원 한 명이 곰을 해치움. 우리도 곰을 끌고 오기 위해 일어남. 같은 시간, 서른 살이 된 기념으로 내가 북극곰의 가죽을 벗김. 정말 좋은 생일 선물.　　　　요한 할러

그들이 지금 무슨 일을 하건 간에, 그 일은 이미 해본 일이다. 그들은 매일 같은 하루를 반복하고 있다. 시간은 순환한다. 이미 오래전에 잊었다고 생각했던 것도 다시 돌아온다. 어느 날 아침, 지난겨울 얼음 틈에 빠졌던 뉴펀들랜드 개 보프가 눈 속에 누워 있다. 뻣뻣하고 단단하고 마치 어제 죽은 것처럼 상하지 않은 상태로. 그들은 보프의 목에

파이어의 지질학 수집품 중 하나인 돌을 걸고 수장시킨다. 이렇게 이곳에 모든 것을, 모든 희망을 두 번, 세 번, 계속해서 파묻어야만 한다. 그리고 모든 것은 같은 일의 반복이므로, 그들은 대화를 하면서 점점 더 과거에 매몰되어간다. 장교들은 마치 아직 그 일이 눈앞에 있는 듯 리사 해전에 대해 이야기하고 이미 결판이 난 정쟁에 대해 논쟁을 벌인다. 7월은 마치 유일하고 끝나지 않을 듯 되풀이되는 하루와 같다. 8월이 되자 그들은 얼음이 그들의 배를 결코 자유롭게 놓아주지 않으리라는 것을 알게 된다. 그들은 바람과 조류에 내맡겨져 두번째 겨울의 밤들을 향해 떠밀려가고 있다.

8월 중순 유빙은 잿더미로 뒤덮인 육중한 얼음산으로 4해리가량 그들을 데리고 간다. 비록 떠다니는 쓰레기 언덕이지만 하여간 그들은 이제 돌, 돌 부스러기와 해안의 잔해들을 발견한 것이다! 육지의 지휘관은 일곱 명의 선원에게 산으로 올라가라는 명령을 내리고 바로 맨 앞에 나선다.

두 개의 사구가 넓게 놓여 있었다. 그것은 우리가 오랜만에 처음 보는 돌 또는 바위 조각이었다. 석회석과 사광석 조각, 어느 땅에서인지 떨어져 나왔을 돌 조각을 발견한 우리의 기쁨은 컸고, 마치 인도의 보물 한가운데에 있는 듯이 우리는 열심히 돌 더미를 뒤졌다. 사람들도 금이라고 생각되는 것(자갈돌)을 그 안에서 발견했고 이것을 가지고 달마티아로 돌아갈 수 있을지에 대한 의구심 외에는 아무런 생각도 들지 않았다.　　　　율리우스 파이어

파이어가 선원들에게 그들이 찾은 것은 전혀 가치가 없다고 설명했음에도 그들은 자갈돌들을 펠트 천으로 묶어서 배로 가지고 간다. 만약 바이프레히트가 쓸모없는 돌이라고 확인해주었대도 그들은 그만

두지 않았을 것이다. 그러나 바이프레히트는 아무런 말도 하지 않는다. 그들은 돌들을 선실 안에 쌓아두고 산으로 다시 달려가서 무겁게 짊어지고 돌아온다. 그리고 거대한 얼음산은 천천히 그들의 시야에서 물러나 사흘 동안 안개가 낀 후에 사라져버린다. 그들은 마치 낙원을 잃어버린 듯이 애통해한다. 이제 솟아올라서 지평선을 중간에 끊어놓는 것은 없다. 그리고 그들은 다시 아무런 일이 일어나지 않는 시간 속에 잠긴다.

나는 오랫동안 혼란스러웠던 그 순간을 생각해본다. 그 순간은 후일 그들의 빙하 항해에서 가장 중요하고 가슴 뛰는 순간으로 기록된다. 그리고 나는 나에게 그 순간을 기록할 권리가 없다는 결론에 다다른다. 그것은 배 위의 누군가가—누구인지는 전해지지 않는다—갑자기 소리치는 순간이다. 육지다! 육지다!

그것은 1873년 8월 30일, 북위 79도 43분, 동경 59도 33분이다. 오전에는 구름 낀 날씨에 안개 조각이 빙하 위에 몰려다닌다. 오후에는 점차 개기 시작한다. 아침에 북북동에서 바람이 불어오고 다시 잠잠해진다. 최고 기온은 섭씨 영하 0.8도까지 올라간다. 정오의 측정 결과는 수심 211미터로 나온다. 진흙층. 상사 피에트로 루지나가 Terra nuova scoperta(새 땅이 발견되었다)라는 말로 항해 일지를 마친 그날이다. 그리고 이것은 구세계에서 처음으로 마지막 남은 하얀 얼룩 가운데 하나를 지운 기록이다.

시간은 정오였다. 우리는 갑판 벽에 기대어 지나가는 안개를 응시했다. 때때로 햇빛이 그 사이로 뚫고 들어오기도 했다. 그때 지나가는 물안개의 벽이 갑자기 멀리 북서에서 거친 바위 절벽을 드러냈다. 이 절벽은 몇 분 후 찬란한 알프스의 경치로 둔갑했다! 첫 순간 우리 모두 정신이 나가서 믿기지 않은 듯 일어서 있었다. 그리고 우리의 행운이 진짜임이 분명해지자 열광하면서 우레와 같은 환호성을 질렀다. "육지다, 육지! 마침내 육지가 나타났다!" 배에는 더 이상 아픈 사람도 없었다. 모두들 갑판으로 달려 나와 두 눈으로 직접 확인하려고 했다. 빼앗기지 않을 탐험의 결과가 눈앞에 있다는 것을 말이다. 물론 우리의 노력이 아니라, 우리가 떠 있는 빙하의 착한 마음씨 덕분에, 우리는 마치 꿈처럼 그것을 획득했다……

수천 년이 흘렀다. 이 땅의 존재가 인간에게 전혀 알려지지 않은 채. 그리고 지금 거의 자포자기한 한 줌의 무리들 품으로 발견이 굴러 들어온 것이다. 끈기 있는 희망과 끈질기게 견딘 고통의 대가로. 고향에서는 이미 실종된 것으로 생각되는 이 적은 수의 사람들은 너무나 행복해져서 새로 발견한 땅에 먼 곳에 있는 왕에 대한 충성의 표시로 '황제 프란츠요제프 제도'라는 이름을 붙였다.

율리우스 파이어

북쪽과 서쪽으로 꽤 멀리 시선이 옮겨질 만큼 땅이 꽤 커 보인다. 섬의 명명식을 하면서 각자 포도주를 한 잔씩 손에 들고 세 번 환호성을 질렀다. "만세." 그러고는 표시한 산과 땅의 정상에서 수심을 측정했다. 11개월 만에 다시 땅을 볼 수 있다니 정말 기쁜 일이다. 그리고 더더욱 기쁜 것은 그것이 미발견의 땅이고 우리의 탐험대가 목적을 달성했다는 것이다.

오토 크리슈

지구에 대한 지식은 교육을 받은 모든 사람들에게는 당연히 매우 흥미로운 것이다. 환경적인 이유 때문에 사람이 살지 않거나 살 수 없어서 학문적으로만 중요한 지역에서도 기상학, 물리학, 수리(水理)학이 토양의 상황에 영향을 미친다고 설명하는 정도로도 지리학은 가치가 있다. 그러니까 대략적으로 기록하는 것으로 충분하다. 북극의 세부적인 지리는 대부분의 경우 별로 중요하지 않다. 그러나 이 때문에 진정한 탐험의 목적인 학문적인 연구가 뒤로 밀려나고 거의 질식당한다. 그런 점에서 참으로 비난받을 만하다……

중요한 의미가 있는 학문적 결과를 얻기 위해 우리의 관찰 영역을 최대한으로 확장할 필요는 없다.

그러나 지금까지 지켜온 원칙을 깨지 않는다면, 북극 연구가 체계적이고 실질적으로 학문적인 기초에서 이루어지지 않는다면, 계속해서 지리적인 발견은 모든 작업과 노력을 통해 달성해야 하는 최종목표로 남게 된다. 그렇게 점점 더 새로운 탐험이 시작되고 그들의 성공은 차츰 얼음에 파묻힌 땅 한 조각, 끝없는 노력으로 얼음에서 얻어낸 몇 킬로미터에 불과하다. 그것은 인간이 그 답을 찾고자 계속해서 노력하는 위대한 학문적인 문제에 비하면 거의 아무래도 상관없는 것이다.   카를 바이프레히트

1873년 8월 27일, 수요일. 비, 눈, 북풍. 기온 영하 1도. 나는 다시 승무원이 되었다. 망할 놈의 서빙!

28일, 목요일. 비, 눈, 심한 북풍. 기온 영하 2도. 하루를 서빙으로 보냄.

29일, 금요일. 비, 눈, 심한 북풍. 기온 0도. 하루를 서빙으로 보냄.

30일, 토요일. 날씨 맑음. 기온 영상 2도. 우리는 새 땅을 발견했다. 그 땅에 다가가려고 시도했으나 물길을 찾지 못해 더 이상 나아가지 못했다. 한 시간 15분 정도 우리는 배에서 떨어져 육지를 관찰했다. 우리 모두에게 큰 기쁨이었다. 그 땅은 '황제 프란츠요제프 제도'라는 이름을 얻었다.

31일, 일요일. 날씨 맑음. 11시경 미사 강독. 하루를 서빙으로 보냄.

       요한 할러

9월의 처음 며칠간 그들은 모두 힘을 합쳐 테게트호프호가 빙하에서 풀려나도록 하는 일에 매달린다. 이제는 온 관심과 걱정이 그 땅, 그들의 땅을 향하고 있다. 이 땅은 그들에게 때로는 20미터, 때로는 30미터 거리에서 나타났다가 때로는 안개 속에 사라져 보이지 않다가 더 아름다운 모습으로 다시 나타나기도 한다. 그들의 땅, 그것은 천천히 춤을 추는 유빙과 함께 그들 앞에서 돌고 산등성이와 바위벽, 절벽, 해안은 마치 매혹적이고 위압적인 여인처럼 보인다. 새 땅. 허상도, 반사된 상도 아니다. 그들은 정말 땅을 발견한 것이다. 그들은 자꾸만 해안가로 달려간다. 하지만 미로 같은 물길과 빙하의 장막, 만약 얼음과 부딪친다면 배로 돌아가는 길이 단절될 수도 있다는 두려움 때문에 되돌아올 수밖에 없다. 땅이 안개에 파묻혀 일주일 동안 시야에서 사라졌을 때, 그때만큼 무력감과 분노와 좌절을 느껴본 적이 없다. 정녕 멀리서 본 해안의 광경이 전부란 말인가. 냉혹한 유빙 위에서 지나치는 풍경뿐이란 말인가. 그들은 혼란스러워져서 최근 며칠간 들떠 있다. 아무런 규칙 없이, 행군령이나 주의도 없다. 지쳐서, 실망해서 하얀 벽으로부터 되돌아오면, 바이프레히트도 그들을 막거나 진정시키지 않는다. 그러나 이번에는 극지의 겨울이 그들에게 자비롭다. 그들의 얼음 덩어리는 군도를 둘러싸고 있는 빙하 띠에 얼어붙는다. 그들의 유빙은 서서히 해안 앞에서 이리저리 자리를 잡기 시작한다. 그 땅은 이제 그들의 닻이다. 점점 어둠이 찾아오고 겨울 얼음의 압박과 모든 어둠의 공포가 새로이 그들을 위협한다 하더라도 그 땅은 그들 곁에 남아 있고, 머뭇거리며 그 형태를 바꾸고, 때로는 오래도록 조용하게, 그리고 얌전히 거기에 있으면서 그들과 친숙해진다.

11월 1일 오전 여명 속의 땅은 북서쪽에 위치해 있다. 바위의 분명한 형체가 처음으로 드러났고, 그곳에 가더라도 위험에 처하지 않고 배로 돌아올 수 있다는 사실이 분명해졌다. 모든 우려는 사라졌다. 우리는 불쾌감과 사나운 흥분으로 벽처럼 쌓인 빙하 위로 기어오르고 북쪽으로 뛰어올랐다…… 그 땅을 향해. 그리고 빙하 기슭을 정복하고 정말 그곳에 발을 내디뎠을 때, 우리를 둘러싸고 있는 것이 눈, 바위, 얼어붙은 잔해일 뿐이라는 것을 알지 못했다. 우리가 들어선 섬보다 더 비참한 땅은 지구상에 없을 것이라는 것도. 이 섬은 우리에게 낙원이었고 그래서 빌첵 섬이라는 이름을 얻었다. 육지에 도착했다는 기쁨이 너무나 커서, 그 섬의 모습은 보통 때와 다른 주목을 받았다. 우리는 바위의 모든 틈을 들여다보았고 모든 구간을 만져보았다. 도처에 수천 개의 틈이 있는 모든 모양과 실루엣에 매혹되었다……

식물은 너무나 희귀했다. 식물이라곤 이끼뿐이었고 어디에서도 고대하던 땔감은 보이지 않았다. 순록이나 여우의 흔적도 기대했지만 조사를 해보니 그 땅에 생명체는 없는 듯했다…… 아직 사람이 들어서지 않은 땅의 고적함 속에 숭고함 같은 것이 있었다. 비록 이 느낌이 우리의 상상과 익숙하지 않은 것의 매력을 통해 만들어진 것이라 하더라도. 극지의 눈 덮인 땅은 그 자체로는 유틀란트*보다는 별로 시적이지 않았다. 그러나 우리는 낯선 광경에 매우 감성적이 되었고, 가물거리는 작은 돌무덤의 남쪽 지평선에서 솟아올라 정오의 하늘에 장막처럼 펼쳐지는 금색 연무가 실론**의 경치처럼 우리를 사로잡았다.
율리우스 파이어

11월 2일 그들은 정해진 대로 열을 지어 군도 앞에 있는 빌첵 섬의

---

* 독일 북부의 덴마크와 이어진 부분.
** 오늘날의 스리랑카.

해안을 향해 행군한다. 이번에도 파이어가 앞장선다. 마침내! 그가 지휘를 하고 바이프레히트는 대원들과 함께 둘둘 말아둔 비단깃발을 짊어진다. 그리고 그들은 황제의 이름으로 장엄하게 그들이 발견한 것을 소유한다. 짙은 녹색의 휘록암 사이에 머리가 둘 달린 독수리*를 게양하고 돌로 피라미드를 쌓고 그 안에 기록 문서를 보관한다. 이 문서는 선지자 폐하**, 황제 프란츠 요제프 1세, 오스트리아의 황제이자 헝가리의 왕이 결정체로 이루어진 바위가 만년설로 뒤덮인 황량한 불모지의 첫번째 주인이라는 것을 증명하고, 그들의 미래에 대한 빈약한 언급으로 끝을 맺고 있다.

지금 우리는 이 문서가 보관된 지점으로부터 남남동으로 5~6킬로미터 지점에 있다. 우리의 운명은 전적으로 바람에 달려 있다. 바람에 따라 얼음이 떠밀려 간다……　　　　파이어(자필 서명), 바이프레히트(자필 서명)

---

* 오스트리아-헝가리 제국의 국장(國章).
** 헝가리 국왕의 명예 칭호.

13. 일어날 일은 일어난다
— 항해 일지

1981년 8월 14일 금요일

밤에 얼음은 밝은 푸른색을 띤다. 아드벤트 피오르에서 출발한 지 4일째 되는 날, 북위 80도 05분 98초 동경 14도 28분 19초에서 첫번째 얼음 덩어리가 배를 향해 다가온다. 거울처럼 매끈하고 끝이 없는 운하, 호수, 균열로 갈라진 유빙의 면들. 장애물이 되지 않는다. 크래들은 시속 15노트의 속도를 내며 작은 얼음 덩어리들을 옆으로 밀어낸다. 귀찮은 빙하 조각들. 그리고 커다란 플라르데들을 만나더라도 속도를 줄이지 않고 잠시 옆에 비스듬히 머물러 있다가 곧 우르릉 소리를 내면서 얼음을 밀어내면 배 바닥 아래로 다시 바다가 나온다. 1981년에는 이렇게 빙해를 다룬다.

요제프 마치니는 해가 비치는 밤에 얼음을 깨면서 나아가는 굉음 속에서 배 전면에 서서 난간에 몸을 기대고 발 아래로 50킬로그램 무게의 얼음 덩어리가 마치 반짝이는 곤충처럼 이리저리 몰려다니는 것을 내려다보았다.

8월 15일 토요일

이 시기에 시간의 흐름을 지칭하는 밤과 낮은 공허한 단어이다. 밤은 없다. 단지 변하는 색깔과 밝음의 강도, 수평선 아래로 저물지 않고 배 주위를 도는 태양, 시간과 날짜가 있을 뿐이다.

선실 식당에는 유리판에 끼운 북극의 지도가 걸려 있다. 단추를 누르면 북극해의 푸른 심연의 그림자 뒤로 네온관의 불빛이 솟아오른다. 지도 아래에는 기호에 대한 설명과 함께 도표가 있다. 경도에 따라 증가하는 극야의 길이와 백야의 주기에 대한 내용이 담겨 있다. 요제프 마치니는 매일 습관처럼 배를 돌아다니는 일을 중단하고 선실 식당에서 벽걸이 지도의 유리에 비친 자신의 모습을 관찰한다. 그의 얼굴 위로 하얀색 톱니 모양의 여름 유빙의 경계선이 비스듬히 지나가고 있다. 그의 어깨에는 만과 섬 들, 머리 위에는 배로 통과할 수 없는 얼음의 네온 빛 광채, 가슴에는 포로의 이름표처럼 일출과 일몰표가 있다.

"우리는 대략 여기에 있습니다." 마치니와 매사추세츠에서 온 여성 빙하 연구자에 이어 세번째 승객으로 배에 오른 에이나르 헬스코그는 우표 디자이너로 노르웨이 체신부의 요청으로 북극의 경치를 그린다. 그는 벽걸이 지도로 다가가서 모펜 섬의 북동쪽 한 지점을 가리켰다. 섬의 윤곽은 마치 줄 위에 깔끔하게 자리 잡은 숫자 0처럼 북위 80도

도표						
북위	백야			극야		
	시작일	마지막 날	일수	시작일	마지막 날	일수
76°	4. 27.	8. 15.	111	11. 3.	2. 8.	98
77°	4. 24.	8. 18.	117	10. 31.	2. 11.	104
78°	4. 21.	8. 21.	123	10. 28.	2. 14.	110
79°	4. 18.	8. 24.	129	10. 25.	2. 17.	116
80°	4. 15.	8. 27.	135	10. 22.	2. 20.	122
81°	4. 12.	8. 30.	141	10. 19.	2. 23.	128
...	...	...	...	...	...	...

의 검은 선을 건드리고 있다.

8월 16일 일요일

층운과 남풍, 눈발이 날림. 크래들은 빽빽한 유빙을 통과하면서 소용돌이치며 거품을 내는 역수를 만든다. "매일 12톤의 디젤유를 태우지, 그게 정상적인 소비야." 배의 엔지니어 자이프가 말한다. 여기저기서 기계음과 함께 얼음이 수축하거나 팽창하면서 엄청난 소리가 난다. 위의 망루만 조용하다. 기계 장치들이 만들어내는 빛의 유희에 둘러싸인 보초 선원은 난방이 되는 유리연단에 앉아 위성이 보내주는 영상으로 이미 확인한 것을 본다. 얼음이 증가하고 있다.

안드레아센 선장이 기계를 멈추면, 요즈음에 자주 있는 일인데, 머릿속에서 울리는 벨 소리가 들릴 정도로 조용해진다. 그러면 기중기가 가동되고, 빙하에 데이터용 부표를 내리고, 북극해의 곡률을 측정하기 위해 고저 측량기를 설치한다. 동물학자는 바다표범과 새들을 총으로 쏘아 오랜 먹이사슬을 거쳐서 극지동물의 피 속에 도달한 남쪽의 유해물질을 입증하고자 한다. 지질학자는 북극해의 심연에서 끊임없이 지질 표본을 채취하면서, 만약에 있을 원유 발견에 대한 관심을 학문이라는 순수성 뒤에 숨기려 하지만 쉽지 않다. 저인망에는 벌레와 불가사리 들이 걸려든다. 일상적인 일들뿐이다. 그렇게 아무 일도 일어나지 않는다. 시간은 작은 웅덩이와 같아서 과거는 그 안에서 물집처럼 부풀어 오른다.

이틀 전이었나, 아니 사흘 전이었나? 크래들은 뉘올레순 앞 콩스피오르에 있었다. 사람들은 몇 시간 동안 육지에 올랐고 작은 마을은 이들을 시끌벅적하게 환대해주었다. 목조 주택 가운데 한 집에서 플라스틱통에 순수 알코올과 주스를 섞어 마셨다. 카세트는 소음을 냈고 매사추세츠 출신의 여자는 술 취한 피란트와 춤을 추느니 진창길로 산책을 나가려 했다. 사람들은 밖으로 나가는 피란트를 보고 그녀를 데려올 거라고 생각했다. 그러나 그는 우리에서 울부짖는 그린란드도그 한 마리를 데리고 돌아왔고, 개를 걷어차고 자신의 몸으로 누르며 같이 춤을 추었다. 목줄을 하지 않은 개를 더 이상 제압할 수 없게 되자, 그는 개의 입가에 화주를 내뿜었다. 선장 안드레아센과 함께 배에서 최고의 권위를 가진 지상의 지휘관 오드문 얀센이 모든 것을 중단하고 출발하라고 명령했고, 제정신이 아닌 피란트에게서 욕설을 들었다.

요제프 마치니는 이삼일 전, 37미터 높이의 뉘올레순의 계류탑 앞에 있었다. 이것은 금속 지지대로 된 탑으로, 북극의 하늘을 찌를 듯 서 있다. 이곳에서 아문센과 노빌레가 열기구 노르게와 이탈리아호의 명명식을 거행했다. 마치니는 맬컴 플래허티가 이 계류탑 옆 흔들의

자에 앉아 흔들거리는 것을 보았다. 그러나 비극적으로 떠오르는 거대한 이탈리아호도 보았다. 줄을 놔!라는 외침을 들었고, 미니어처 화가인 루치아가 움베르토 노빌레 장군의 금으로 만든 견장에 관해 이야기하는 목소리도 들었다. 아니다, 요제프 마치니는 아무것도 기억이 나지 않는다. 그는 모든 것을 다시 체험했다. 이 녹슨 계류장에서 1928년 5월 23일 아침 4시 섭씨 영하 20도에 노빌레의 비극이, 미니어처 화가 루치아 마치니의 부드럽고 빛나는 영웅의 비극이 시작되었다. 줄을 놓아라!

2년 전 로알 아문센이 링컨 엘즈워스와 함께 북극 비행을 했을 때처럼, 이번에도 노빌레는 스무 시간의 비행 끝에 뉘올레순을 떠나 북극에 도착했다. 그리고 텅 빈 빙하의 불모지 위에 떠 있는 데 매료되어 교황의 축복을 받은 나무십자가와 이탈리아 국기를 내던졌다. 그러나 돌아오는 비행에서 이탈리아호는 멈추지 않고 점점 더 아래로 떨어졌고 마침내 빙하 덩어리 위에 추락했다. 장군은 여덟 명의 대원과 함께 자신의 승리로부터 빙하 덩어리 속으로 내동댕이쳐졌다. 그는 부상을 입고 피를 흘리면서 그곳에 누워 있었다. 대원의 절반을 잃고 가벼워진 비행선은 다시 눈처럼 하얀 하늘로 떠올라 나머지 대원들과 함께 영원히 사라져버렸다.

노빌레의 진정한 추락, 영욕의 온갖 단계를 거쳐 경멸로 추락하기까지의 과정은 많은 손실을 초래한 구출 작전으로 종지부를 찍게 되었다. 구출 작전 과정에서 아문센도 다섯 명의 대원과 함께 수색 비행 중 목숨을 잃었다. 이것은 움베르토 노빌레가 비행선이 추락한 후 가라앉는 과정에서 지켜야 할 명예의 규칙을 어겼기 때문이었다. 세상은 그것을 절대로 용서하지 않았다.

조난당한 장군은 우선 두 명의 코르벳 함장, 마리아노와 차피에게 스웨덴의 해양학자 핀 말름그렌과 함께 걸을 수 없는 조난자 그룹을 떠나 자력으로 스피츠베르겐에 도달하라는 명령을 내렸다.

여러 주가 지났다.

스웨덴의 비행사 룬드보리가 마침내 노빌레가 떠내려가는 빙하 덩어리 위에 자신의 수륙양용 비행기를 착륙시키는 데 성공하자, 다시 장군은 자신을 제일 먼저 구하라는 명령을 내렸다. 그는 자신의 폭스테리어 강아지 티티나를 팔에 안고 비행기에 탔다. 비행사 옆에는 자리가 하나밖에 없었다. 그는 곧 이탈리아의 구조선 '치타 디 밀라노'의 보호를 받게 되었다. 다른 모든 사람들보다 앞서서 구출받는 지휘관이라! 물론 루치아도 그것에 대해 말하는 것을 잊지 않았다. 그러나 그녀는 구구절절 변명을 늘어놓았다.

빙하 위에 남은 장군의 부하들을 구하는 데도 결국 여러 주가 걸렸다. 조종사인 룬드보리가 두번째 불시착을 시도하다가 기체가 손상되면서 목숨을 잃었기 때문이다. 그동안 1500명 이상의 구조대원들이 열여섯 척의 배와 스물한 대의 비행기, 열한 대의 썰매 부대와 함께 밀려드는 얼음 덩어리를 향해 움직였다. 열일곱 명의 구조대원이 목숨을 잃었다. 소련의 쇄빙선 크라신의 선원들이 이탈리아호 추락 47일 만에 드디어 무거운 얼음 덩어리를 뚫고 다가가서 죽을 정도로 탈진한 조난자들을 구하는 데 성공했다. 이후로 세간에 알려진 것은 위대한 이탈리아에 헌정된 항해의 추악한 종말이었다. 크라신의 선원들은 멀리서, 길을 잃은 두 명의 신의 없는 코르벳 함장을 발견했는데,

마리아노는 정신이 나가서 굶어 죽기 일보 직전에 옷차림도 허술했다. 반면 차피는 놀라울 정도의 체력에 영양상태도 아주 좋았고 마리아노와 말름그렌의 가죽옷을 걸치고 있었다. 말름그렌은 없었다. 마리아노는 그에 관해서는 말하지 않고 횡설수설했다. 그러나 차피는 계속해서 스웨덴 해양학자가 언제부터인가 쓰러졌다는 말을 되풀이했다. 차피는 말름그렌이 자신을 내버려두라고 말했고, 더 이상 필요 없는 장비를 계속 길을 가는 사람들에게 주겠다고 했기 때문에, 말름그렌의 제안에 따라 그의 가죽옷과 비상식량을 넘겨받았을 뿐이라고 말했다.

이 비보를 들은 사람들은 그의 설명에 경악했다. 기자들은 간접 증거의 고리들을 꿰맞추려 서둘렀고, 잘 먹은 차피가 웁살라에서 온 해양학자를 죽음으로 몰아넣었거나 또는 죽여서 그의 시신을 먹었다는 강한 의심을 품었다. 차피는 나중에 정신을 차리고, 이를 부정했다. 마리아노도 마찬가지였다. 그러나 의심은 걷히지 않았다. 마리아노가 크라신의 항해 일지 기록자에게 한 첫번째 이성적인 진술은 다음과 같다. "나는 차피 함장에게 내가 죽으면 나를 먹으라고 허락했다." 그러나 진실이 영원히 빙하 속에 있다는 것은 좋은 일이다. 서로를 먹어 치우는 영웅들! 그것은 진실일 리 없다. 소문일 것이다. 이탈리아호의 적들이 만들어내는.

그리고 루치아의 목소리는 잠잠해졌다. 요제프 마치니는 계류장의 기둥 사이로 다시 뉘올레순의 집들을 보았다. 그리고 썰매개들을 우리로 밀어넣은 피란트가 자신에게로 힘겹게 다가오는 것을 보았다. 함장 오드문 얀센이 선상의 저녁 식사로 부른다! 개들을 묶어라! 바보들아,

제자리로! 규율, 네! 네, 함장님! 스콜, 네!라고 피란트가 소리치는 것을 들었다. 피란트는 계류탑을 몇 걸음 남겨두고 소리치는 것을 멈추었다.

"마치니 씨! 신사 양반! 로알 아문센의 개썰매에서 나온 진짜 명견의 후손을 어떻게 다루는지 보았습니까? 사람들이 개를 데리고 '라디오 스발바르'의 일기예보에 맞추어 폭스트롯을 추더군."

8월 17일 월요일

피프쇠위아, 마르텐쇠위아, 파뤄외위아, 바다에 떠 있는 황량한 바위군(群). 절벽 사이의 눈으로 덮인 만. 검은 해안. 크래들은 스발바르 최북단의 섬들을 지나간다. 보초는 깨어진 빙하 덩어리의 회색 폐허를 통과할 길을 찾는다. 오후에는 얼음이 너무나 거대해져서 안드레아센이 배로 봉쇄선을 뚫으려 하지만 소용이 없다. 천둥소리가 나도 균열은 생기지 않는다. 통과할 수 없다. 함장의 간단한 안내는 갑판의 스피커를 통해 배의 모든 층에 도달한다. 방향을 돌려서, 항로를 남서로, 그런 다음 남동으로 돌려라, 다시 북위 80도 아래로, 힌로펜해협을 지나 넓은 바다로 간다. 북동의 육지를 돌아서 다시 북으로 항로를 잡을 것이다. 감사를 표한다.

선실 식당에서는 안내가 지속되는 동안 중단되었던 카드놀이가 다시 이어진다.

8월 18일 화요일

바람 없음. 서부 스피츠베르겐과 노르아우스트라네 섬 사이의 힌로펜 해협은 밤의 푸른빛을 띠고 조용하다. 날씨 맑음. 얼음은 조금. 지질학자는 연구를 위한 최적의 장소에 대해 동물학자와 언쟁을 벌이고 있다. 동물학자는 석유를 찾는 사람이 원하는 코스로 간다고 불평을 하고, 진흙땅의 표본이 새 떼와 둥지보다 중요하게 취급된다고 말한다. 오드문 얀센은 중재하려 애를 쓴다.

이날 테게트호프 제독호에서는 황제의 생일을 맞아 국기를 게양하고 먼 곳에 있는 황제 폐하를 향해 큰 소리로 만세를 불렀다. 마치니가 피란트에게 그 이야기를 하자, 피란트는 "그대로 따라 하게나. 헬스코그한테 자네 손수건에 머리가 둘 달린 독수리를 그려달라고 해서 그걸 들고 브리지에 서 있게"라고 말한다.

8월 19일 수요일

황제는 하루 더 나이를 먹었다. 이제 옹알이를 하는 통통한 젖먹이다. 그런데 이미 북극해에 그를 위한 땅이 있다. 크래들은 천천히 항해를 한다. 배의 오른편은 스피츠베르겐 해안이다. 노르아우스트라네섬의 해안은 뒤편에 있다. 수심 측정, 지질 표본 채취. 새 사냥.

정오경에 셰틸 피란트는 마치니를 갑판으로 데리고 와서 서부 스피츠베르겐 해안에 우뚝 솟은 산을 가리켰다. "자네 앞에, 파이어 곶이 있다네…… 그걸 선물로 드리지."

피란트는 갑판 난간에 기대서, 자신은 등반가 이스라엘 보일과 함께 지난여름에 오스트리아 곶을 방문했다고 이야기한다. 도보로. 롱예르뷔엔의 행군은 네그리와 손클라와 한의 만년설을 지나 거의 200킬로미터 거리였다. 만년설 트래킹은 특정 상황에서는 눈사태 때에 서핑을 하거나 히말라야에서 행글라이더를 타는 것과 비슷하다. 왜냐하면 눈이 내릴 때마다 도보자는 수많은 균열과 절벽이 있는 만년설 위에서 핀볼이나 포켓볼이 된 것처럼 언제든 예기치 않게 눈보라가 몰아치는 깊은 곳에서 사라질 수 있는 것이다. 하여간 위안이 되는 생각은 꽁꽁 얼어붙은 얼음의 희생자가 수백 년간 터키색과 은빛 푸른색이 어른거리는 갈라진 빙하 틈 속에 보존된다는 것이다. 2300년에는 센세이션을 일으킬 것이다. '잘 보존된 도보자가 발견되다.'

"얼마나 간 거죠?"

"9일."

"왕복으로?"

"왕복으로는 19일."

"짐을 메고?"

"짐은 개들이 끌었지."

8월 20일 목요일

노르아우스트라네 섬의 40~50미터 높이의 만년설에서 깨어진 부분이 해안가에 솟아 있다. 푸른빛을 내는 얼음벽이 매달려 있다. 절벽에서, 만년설의 모서리 위에서 얼음이 녹으면서 폭포가 샘솟고 바다로 나가기 전에 베일처럼 흩날린다. 무지개가 나타나 물줄기 위에서 옅어지고 새 무리는 화려한 날갯짓을 뽐낸다. 우표 디자이너 헬스코그는 앉아서 응시하며 그림을 그리느라 꼼짝하지 않는다. 만약 이 만년설이 지금 무너져 내린다면 대성당과 같이 거대한 물줄기가 생겨날 것이고, 빙산은 거센 물살 속에서 돌아설 것이다. 천천히 미끄러지면서 또다시.

그러나 이번 목요일에 그런 일은 일어나지 않는다.

그곳에 해안의 파도 소리나 기계 소음이 없었다면 만년설의 신음까지 들렸을 것이다. 그것은 조금씩 자신의 엄청난 덩어리를 대양으로 밀어내는 소리다.

그러나 이번 목요일에는 귀에 익은 바다와 모터의 신음 외에는 아무것도 들을 수 없다.

저녁에 선실 식당에서 〈맨발의 백작부인〉의 비디오가 상영된다. 주연으로는 험프리 보가트가 신중하고 늙어가는 감독이자 골초로, 에바 가드너는 마드리드 출신의 무용수인데 비참한 상황에서 벗어나 영화계로 나가 할리우드의 글래머 배우가 되는 역할을 맡았다. 그녀는 우수에 찬 귀여운 모습의 스타가 되지만 여전히 불행하다. 그녀는 결국은 어느 이탈리아 백작과 결혼하게 된다. 그 백작은 제2차 세계대전에서 포탄에 맞아 남성성을 상실했고(마드리드의 여인은 결혼식 후에야 그것을 알게 된다. 대원들 사이에서 웃음이 터져 나온다) 그녀는 비 오는 날 밤 상이군인인 남편의 총에 맞아 죽는다. 그리고 백작은 아내의 묘비에 '그다지 영감이 풍부하지 않은' 자기 가문의 문장에 적힌 구절을 새기게 한다. Che sarà, sarà.

그날 목요일에 요제프 마치니는 백작 가문의 문장에 적힌 그 구절을 자신의 일지에 적어 넣는다. 그것은 거의 알아보기 어려운 몇 개의 단어로 이루어진 구문으로, 브로스벨 만년설의 아름다움에 바쳐진 것이었다. 일어날 일은 일어난다. 석공의 미망인 수책의 뒤뜰에 있는 이끼 낀 비석에 새겨진 문구들도 이것보다 낫지는 않았다.

8월 21일 금요일

항로를 북동으로. 아침에 거센 돌풍이 붐. 바람이 잠잠해지고 유빙이 옴. 한참 동안 무거운 빙하 사이에서 작전을 편 끝에 크래들은 다시 북위 80도를 지나간다. 노르아우스트라네 섬이 가까이에 있다. 라우라 곶 앞에서 닻의 고리들이 덜거덕 소리를 내고 있다.

8월 22일 토요일

무전을 하는 날. 일본 조류학자가 지쳤다. 그는 크비퇴위아 섬의 천막에서 6주를 보내고 다시 귀환하고자 했다. 이 일을 위해 안드레아센 함장을 보낸 것이다. 크비퇴위아는 이 일이 아니더라도 지나야 하는 곳이다.

항로를 동으로 잡음. 낮게 깔린 안개와 탑 높이의 빙산. 브리지의 레이더망 앞은 긴장감이 돈다.

이른 저녁 크비퇴위아 해안 앞에서는 피란트와 마치니를 포함한 다섯 명을 태운 고무보트가 빙하 덩어리 사이로 내려졌다. 튀어 오르는 물에 젖은 요제프 마치니가 황량한 해안에 도착했다. 자갈돌과 휩쓸려 온 나무, 거대한 고래의 뼛조각과 이끼류, 새의 무리 들이 오물로 뒤덮인 절벽 위에 있다. 해안과 장비들 사이에 나오미 우에무라가 서 있다. 조류학자인 그가 고개를 숙여 인사한다.

"혼자? 이렇게 외딴곳에서 6주나 혼자 계셨나요?" 마치니가 일본인에게 묻는다. "내내 혼자 있었던 것은 아닙니다." 우에무라가 말한다. "스웨덴 팀이 있었거든요." 정말 사랑스러운 얀 트로엘 감독이 이곳에서 열기구 탐험가 살로몬 앙드레의 극지 탐험에 관한 영화를 찍

었단다. 트로엘 씨는 새들에게 신경을 많이 썼다고 한다.

자동 기후 측정소를 점검하고 나서 대원들은 한 시간이 채 안 되어 작업을 끝낸다. 튀어 오르는 물이 다시 고무보트를 때린다. 나고야에서 온 조류학자는 끝없이 말한다. 영역 다툼이나 둥지가 있는 곳, 철새의 이동 구간에 대해서 이야기한다. 크비퇴위아는 다시 안개에 잠긴다.

1930년 8월, 노르웨이의 물개 포획선 브라트보그의 선원들이 이 섬에서 열기구를 탄 살로몬 앙드레와 그의 동행 스트린드베리와 프렝켈의 시신을 발견했다. 33년 동안 세 명의 비행사는 실종된 것으로 여겨졌다. 앙드레의 일기, 심지어 색이 바랜 사진첩도(지상에 묶인 그들의 망가진 비행기구 앞에서 행한 추도식을 담은 것이다) 상하지 않고 남아 있었고, 북극에서는 별 쓸모없었을 스웨덴 엔지니어의 모직 옷에는 발견 당시 구토한 흔적이 붙어 있었다.

"난 당신을 이해할 수 없습니다." 요제프 마치니가 날갯짓과 활공에 관해 이야기하면서 크레들의 밧줄을 잡고 오르는 조류학자의 말에 끼어든다. "당신을 정말 알 수 없군요. 조용히 좀 해주세요."

사람들은 앙드레에게 경고를 하고 그가 오랫동안 기획하고 여러 번 연기한 북극 비행을 그만두라고 간곡히 부탁했다. 북극의 기상 조건에서 열기구의 가스 압력은 급속히 떨어질 것이고 비단으로 된 천은 얼어버릴 것이고 이 미치광이 짓은 빙하 속에서 끝날 것이라고. 그러나 아니다. 북극에서도 뭔가가 펄럭여야 한다. 세상과 완전히 떨어져 있는 그곳에서도 뭔가가 바람에 펄럭이고 나부껴야 한다. 깃발 하나가! 작다 하더라도 스웨덴의 깃발이 북극을 장식해야 한다! 다가오는 모든 세기를 통해 역사의 기록은 귀에 따갑도록 말해야 한다. 스웨덴의 엔지니어 살로몬 앙드레. 살로몬 앙드레는 북극의 정복자다. 살로몬 앙드레가 최초다.

1897년 7월 11일에 살로몬 앙드레와 그를 믿고 따르는 동료들은 스피츠베르겐의 거점에서 북극으로 비행하기 위해 파리에서 만든 열기구에 올라탔다. 그날 저녁 정확한 소식을 전하기 위해 편지를 품은 비둘기들을 날려보냈지만 비둘기들은 어디에도 도착하지 않았다. 그리고 이들이 기구에 올라탄 지 나흘째 되던 날, 좋지 않은 마지막 예언이 실현되었다. 그리고 오래전부터 더 이상 조종이 되지 않던 열기구는 북위 83도의 저편, 북극에서 그다지 멀지 않은, 그러나 인간으로부터는 끝없이 먼 곳에서 빙하 사이에 떨어졌다.

어쩔 줄 몰라 하면서 일주일이 흘렀고 그들은 자신들의 불행을 사진으로 남겼다. 그리고 조난자들은 가장 가까운 육지를 향해 출발하기로 결정했다. 그들의 목표는 지구상에서 정말로 버림받은 땅, 황제 프란츠요제프 제도였다.

기구를 타고 온 사람들은 비상시를 위해 가져온 썰매를 개처럼 몸에 묶고 솟아올라 굳어 있는 빙하 위로 간다. 그리고 돛단배로 돌 더미와 운하 위에 앉기도 하고, 계속 짐을 끌고 고통스럽게 나아갔다. 방향도 모른 채. 왜냐하면 얼음에 떠밀려 그들의 여정으로부터 벗어났기 때문이다. 한 달간의 고생 끝에 그들은 마침내 프란츠요제프 제도가 아닌 스발바르 근처에 닿았고 그들은 행군의 방향을 바꾸어 스피츠베르겐을 향해 채찍질을 하여 늦은 가을 크비퇴위아 섬에 도달했다. 스트린드베리가 죽었다. 이어서 프렝켈이 북극곰에게 처참하게 죽고 살로몬 앙드레가 마지막까지 살아남은 사람이었다. 33년이 지나 그의 더러워진 옷을 조사하자, 북극 정복에 실패한 이 사람이 감염된 북극곰 고기를 먹고 죽었다는 것이 밝혀진다. "여기 북극해에서 떠다 닌다는 것은 정말 이상한 일이다." 유산 관리자들은 앙드레의 일기에 서 읽었다. "우리는 여기에서 열기구를 타고 날아다닌 최초의 사람들 이다. 누가 언제 우리를 따라 하게 될 것인가? 우리를 미친 사람으로 취급할까 아니면 우리를 따라 하게 될까? 나는 우리 세 명 모두에게 자부심을 느낀다는 것을 부정할 수 없다. 그 일을 완수한 후에 ~~우리는~~ 나는 위안을 받으며 죽을 수 있다고 생각한다."

앙드레가 '우리'라는 단어를 지우고 '나'라는 단어로 대체한 순간은 현실과 광기가 엇갈린 위대한 순간일 것이다. 그렇게 수정함으로써 모든 것이 잘되었다.

스웨덴 엔지니어가 올라가서 사라지고 난 후로 북극에는 10여 년 이상 아무도 들어가지 않았다. 북극 탐험가들의 긴 행렬에 엔지니어 들이 학문 또는 조국이라는 이름 아래 따라나섰다가 사라지고 난 후 로 10여 년 동안…… 아마데오 데글리 아브루치 공작은 프란츠요제 프 제도에서 겨울을 보내고 최초로 북위 86도 34분까지 도달했고 그 렇게 그때까지 프리드쇼프 난센이 보유한 최고 기록을 36킬로미터 넘 어섰다. 그의 첫번째 이탈리아 북극 탐험은 1900년 3월이었다. 공작 의 대원들 중 3분의 1은 이 영광스러운 북위에서 얼음 사태로 목숨을 잃었다. 아마데오와 그의 굴하지 않는 함장 카그니와 나머지 대원들 은 1900년 8월에 자신들이 세운 기록과 사망자 및 실종자 리스트를 가지고 이탈리아로 귀환했다.

마지막으로 1908년 4월 21일에 뉴욕 주 출신의 의사 프레더릭 앨버트 쿡과 1909년 4월 6일 그의 경쟁자인 펜실베이니아 출신의 군 장교 로버트 에드윈 피어리가 여러 달에 걸쳐 도보로 행군하고 개썰매를 타고 이동해서 마침내 북극 빙하에(또는 그들이 북극이라고 생각했던 곳에) 들어갔지만, 북극이 허영심의 도피처로서 의미를 잃기 시작했다는 것 외에는 별로 달성한 것이 없었다. 최북단이 정복당했으니 말이다. 그리고 정복에는 창피한 일이 뒤따랐다. 일등의 권리라는 영광을 두고 격렬한 다툼이 벌어졌다.

쿡은 그린란드의 에스키모 아벨라와 에투키슈과 승리를 나누고, 북극에서 돌아오는 행군 도중 빙하와 함께 서쪽으로 밀려나 빙하에서 1년간 떠돌다가 문명 세계로 돌아오게 되었다.

그러나 그동안 피어리도 네 명의 에스키모와 자신의 흑인 하인 매트 헨선과 함께 빙하의 불모지에 위치를 잡았고, 그곳은 그의 계산에 따르면 북극에서 아주 가까운 곳임이 분명했다. 피어리는 동등한 인간과 승리를 나누지 않기 위해 진격하면서 백인의 동반을 용납하지 않았다. 돌아오는 행군에서 빙하의 조류에 행운이 따라줘 프레더릭 쿡과 같은 시간에 승리를 안고 바깥세상에 나설 수 있었다. 그리고 영광을 두고 실랑이가 시작되었다.

로버트 에드윈 피어리는 명예를 독차지하기 위해 모든 수단을 동원했다. 그는 〈뉴욕 타임스〉에 냉소적인 칼럼을 쓰고 쿡이 불쌍한 거짓말쟁이이며 엄청난 거짓말을 가지고 돌아오기 위해 1년을 단지 불모지에서 기어 다니기만 했을 뿐이라고 말했다. 그는 쿡이 혹세무민하는 고등사기꾼이고 미친놈이며 기타 등등이지만, 북극의 정복자는 아니라고 말했다.

프레더릭 앨버트 쿡은 모든 의혹이 미친 헛소리라고 반박하고 〈뉴욕 헤럴드〉에 자신의 입장을 밝혔다. 그는 흔들리지 않고 피어리보다 1년 앞서 북극 외곽에 있었다고 주장했다. 피어리는 쓸모없는 패배자이자 광신자이며 비방자다…… 그렇게 계속되었다. 누가 정말로 첫 번째라는 명예를 받아야 하느냐 하는 질문에 위원회들, 동조자들이 편을 갈랐고, 학자들의 견해가 엇갈리고 점점 더 새로운 적대관계가 생겨났다. 그리고 신문들은 논쟁을 그해 내내 끌고 갔다. 두 정복자의 말을 얼마나 믿을 수 있을지에 대한 의문과 함께 모든 간접 증거가 도마에 올랐다. 그렇게 문제는 풀리지 않은 채 남게 되었다. 사전 편찬자와 연대사가의 혼란은 계속되었다. 어느 편에 속하는지에 따라, 요청자에 따라, 어느 때는 피어리가 어느 때는 쿡이 이겼다고 썼다. 그리고 매번 그럴듯한 증거로 한 사람의 주장을 다른 사람의 주장과 뒤섞어서, 두 사람은 천지학의 샴쌍둥이가 되어버렸다.

요제프 마치니가 늦은 저녁에 선실 식당에 들어서자, 나오미 우에무라는 금방 면도를 하고 머리에 포마드를 바른 얼굴로 웃으면서 '학문의 탁자'에 앉아 있었다. 그 탁자는 대나무로 만든 뼈대에 높이 솟은 필로덴드론* 화환으로 안드레아센과 대원들의 탁자와 분리되어 있었다. 오드문 얀센은 목이 긴 유리잔을 들고 식탁 사이의 화환 앞에 서서 대원들의 이름으로 조류학자의 건강을 위해 건배했다. 우에무라는 크비퇴위아에서 외로운 작업으로 우에무라라는 이름을 영예롭게

---

* 토란과에 속하는 식물.

했다. 우에무라는 1978년에 피어리, 쿡 그리고 다른 모든 사람들과 마찬가지로 스스로의 힘으로 북극에서의 임무를 달성했다. 비록 자신은 고된 일을 꺼리지만 일본인 동료가 전문가 세계의 인정을 받기를 바라며 크비퇴위아 새들의 고집스러운 친구인 그를 위하여 건배한다고 말했다.

필로덴드론 이편저편에서 박수가 터져 나왔다.

8월 23일 일요일

항로를 동북동으로 잡음. 두꺼운 유빙. 아직 프란츠요제프 제도까지 100해리가 남음. 날씨 맑음, 북풍. 오후에 빙하에 가로막힘. 통과할 수 없음. 항로를 남서로 잡음. 주위는 수평선뿐. 땅은 전혀 없음. 요제프 마치니는 요한 할러가 쓴 일기의 필사본을 천천히 읽으면서 오후 시간을 보낸다.

1872년 8월 23일, 금요일. 눈과 바람. 얼음. 삽으로 갑판의 눈을 치움.

1873년 8월 23일, 토요일. 안개와 서풍. 기온은 0도. 원뿔 모양의 설탕을 녹였다.

1874년 8월 23일, 일요일. 날씨 맑고 바람. 우리는 마토치킨 해협을 떠나 작은 배를 타고 연안을 따라 내려갔다. 밤에 소규모 폭풍우가 우리를 덮쳤다. 우리는 서로를 잃어버렸다. 나의 배는 새벽까지 계속 떠내려갔고, 우리는 배를 정박하고 육지로 올라왔다. 우리는 나뭇가지를 발견하고 그것으로 불을 피워 아침 식사를 준비하고 옷을 말렸다.

8월 24일 월요일

다시 크비퇴위아 앞. 배에서 보낸 지 15일째 되는 날. 외부 손님이 방문하는 날이다. 코레 안드레아센은 롱예르뷔엔에서 출발한 후 처음으로 함장 제복을 입는다. 14시에 총독의 헬리콥터가 크래들의 착륙장에 내린다. 총독 이바르 토르센과 오슬로에서 온 올레 파겔리엔은 느슨하게 열을 지어 서 있는 대원들을 사열한다. 어깨를 두드리고 악수를 건넨다.

"그리고 당신은요?" 올레 파겔리엔이 마치니에게 묻는다. "일에 진척이 있습니까?"

"빙하가 너무 조밀하군요." 마치니가 말한다.

"뭘 기대하셨습니까?" 파겔리엔이 계속 걸어가면서 말한다.

저녁에 선실 식당에서 만찬이 열리고 대화가 오간다. 오디오의 스피커에서는 빅밴드 사운드가 흘러나온다. 피란트가 글렌 밀러가 작곡한 아치 셰프의 〈마마 로즈〉를 엄청난 볼륨으로 따라서 틀자, 항의가 들어온다. 피란트는 소리를 지르는 사람들에게 욕을 하고 행진곡을 튼다. 늦은 밤 두 번의 짤막한 연설과 건배가 이어진다.

8월 25일 화요일

곰 사냥. 세 명의 동물학자가 오전 동안 총독의 헬리콥터에 타고 빙하 위를 낮게 비행하면서 놀라서 도망가는 북극곰 네 마리를 마취 총을 쏴서 쓰러뜨린다. 동물학자들은 마취에 걸린 동물들에게서 이빨 하나를 뽑고 집게로 귀에 금속표지를 박고 붉은 래커로 흰색과 노란색의 가죽에 커다란 표시를 한다. 그리고 습격당한 곰들이 차츰 깨어

나는 모습을 비디오로 담는다. 곰들이 마취에서 깨어나 일어나기 위한 몸부림, 비틀거리고 넘어지면서 거의 느낄 수 없을 정도로 회복되는 힘으로 움직이는 우아한 동작 그리고 마침내 붉은 래커로 표시되는 아름다움. 얼음 덩어리 위의 커다란 핏자국은 얼음 결정체의 회오리바람 속에서 순식간에 희미해진다. 바람은 헬리콥터의 회전 날개에 의해 높이 올라간다.

사냥하는 동안 크래들은 빙하에서 북동으로 불과 3해리 나와 있다. 3해리 지점에서 불행한 일이 일어난다. 빙하 장벽에 강하게 부딪히는 힘에 대비하지 않은 우표 디자이너가 엄청난 힘으로 배의 난간에 부딪혀 머리가 깨져서 누워 있다. 배의 주치의 홀트가 롱예르뷔엔의 병원으로 후송해야 한다고 주장한다. 13시에 사냥꾼들이 돌아온다. 총독 토르센과 올레 파겔리엔은 작별을 고한다. 우표 디자이너는 핏기 없는 얼굴의 반을 붕대로 감고 피란트와 홀트의 부축을 받고 헬리콥터를 탄다. 헬리콥터는 부드럽게 이륙하여 잠시 눈 내리는 하늘에 떠 있다가 검은 점이 되어 사라진다. 선실 식당에는 당황스러운 침묵이 흐른다. 안드레아센은 다시 제복을 벗고 청바지에 금방 다린 플란넬 셔츠 차림으로 브리지에 서 있다. 항로는 북동으로. 천천히, 아주 천천히 항해한다.

8월 26일 수요일

빙하 위에서 측량을 함. 크래들이 정박해 있다. 요제프 마치니는 오전 내내 배의 난간에 밧줄로 묶어둔 우표 디자이너의 의자에 앉아 있다. 만년설용 고글은 그가 멀리 반짝이는 곳을 바라볼 때 시력을 보호해준다. 헬스코그는 하루 종일 이 의자에서 시간을 보냈고, 추위에 곱은 손가락으로 황량한 곳의 윤곽을 스케치했다. 마치니는 그가 그리워진다. 그는 그 화가에게 율리우스 파이어의 스케치 복사본을 보여준 적이 있었다. 영하 20~30도에 그려진 그림들 말이다. 헬스코그는 섬세한 선에 대해 놀라면서 말했다. 영하 15도부터는 온갖 것에 대해 생각하게 되겠지만, 그림 그릴 생각을 하게 되지는 않는다고.

8월 27일 목요일

정적. 어떤 기계음도, 닻줄이 철거덕거리는 소리도 들리지 않는다. 유빙이 밀려오는 것도 거의 느낄 수 없다.

동물학자들은 하얀 덮개로 가린 고무보트에 타고 여러 시간 잠복한 끝에 바다표범을 두 마리 잡았다. 포카 히스피다*. 두 마리는 멀리 떨어져 있었다. 사냥에 초대받은 요제프 마치니는 이날 빙하 위, 물개의 사체 앞에 서 있다. 갈라진 물개의 배에서 창자가 보석처럼 터져 나온다. 죽은 동물의 화려한 색깔이 김을 내면서 빙하 위에 펼쳐지고 곧 결정체를 만든다. 색깔이 희미해질 때 요제프 마치니는 속에서 치밀어 오르는 것이 역겨움이라고 생각한다. 그러나 습기와 모든 것을 밀어내는 추위가 그를 엄습한 것이었다. 피가 쏟아져 나오는 사체와 내장을 비닐자루에 담는다. 오슬로의 실험실을 위한 재료이다. 상세하고 시끄러운 안내 방송이 배의 선실 식당에서 흘러나온다. 사람들은 생명을 구한 명사수와 곰들의 공격 그리고 겨울 사냥에 대해

---

* Phoca hispida, 고리무늬물범의 학명.

말한다.

8월 28일 금요일

항로는 동과 북동. 흐린 날씨. 피란트는 욕을 하면서 기중기 아래에서 있다. 그는 주문을 외우면서 밧줄에 매달린 폭풍우 부표의 흔들림을 지휘하는 듯이 보인다. 마치 성벽을 부수는 무기처럼 부표가 여러 차례 선체의 벽을 들이받는다.

8월 29일 토요일

빙하에서의 하루, 거의 북위 81도 아래. 아무 사건도 일어나지 않은 날. 이 해역에서는 태양이 4개월 이상 수평선 아래로 가라앉는다는 사실을 배 위에 있는 누구도 신경 쓰지 않는 듯하다. 요제프 마치니는 일몰을 경험한다. 그것은 구름의 층적 사이로 사라지는 것과 같고 여명이 비치거나 자줏빛 빛의 원도 생기지 않는 순간적인 것이었다. 하늘이 오랫동안 잊고 있었던 메커니즘이 다시 시작된 것이었다. 마침내 낮과 밤의 전환이 다시 시작된다. 그러나 그것은 밤이 아니라, 어둠이 뒤따르지 않는 은색 여명일 뿐이다.

8월 30일 일요일

바람 없고 안개. 육중한 얼음. 이날은 프란츠요제프 제도를 발견한 날이다. 물안개 속에 하얀 해가 있다. 아무 일 없음.

시간은 정오였다. 우리는 갑판 벽에 기대어 지나가는 안개를 응시했다. 때때로 햇빛이 그 사이로 뚫고 들어오기도 했다. 그때 지나가는 물안개의 벽이 갑자기 멀리 북서에서 거친 바위 절벽을 드러냈다. 이 절벽은 몇 분 후 찬란한 알프스의 경치로 둔갑했다!

요제프 마치니는 추억 하나를 기념한다. 그러나 분명, 피란트는 말한다, 이 지루함 속에서는 뭐든 마실 수 있을 거야. 아니, 그의 보호자는 그렇게 말하지 않았다. 그러나 두 사람은 아쿠아비트 한 병을 들고 뱃머리에 서서 추위를 향해 야호 하고 악을 쓴다. 그 환호성은 배의 밑바닥 아래에서 얼음 덩어리가 깨지는 소리에 묻혀 희미하다. 그리고 갑자기 배가 달리는 소음 위로 뱃고동의 울림이 지나간다. 뱃머리에 있는 두 사람을 향한 안드레아센의 장난이다. 몇 걸음만 떨어져도 그들이 입을 열고 있는 것 외에는 아무것도 보이지 않고 야호 소리도 들리지 않을 것이다. 그러나 그들은 이미 침묵하고 있다.

몇 시간 후에 요제프 마치니는 말없이 다시 배의 난간에 있는 헬스코그의 의자에 앉아 있다. 얼마나 그곳에 그렇게 앉아 있었는지 자신도 알지 못한다. 점점 피곤해지면서 넋 놓고 허공을 바라보다가 다시 놀라 깨어난다. 천천히 아주 느릿느릿하게, 만년설과 빙하를 맥주거품처럼 얹은 채, 타르의 파도처럼 검은 땅이 수평선 위로 솟아오른다. 그의 땅. 산등성이와 산마루가 이리저리 흩날리고 끊임없이 서로 합쳐진다. 현무암 기둥과 자갈 언덕. 골짜기들은 초원으로 치장하고 거기에 순록이 살고 있다. 순록은 적들에게서 멀리 떨어져 방해받지 않고 자유로운 보금자리에 만족하면서 머무른다. 땅이 돌더니, 다시 구름에 잠기고, 다시 나타난다. 바위에는 파도가 부딪히지 않고 갈라진 해안의 모습을 담은 대양은 거울처럼 매끈하다. 얼음은 없다.

그러나 크래들의 선상에는 모든 것이 정적 속에 잠겨 있다. 아무도

"육지다!"라고 소리치지 않는다. 보초도, 대원들 중 그 누구도 환호성을 지르지 않는다. 항해 중 나는 소음뿐이다. 그때 한 사람이 오직 자신에게만 속한 땅을 발견한다.

8월 31일 월요일

눈과 바람이 남동에서 몰아침. 정오 무렵에 북위 81도 9분, 얼음 덩어리가 장벽을 이루면서 서쪽에서 동쪽으로 흘러간다. 얼음은 끝이 없고 식당의 벽걸이 지도에서는 위치를 잡을 수 없다고 한다. 지금은 끝이 없다.

책을 읽다 잠이 든 요제프 마치니는 피란트가 선실을 두드릴 때 벌떡 일어나다가 아무 데나 부딪힌다. 피란트는 대답을 기다리지 않고 문을 열고 문턱에서 얀센과 함장의 결정을 반복한다. "우리 돌아간대. 통과하지 않는대. 자넨 프란츠요제프 제도를 보지 못할 거야. 제기랄. 들었어? 우리 돌아간다고!"

그리고 귀환 작전이 실시된다. 이 단계에서는 순전히 추억을 남기거나 아쉬워하는 일밖에 할 수 없다. 측정할 수 있는 것은 모두 측정한다. 할 수 있는 작업은 다 한다. 북과 북동으로는 통과할 수 없다. 기다려야만 한다. 그러고는 항로를 남으로 잡는다. 롱예르뷔엔으로 향한다.

남. 남서. 남. 완전한 단조로움. 나는 선상 일지를 덮는다. 귀환하는 날들은 아무런 의미가 없다. 크래들은 에릭센 해협을 지나 콩칼스란의 연안 바다와, 바렌츠 섬과 에드게외위아 섬 사이의 프리만 해협을 지난다. 그리고 남쪽 항로의 부채 모양에서 위도 5도 정도 물러난다.

언제인지 우현에서 스피츠베르겐의 남쪽 곶이 나타났다 사라진다. 다시 항로를 북서로 잡는다. 9월 3일 크래들은 아드벤트 피오르로 들어간다. 이른 아침이다. 이제 요제프 마치니는 스피츠베르겐 주위를 항해한 사람 중 하나가 된다. 빙하 전문가 겸 포경꾼인 엘링 칼센은 이 항해로 올라프 훈장을 받았다. 그러나 지금 롱예르뷔엔의 항구에서 비단쿠션 위에 훈장이 준비되었을 거라는 생각은 우스운 것이다. 방파제에서 환호성이 터져 나올 거라는 생각도 마찬가지로 우습다. 물결이 선착장에 부딪히는 소리가 난다. 그러고는 기계음이 멈춘다. 부두에서 누가 손을 든다. 헬스코그나. 눈이 내린다. 그렇게 공무상 항해는 끝이 난다.

돌아오는 항해 도중 선박 난간에 요제프 마치니의 모습이 보이지 않았다는 것을 말해둬야겠다. 그는 사면을 받고 자유를 준비하는 사람처럼 선실 식당이나 자신의 선실에 앉아 협소한 선상 도서관에서 가져온 극지 역사에 대한 책들을 읽으며 아무거나 부지런히 베껴 썼다. 기억을 도와주는 보조수단이다. 지루함을 이기려고 했을까? 북극의 모든 그림을 모아 베껴서 자신의 것으로 만들려고 했을까? 얇게 제본된 푸른색 노트는 그가 당시 빽빽하게 적어 넣은 채로 지금 내 앞에 있다. 셰틸 피란트는 실종자의 소지품과 다른 기록들과 함께 그것을 아나 코레트에게 보내주었다. 분명, 그것은 요제프 마치니의 필체가 아니다. 이 불행한 인용문 모음집 표지에 써 넣은 제목 말이다. 커다란 못. 그린란드의 에스키모는 북극을 그렇게 불렀다. 그것은 요제프 마치니의 글씨가 아니다. 그것은 내가 쓴 것이다. 내가. 나는 마치니의 다른 노트들에도 이름을 적어 넣었다. Campi deserti, Terra nuova(황량한 들판, 새 땅). 다른 신대륙 발견자들이 이름 없는 만과 곶과 해협에 이름을 붙여주듯이 나는 그 노트들에 이름을 붙여주었다. 모든 것에는 이름이 있어야 하니까.

14. 세번째 부록
커다란 못 — 신화와 계몽의 미완성 단편

얼음 저장고까지 와서 우박이 있는 작은 방을 보았는가? 전투와 전쟁의 날, 고통의 시간을 위해 내가 아껴둔 우박 말이다. 빛이 분산되고 동풍이 땅 위로 흩어지는 곳으로 가는 길은 어디에 있는가?

너는 바다의 근원까지 들어가 대양의 깊은 곳에서 헤매었는가? 저승세계의 문이 열려서 암흑의 문을 보았는가? 땅의 넓은 표면에 주의를 기울였는가? 네가 완전히 안다고 하니까, 대답 좀 해다오!

분명 은광이 있을 것이다. 사람들이 말하는 것처럼 금광도. 철은 땅에서 얻고 돌을 녹여 구리를 얻는다. 사람들은 어둠과 암흑의 돌을 가장 바깥 가장자리까지 조사하고 암흑에 종말을 고한다. 낯선 민족은 그곳에 갱도를 판다. 잊힌 자들은 어디에 발을 디뎌야 할지도 모른 채 밧줄에 매달려 있다. 그들은 인간과 멀리 떨어져 흔들거리고 있다. 그곳이 사파이어와 금가루의 고향이다. 그러나 어떤 맹금류도 그곳으로 가는 길을 알지 못한다. 매의 눈초리도 그것을 찾아내지 못한다. 자부심이 강한 야생동물도 그곳에 들어서지 못하고 사자도 그곳을 넘어서지 못한다.

자갈에 손을 얹고 산을 근원부터 파고 들어가 바위 안으로 갱도를 뚫고 풍부한 보물들을 바라본다. 물길은 막고 숨겨진 것은 찾아낸다. 그러나 지혜는 어디에서 찾는가, 깨달음의 보금자리는 어디인가?

그러나 지혜는 찾을 길 없고 슬기는 만날 길이 없구나. 만물이 숨을 쉬는 이 땅 위에서 그 길을 찾을 생각일랑 아예 마라. 물속의 용이 외친다. "이 속에는 없다." 바다도 부르짖는다. "나에게도 없다."

욥기

엄청나게 광활한 대서양 때문에 불가능하다면, 우리는 이베리아 반도에서 인도까지의 구간을 같은 위도를 따라 항해할 수 있을 것이다.

에라토스테네스, 기원전 3세기

몇 년 후에 대서양이 사물의 속박을 풀어주고 측량할 수 없는 지구가 다시 열리는 날이 올 것이다. 그러면 항해자는 신세계를 발견하고, 툴레*는 더 이상 변방이 아닐 것이다.

루키우스 아나이우스 세네카, 1세기

---

* 고대인들이 가장 북쪽에 있다고 생각한 곳.

북쪽의 겨울은 시련이고 형벌이고 고통이다. 추위 때문에 공기는 혹독하고 얼굴이 시들고 눈물이 흐른다. 콧물이 나오고 피부가 터진다. 그곳의 땅은 반짝이는 유리이고 바람은 벌이 쏘는 침과 같다. 북극에 발이 묶인 사람은 너무나 고통스러운 추위 때문에 지옥불이 그리울 지경이다.

카즈비니, 12세기

북극에는 수많은 민족이 있는데, 그들에게 인간의 문화가 없다는 것이 너무나 이상하다.

삭소 그라마티쿠스, 12세기

이 거대한 바다는 나침반으로 항해를 하지 않는다.

북극해의 나침반 지도의 전설, 15세기

일반적인 설명에 따르면, 매우 위험하고 힘들거나 혹은 거의 불가능하다는 북극해 항해에 여름 햇빛은 커다란 도움을 준다. 위험하다고 알려진 북극의 2~3해리 구간만 넘어서면, 그곳의 바다나 육지의 기후는 이곳만큼이나 온화할 것임이 틀림없기 때문이다.

로버트 손, 16세기

북극의 대서양은 드넓은 지역이다. 그곳의 전대미문의 이용 가치와 더불어 러시아의 명성은 더 올라갈 수 있다…… 대서양은 러시아 해안에서 500~700베르스트*로, 여름에는 항로를 방해하거나 바다를 항해하는 사람들에게 위협적인 빙하 덩어리가 없다. 거기에 투입된 자금에 대한 염려보다 사람들에 대한 걱정으로 더 괴롭다. 우리는 이용 가치와 조국의 명예를 비교하게 된다. 그럼에도 약간의 땅을 얻고자 사람들을 보내거나 명예욕 때문에 수천, 아니 군대 전체를 죽음으로 내몬다. 다른 지역의 땅을 획득하고 항해와 상인의 규모를 늘리고 국가의 명성을 위해 세력을 확장하는 것이 관건이 되는 그곳, 북극해에서는 약 100여 명의 남자만이 불평할 수 있다.

미하일 바실리예비치 로모노소프, 18세기

그러나 내 경험에 따르면, 그리고 거기에 더해 네덜란드 함장의 조사에 따르면, 분명한 가정은 북극해의 북극 항로는 불가능하다는 것이다.

바실리 야코블레비치 치차고프, 18세기

그들은 시도하려 하지 않았다. 왜냐하면 어떤 방법을 써도 이 항해는 불가능하다고 생각했기 때문이다. 어떤 사람들은 북서 항로가 낫다는 자신들의 판단을 고집했고, 또 어떤 사람들은 나의 계획을 마음에 들어 했다. 스피츠베르겐과 노바야제믈랴 사이로 북으로 항해하는 항로 말이다. 그리고 마침내 그 생각은 왕실 회의에서 채택되었고 황제에게 두 척의 배를 탄원해서 북극을 향해 항해할 예정이었다. 생각건대, 만약 이곳에서 얼음이 없는 바다를 발견하게 된다면 모든 어려움은 사라지고 더 이상 다른 해협으로 돌거나 일본 등으로 항해할 필

---

* 옛 러시아의 길이 단위. 1베르스트는 1,067킬로미터.

요가 없을 것이다. 만약 바다가 얼어 있다면 이 항해는 아무 이득이 없을 것이고, 오히려 천문학이나 물리학 또는 다른 이론에나 쓸모가 있을 것이다.

사무엘 엥겔, 18세기

나는 학식 있는 여러 자연과학자의 견해를 지지한다. 즉 북극 주위의 바다는 얼 수가 없고 북극을 둘러싸고 있는 빙하 띠가 수축과 팽창을 반복하는 가운데서 길이 열리는 영역을 찾을 수 있다는 것이다. 나는 그 증거를 확보하려 했다…… 이전의 경험에서 나는 대략 북위 80도까지는 선박으로 빙하 띠 안으로 들어갈 수 있을 것이고, 그곳에서부터 빙하 위로 보트를 타고 건너편에 있을 열린 바다로 나아갈 수 있다는 결론에 이르렀다. 운이 좋아 열린 바다에 도달한다면 나는 보트를 띄워서 북쪽 바다로 들어갈 생각이다. 빙하 위로 물건을 운송하는 데는 주로 에스키모 개에 의지할 것이다.

이삭 이스라엘 하이에스, 19세기

헤이스 씨! 당신은 뉴욕 시의 지붕 위로 달리는 것도 해볼 수 있을 것입니다.

헨리 도지, 19세기

매끈하고 비질을 하지 않은 얼음의 넓은 영역, 오로지 지평선으로만 구분되는 영역을 발견하려는 우리의 희망은 결코 이루어지지 않았다.

윌리엄 에드워드 패리, 19세기

그러나 우리는 머릿속에서 보트를 북쪽으로 향했고 위도를 하나씩 넘어서 세계를 뒤흔드는 발견을 했다.

에밀 이스라엘 베셀스, 19세기

우리는 83도 24분 3초로, 앞서서 육지를 발견한 사람들보다 더 높은 위도에 도달했다. 그 땅에 대해서는 아무도 몰랐다. 우리는 차가운 북풍 속에서 영광스러운 성조기를 펼쳤다.

데이비드 레그 브레이너드, 19세기

빙하에서 겨울을 나는 이야기를 집 벽난로 앞에서 읽는다면 분명 즐거울 것이다. 그러나 그것을 실제로 겪는 것은 시련이다. 그 시련은 사람을 빨리 늙게 한다.

조지 워싱턴 드 롱, 19세기

북극은 도달할 수 없는 곳이다!

조지 스트롱 네어스, 19세기

"여기까지 그리고 더 이상은 안 된다." 이렇게 수많은 북극 탐험가들이 말했다. 그리고 후배들은 선배가 "영원히 서 있을 것이라고" 선언한 얼음벽을 지나 조용히 나아갔다. 북극은 절대적으로 통행이 가능하지도, 불가능하지도 않다. 전체 북극 지역에는 그해 계절의 얼음 상황에 따라 이럴 수도 있고 저럴 수도 있는 넓은 영역이 항상 있을 것이다……

북극 자체는 학문의 쟁점으로서는 아무래도 상관없다. 북극에 가까이 다가가는 것은 허영심을 만족시키는 데 기여한다……

나날이 드높아지는 북극 연구에 대한 관심과 정부나 개인이 언제든 새로운 탐험을 위한 물자를 조달하려는 적극성을 고려해볼 때 원칙을 세울 필요가 있다. 즉 그 원칙에 따라, 엄청난 희생에 걸맞게 학문에도 유용하도록, 많은 사람들의 관심을 끌지만 학문에는 해가 되는 모험적인 성격을 뺀 탐험대를 보내는 것이다.

카를 바이프레히트, 19세기

우리는 노력한 것보다 더 많은 보상을 받았고(북극에서 돌아온 후에), 세상이 허락하는 최고의 것을 해냈다는 기분을 느꼈다. 즉 우리 국민으로부터 인정을 받은 것이다…… 지금까지 알려지지 않은 땅을 발견한 것에 관해 오늘날 개인적으로 나는 아무런 가치를 부여하지 않는다.

율리우스 파이어, 19세기

우리가 지구 자전축에서 북쪽 끝을 형성하는 수학적인 지점을 찾으려고 항해를 한 것은 아니다. 왜냐하면 이 지점에 도달하는 것은 그 자체로는 별 의미가 없기 때문이다. 우리는 북극을 둘러싼 커다란, 미지의 땅을 조사하기 위해 나간 것이다. 그리고 이 조사는 그 항해가 수학적인 지점 위로 이어지든, 아니면 그곳에서 조금 떨어지든, 학문적으로는 같은 의미를 갖는다…… 그러나 북극에는 도달해야 한다. 그래서 이 미친 짓을 끝내야 한다.

프리드쇼프 난센, 19세기에서 20세기로의 전환기

이방인들은 북쪽의 빙하 속으로 들어가 실종된 '커다란 못'을 찾고 있다. 수색자를 따라가 '커다란 못'을 발견하는 사람은 창과 도끼에 필요한 철을 얻을 것이다.

아노토악의 에스키모들, 20세기

사람들은 대부분 '발견'이라는 단어와 마주치면 '모험'을 생각하게 된다. 따라서 나는 이 두 가지 표현을 발견자의 입장에서 정리하고자 한다. 발견자에게 모험은 단지 진지한 작업의 달갑지 않은 중단일 뿐이다. 발견자는 서스펜스가 아니라 지금까지 알려지지 않은 사실을 찾는다. 그의 탐험 여행은 때로는 굶어 죽는 것을 피하기 위해 시간과 벌이는 사투 외에는 아무것도 아니다. 그에게 모험은 사실을 '시험'하는 과정에서 드러나는 계산상의 실수 또는 모든 미래의 가능성을 고려할 수 없다는 불행한 증거일 뿐이다…… 발견자는 온갖 모험을 체험한다. 흥분하고 그 모험에 대해 즐겁게 회상한다. 그러나 절대로 모험을 직접 찾아다니지는 않는다.

로알 아문센, 20세기

얼어붙고 피 흘리는 뺨과 귀는 위대한 모험에 속하는 적은 불편일 뿐이다. 고통과 불편은 피할 수 없는 것이다. 그러나 전체적인 관점에서 보면 별로 중요하지 않다.

로버트 에드윈 피어리, 20세기

빙하에서의 생활? 나는 다른 사람들이 우리처럼 그렇게 외롭고 버

려진 듯한 기분을 느껴본 적이 있을지 의심스럽다. 내게는 우리의 공
허함을 기술할 능력이 없다.

프레더릭 앨버트 쿡, 20세기

지리학에서 북극은 수학적인 지점이다. 그 지점을 지구의 자전축이
꿰뚫고 지나간다. 그 위에서 자오선이 합쳐지고 방향은 남향만 있을
뿐이다. 바람이 남쪽에서 불어와 남쪽으로만 불고 나침반은 계속 남
쪽을 가리킨다. 그곳에서 지구의 원심력은 멈추고 천체는 더 이상 위
로 떠오르거나 아래로 지지 않는다.

지리학적 정의, 1980년경

15. 우스의 기록

클로츠는 점점 더 말이 없어진다. 아무도 그를 위로해주지 못한다. 그는 집으로 가려 한다. 집으로 가야만 한다.

그렇지만 땅! 그들은 땅을 발견하지 않았는가. 아름다운 산맥을! 지금 그들은 그 땅을 갖고 있다.

땅? 아, 이 땅. 산에는 전나무 숲이 없다. 침엽수도, 잣나무도 없다. 아무것도 없다. 그리고 골짜기들은 얼음으로 가득 차 있다. 집으로 가려고 한다, 클로츠는. 집으로.

시간은 1873년 12월 오후, 고통스럽게 춥고 어두운 오후이다. 그날 사냥꾼 알렉산더 클로츠는 파이어와 할러와 함께 탐험을 나갔다가 해안가로 돌아왔다. 그는 얼음 덮인 털가죽 옷과 장갑과 털모자와 가죽으로 만든 얼굴 마개, 모든 것을 집어던진다. 그러고는 여름옷을 입는다. 지금 그가 가려는 그곳에는 무거운 털가죽 옷이 필요 없다. 장크트 레온하르트의 겨울, 파스아이어탈의 겨울은 눈이 많고 날씨가 온화하다.

클로츠는 자신의 선실을 비우고 소지품으로 가득 찬 천 배낭을 그냥 세워둔다. 그는 값나가는 것만을 지참한다. 황제 폐하 탄생 기념 원반사격 대회에서 획득한 회중시계, 그가 중위에게 특별히 충성할 때 파이어가 그에게 찔러준 지폐, 그리고 마지막으로 나무로 만든 묵주를 챙긴다. 클로츠는 거창하고 진지하게 동료들 앞에 나서서 모두에게 악수를 청한다. 잘 있어.

"클로츠! 돌았어?" 할러가 묻는다.

"잘 있어, 할러." 클로츠가 말하고 갑판 위로 올라간다. 그를 뒤따르는 사람은 그가 선박의 난간에 기대서 있는 것을 본다. 어깨에 총을 얹고 마치 그림처럼 거기에 서서 아무런 대답도 하지 않고 어둠 속을 응시한다. 빙하 위를 바라본다.

아마도 그대로 두어야 할 것이다. 클로츠를. 그는 다시 제정신을 찾을 것이다. 단지 그대로 내버려두면 될 것이다.

"아마도 환각에 빠졌나 봐." 화부 포스피실이 말한다. "환각일 뿐이야. 갖고 있는 럼주를 몽땅 마셔버렸거든."

좋다. 그냥 내버려두자. 그는 혼자서도 다시 배 아래로 내려올 것이다. 그냥 두자.

그러나 지휘관 바이프레히트가 두 시간 뒤 장교 식당에서 돌아와—남자들은 그곳에서 탐험대의 미래에 대해 논의하느라 클로츠의 광기에 대해서는 아무것도 눈치채지 못했다—사냥꾼을 데려오라고 명령을 내린다. 요한 할러가 명령에 따라 순순히 갑판으로 올라갔을 때, 클로츠는 더 이상 난간에 서 있지 않았다. 그곳에서 티롤 출신 남자는 사라져버렸다. 그러니까 그것은 광기가 아니었다. 환각도 아니었다. 그것은 작별이었다. 사냥꾼이자 개썰매꾼인 알렉산더 클로츠는 집으로 가버린 것이다.

이제 시간은 어느 때보다 빨리 흘러간다. 1분도 지체해서는 안 되는데 시간은 갑자기 달려간다. 그들은 그 시간을 뒤쫓고, 찾지 못하면 몇 분 안에 동사하게 될 클로츠를 뒤쫓는다. 이 망할 파스아이어탈 놈! 이 추위에 여름옷으로 나가다니! 그들은 네 그룹으로 나뉘어 사방으로 서두른다. 공기가 칼날처럼 그들의 목 안으로 들어온다. 서 있지 마라! 더 빨리! 클로⋯⋯츠! 이미 동상에 걸렸을 거야, 개자식. 얼어 죽으려 작정했어. 그는 죽었을 거야. 오래전에 죽었을 거야.

그러나 그들은 죽지 않은 그를 발견한다. 다섯 시간 후에 마침내 그를 발견한다. 알렉산더 클로츠는 천천히, 엄숙하게, 모자도 쓰지 않은 채, 꽁꽁 언 얼굴로 남쪽으로 가고 있다.

그들은 그를 잡는다. 설득한다. 소리를 지른다. 그렇지만 그는 아무 말도 하지 않는다. 그들은 다시 그를 배로 데려간다. 끌고 간다. 그는 순순히 따른다. 대원 선실에서 도망자의 몸을 녹이고 옷을 벗기고 얼어붙은 손발을 염산을 섞은 물에 담그고 유리막대기처럼 단단해진 눈덩이로 문지르고 소주를 마시게 하고 어쩔 줄 몰라 하면서 욕을 한다. 클로츠는 자신을 내맡기고 말이 없다. 그리고 그들은 그를 그의 선실에 눕히고 이불을 덮어주고 보초를 선다. 그곳에 그는 누워 있다. 가만히. 자신의 생사에 관여하지 않고 모든 시선에도 아무 말이 없다.

그냥 누워서 가만히 있다. 지금 그들은 미치광이 하나를 배 안에 데리고 있는 것이다.

알렉산더 클로츠가 돌처럼 굳은 상태로 몇 주가 흘러간다. 때로 겨울 얼음의 압력이 그들을 괴롭히고, 괴혈병 환자들이 열에 들떠 눈물을 흘리고, 눈보라가 시간의 종말을 상기시킬 때, 그들은 내면에 침잠해서 아무것도 모르는 듯 보이는 사냥꾼을 부러워한다. 이번 겨울은 작년 겨울보다 그다지 화가 나지도, 끔찍하지도 않다. 여기, 육지 근처에서 그들 땅의 보호를 받는 지금, 얼음의 압력이 그다지 강력하지도, 허공이 별로 크지도 않다. 내년 봄에 다시 이 땅을 조사하고 마침내 집으로 돌아가리라는 희망이 있는 것이다. 그래야 한다면, 빙하 위를 걸어서 집으로 갈 것이다. 지금 비록 열아홉 명이 괴혈병 증세를 보이지만, 그들은 집으로 돌아갈 것이다. 기관사 크리슈가 장교들의 식탁에서 탐험대 주치의 케페스가 한 말에 대해 아무것도 모르는 것이 다행이다. 비록 기관사가 아직은 힘이 있고 때때로 근무를 하지만 더 이상 희망이 없다. 그의 폐는 가망이 없을 정도로 침식되었다고 한다. 크리슈는 배에 있는 그 누구보다 더 죽음 가까이에 있다.

잠시 침묵이 흐른 후 누군가 식탁에서 질문을 던진다. 만약 크리슈가 쇠약해지고 더 이상 갈 수 없다면, 테게트호프 제독호를 포기하고 유럽으로 귀환해야 한다면? 빙하 위를 걸어서! 그러면 크리슈는 어떻게 한단 말인가? "그러면," 바이프레히트가 말한다. "우리가 그를 데리고 간다."

크리슈는 애쓴다. 크리슈는 투쟁한다. 크리슈는 봄까지 건강해질 것이고 다시 모든 짐을 짊어질 수 있을 것이다. 파이어는 봄 썰매 여행에 그를 데리고 가겠다고 약속해야 한다. 크리슈는 만년설을 지나 아직 아무도 들어서지 않은 광활한 지역을 횡단할 것이다. 파이어는 그에게 약속한다. 훗날 조국과 학문에 봉사한 발견자는 이렇게 기록을 남긴다. 크리슈는 조심스럽게 매일 바람의 세기, 바람의 방향과 기온을 기록한다. 여전히. 그러나 12월에 죽음이 그의 손을 잡아끌기 시작한다. 그의 일기는 죽음과 벌이는 투쟁의 기록이 되어간다.

12월 15일 바람 없음. 기온은 열씨 영하 28.6도에서 열씨 영하 31.2도 (섭씨 영하 39도), 날씨 맑고 좋음, 수은도 꽁꽁 얼고 대원들은 눈으로 만든 궁전의 남쪽 하늘에 수많은 북극광을 만든다. 아직 통증이 심하고 불면도 시작된다. 그래서 매일 두세 시간마다 잠에서 깬다. 나는 하루하루 약해진다.

12월 21일 남남서에서 바람…… 11시에 성경을 읽음. 대원들의 선실을 꼼꼼히 조사함. 자기장 관찰실에서 작업. 기온이 올라감. 그러나 나의 병세는 악화됨. 오른쪽 가슴 부분에 끔찍한 통증. 12월 23일 서남서에서 바람…… 하늘은 가벼운 눈발로 뒤덮고 대원들은 눈으로 만든 궁전을 장식함. 자기장 관찰…… 고열까지 있어서 고통스러움. 식욕이 없어지고 수프 외에는 아무것도 먹을 수 없다. 힘이 없고 다리가 거의 움직이지 않는다.

오토 크리슈

12월 24일 그들은 눈으로 만든 궁전 안 크리스마스트리 주위에 서 있다. 나뭇가지를 꽂아서 기름램프로 장식한다. 그리고 이번에는 해군 소위 후보생 에두아르트 오렐이 성경 구절을 읽는다. 바이프레히트는 열이 있어서 말을 하기 힘들기 때문이다. 그러나 지휘관은 제1장교에게 의지한 채 그들 가운데에 서서 성탄 소식을 듣는다.

그런데 주님의 영광의 빛이 그들에게 두루 비치면서 주님의 천사가 나타났다. 목자들이 겁에 질려 떠는 것을 보고 천사는 말했다. "두려워하지 마라. 나는 너희에게 기쁜 소식을 전하러 왔다. 모든 백성들에게 큰 기쁨이 될 소식이다. 오늘 밤 너희의 구세주께서 다윗의 고을에 나셨다. 그분은 바로 주님이신 그리스도이시다. 너희는 한 갓난아이가 포대기에 싸여 구유에 누워 있는 것을 보게 될 터인데 그것이 바로 그분을 알아보는 표이다." 이때 갑자기 수많은 하늘의 군대가 나타나 그 천사와 함께 하느님을 찬양하였다. "하늘 높은 곳에서는 하느님께 영광, 땅에서는 그가 사랑하시는 사람들에게 평화!"

다음 날 크리스마스에 바이프레히트가 다시 성경을 손에 들고 성경 구절을 읽어주어 안심이 된다. 아침에만 해도 선실에서 선원 레티스가 소문을 퍼뜨렸다. 지휘관이 기침을 하고 나서 입에서 피를 닦는 것을 보았노라고. 그것은 사실이 아니야. 사람들은 레티스에게 입을 다물라고 말한다. 넌 거짓말을 하는 거야.

그러나 지휘관이 평소보다 더 천천히 읽고, 중간에 쉬고, 숨소리가 거친 것은 사실이다.

12월 26일 북동에서 바람. 그리고 잠잠해짐…… 맑고 화창한 날씨. 동쪽에서 활 모양으로 오로라가 나타남. 멀리서 얼음이 밀려오는 소리가 사방에서 들린다…… 치명적인 합병증이 생겼다. 주치의 케페스의 진단에 따르면 괴혈병 증세가 나타나고, 잇몸은 붓고 피가 나고 손과 발에 붉은 반점이 보이고 무릎과 관절에 통증이 나타난다. 그리고 지속적으로 열이 있다.

12월 27일 바람 없음. 날씨 맑음…… 아름다운 일출. 나의 병세는 변하지 않았다. 하체에 극심한 고통. 자기장 관찰실에서 관찰을 계속함.

12월 28일 바람 없음…… 오전 10시에 달이 뜸. 11시에 성경을 읽어줌.

그리고 선실 소독. 자정에 남동쪽 멀리서 지속적으로 얼음이 부딪치는 소리가 들림. 나의 병세는 그대로임.

12월 29일 남쪽에서 바람 그리고 잠잠해짐…… 구름 약간, 달 주위의 크고 희미한 원, 먼지 모양의 눈이 내림…… 발에 극심한 통증.

12월 30일 동남동에서 바람 그리고 잠잠해짐…… 물안개가 있고 때때로 가벼운 눈발이 날림, 비스듬하게 밝은 달무리와 희미한 반원이 천정에 생겨남…… 나의 병세는 그대로임.

12월 31일 동 3~4와 동북동 2~3에서 바람…… 습기 찬 가는 눈발. 달무리 진 달 주위에 회색 안개 고리와 십자가가 있다. 송년 파티를 하고 1874년을 맞을 것이다. 나는 저녁 10시까지 식탁에 있다가 쉬러 갔다.

1874년 1월 1일 남 6~7과 남남동 5에서 바람…… 눈발로 뒤덮이고 눈바람이 그치지 않는다. 점심 식사 중에 다정한 격려가 오갔다. 모두 잠들어 있고 머리가 조금 가벼워졌다. 어제 열이 있어 와인을 마시지 않았기 때문이다. 어제는 청어와 정어리가 나왔다. 기온이 매 시간 오른다.

1월 2일 남남서 5~6에서 바람…… 눈발에 뒤덮이고 눈바람이 분다…… 달은 안개 장막을 통해 희미하게 빛나고 나의 상태는 그대로임. 무릎에 극심한 통증과 함께 매일 열이 남.

1월 3일 남동 2~3과 남남동 5~6에서 바람…… 예외적으로 안개가 날아가고 수분이 많은 고운 눈이 뒤섞임…… 배가 눈바람에 의해 깨끗해짐…… 오늘은 바다에서 지낸 지 540일 되는 날, 매일 매일이 얼음이다.

극심한 고통으로 오늘은 침대에서 보내야 함.

1월 9일 북북서와 북에서 바람…… 최저 열씨 영하 31.1도(섭씨 영하 38.9도) 날씨는 꽤 맑고 여러 개의 희미한 오로라가 보임…… 밤새 열이 있어서 눈을 감을 수가 없다.

1월 11일 북북서와 북에서 바람…… 최저 열씨 영하 35.1도(섭씨 영하 43.9도) 맑은 하늘에 3시경에 달의 마지막 4분의 1이 뜸. 제3분면과 제4분면에 희미한 푸른색의 오로라가 있고 남쪽 수평선에서 희미한 여명…… 나의 상태는 조금 호전되었고 미열이 있음.

1월 12일 서북서에서 바람…… 최저 열씨 영하 35.6도(섭씨 영하 44.5도) 맑은 날씨와 혹독한 추위, 오로라가 천정에 있음…… 발에 극심한 통증과 알 수 없는 무력감.   오토 크리슈

1874년 1월 15일, 죽기 두 달 전에 기관사는 일기에 몇 줄을 써 넣는다. 기온과 바람의 세기에 대해, 그러나 자신의 상태와 느낌에 대해서는 한 줄도 없다. 그리고 더 이상 구름이나 오로라에 대한 내용도 없다. 그것이 그가 써 넣은 마지막 내용이다. 단 한 번, 2월에, 병세가 몇 시간 동안 잦아들었을 때, 크리슈는 그동안 잃어버린 며칠을 뒤늦게 기록하려 하고 일기에 누더기가 된 종이를 끼워 넣으려 한다. 그것은 바이프레히트가 배에서 내릴 경우를 대비해 전한 명령의 일부이다. 이 명령에 따르면 오토 크리슈는 테게트호프호를 포기한 후에 브로슈, 차니노비치, 스티글리치, 수지치, 포스피실, 루키노비치, 마롤라와 함께 세번째 구조 보트 팀을 구성하라고 되어 있었다. 오토 크리슈는 세번째 구조 보트를 타고 집으로 귀환한다. 그러나 구겨진 쪽지의 몇 페이지는 비어 있고, 시간은 빈 페이지를 따르고 있다.

기관사가 죽음과의 투쟁에서 쇠약해지고 점점 더 의식을 잃고 환각에 빠져드는 동안, 아무도 가능하리라 믿지 않았던 일이 일어난다. 사냥꾼 클로츠가 돌처럼 굳어 있던 상태에서 돌아온 것이다. 천천히 그

리고 조금씩이 아니라, 잠에서 깨어 꿈을 털어버리고 일어나 여느 아침과 마찬가지로, 할 일을 하는 사람처럼, 갑자기 그리고 자연스럽게. 알렉산더 클로츠는 2월 첫날에 자신의 침대에서 일어난다. 수평선 위의 활 모양의 여명은 이미 밝고 거대하다. 동료들이 놀라 할 말을 잃은 가운데, 클로츠는 옷을 입고, 총을 집어 들고 지휘관 앞에서 부동자세를 취하고 갑판 보초를 서겠다고 보고한다. 오랫동안 말없이 동상처럼 선실에 누워 있던 클로츠가 다시 자신의 임무를 수행하려 한다. 그는 겨울을 장크트 레온하르트에서 보낸 것이다. 지금 그는 파스아이어탈에서 돌아왔다.

알렉산더 클로츠는 예전과 다름없다. 그러나 전처럼 명랑하지는 않다. 최근 며칠 동안 빙하 전문가 칼센이 웃는 것을 볼 수 있다. 그가 감격하는 것도. "저 사람 클로츠 좀 봐. 좀 보라고! 성 올라프처럼 서 있어. 마치 성 올라프 같아!" 노르웨이의 수호성인인 올라프도 오랜 시간 침묵하면서 생각에 빠져 있다가 세상으로 다시 돌아와서, 적 한 가운데서 유혈 법정을 열고 그들을 회개시키는 일을 계속했다고 한다. 그리고 칼센은 클로츠가 지금 왜 다시 온전한 인간으로서 그들 가운데 있는지 안다고 믿는다. 기관사 크리슈의 영혼은 지난 며칠 동안 영원으로의 길을 찾아내기 위해 점점 더 자주 유한한 육신을 떠났다. 그러나 그의 영혼은 이를 알아내려는 과정에서 파스아이어탈 사람의 영혼과 마주쳤음에 틀림없으며 다시 돌아가라고 설득했을 것이다. 그리하여 이렇게 사냥꾼은 경직 상태에서 풀려난 것이다.

2월 24일, 암흑의 125일이 지나고 다시 태양이 솟아오른다. 파티에 대해서는 말하지 않겠다. 중요한 것은 바이프레히트가 이 구름 없는 화요일에 대원들에게 탐험대의 미래에 대한 판단을 알렸다는 것이다. 지휘관은 선상의 모든 대원들에게 명령을 내리고 오렐은 장교들이 서명한 문서를 읽어준다.

오스트리아-헝가리 북극 탐험대의 대원들은 3월 말까지는 배를 떠나 유럽으로 돌아갈 계획이다. 그러나 이 시점에 황제 프란츠요제프 제도의 조사를 위해 한 차례 또는 두세 차례의 썰매 탐험이 선행되어야 하므로, 이 계획과 기대되는 결과를 구체화시킬 필요가 있다. 남아 있는 사람이나 여행을 떠나는 사람을 위해서 감행할 시도가 안정적이면서 실현 가능하도록, 즉 썰매 탐험대가 조난을 대비한 장비를 남기는 것이 중요하다. 이것은 직접 지참하는 수단을 보완할 것이다. 그리고 이런 물건들은 첫날에 제도로 옮겨야 한다. 여행은 3월에 출발해서 6~7주 정도 걸릴 것이다. 3월 10일에서 20일 사이에 출발해 방향은 가능한 분산되어야 한다. 육지의 해안을 따라 북쪽으로 가는 계획, 서쪽으로 내륙을 향해 가는 계획. 각 계획은 주봉(主峯)에 오르는 것으로 완결된다.

이 여행의 순서와 시간은 정할 수 없다. 출발 순간까지 지역과 장소에 대한 결정은 비밀에 부쳐진다. 이것은 쓸데없는 염려나 잘못된 수색을 막기 위함이다. 만약 썰매 탐험대가 최종적인 귀환 때 더 이상 배에 도달할 수 없을 경우, 남은 사람들은 독자적으로 유럽으로 돌아갈 것이고 부득이한 상황에서는 세번째 겨울나기를 시도할 것이다. 제도로 옮길 예정인 수많은 물건들이 어느 정도 수단이 되어줄 것이다. 이 여행이 유럽의 고향으로 돌아가기 전에 대원들에게 허락된 휴식기간을 넘어서지 않으리라는 것과 5월 초에 완료되리라는 것은 두말할 나위가 없다.

유럽으로의 귀향. 눈앞에 닥친 귀향이 마치 빈에서 부다페스트로 향하는 여행인 듯이 말한다. 그리고 귀향이 마치 확정적이고 빙하로 뒤덮인 지역을 여러 달 동안 행군해야 하는 고문에 좌우되는 것이 아닌 듯이 말한다. 그들과 사람이 사는 지역 사이에는 수천 킬로미터의 유빙과 빙하 덩어리들이 놓여 있다. 그러나 그들은 그들의 선구자 중 대부분이 귀환길에 목숨을 잃었다는 것을 모른다는 듯이 말한다. 얼어서, 굶어서 지치고, 괴혈병으로. 그러나 그들은 아마 그렇게 이야기해야만 할 것이다. 그리고 그들의 주의력과 조심성은 덜 위험한 다른 일을 준비하는 데 가 있다. 극야 기간 내내 그들에게 무척 친근했던 그들의 땅을 측량하고 걸어보는 것 말이다. 비록 괴혈병이 그들을 괴롭히더라도, 지금 파이어는 중위의 썰매 탐험에 동행하도록 필요한 수보다 더 많은 대원들을 준비시킨다. 대원들은 장교 식당에서 큰 소리로 선서하고 자신들의 끈기와 힘을 설명하고 질병에 대해서는 축소해서 말한다. 어제 열로 누워 있던 사람이 오늘은 깨진 얼음들을 통과해서 50킬로그램 무게의 썰매를 밀고자 한다. 아니, 단지 명예 때문만은 아니다. 이틀간 극야를 겪고 나면 명예 따위가 무슨 의미가 있겠는가? 배에서의 단조로운 생활은 날이 갈수록 견디기가 힘들다. 그리고 추가 수당도 약속받았다.

3월 초 파이어는 대원으로 루키노비치, 카타리니치, 레티스, 화부 포스피실과 두 명의 파스아이어탈 사람 할러와 클로츠를 정한다. 그렇다. 클로츠도 함께 갈 것이다. 산과 만년설 위에서 클로츠만큼 경험이 많은 동반자는 없다. 이 일곱 명은 힘센 세 마리의 개 토로시, 숨부, 길리스와 함께 커다란 썰매를 타고 이동할 것이고 만년설, 곳, 산맥의 지세를 측량하고 이름을 지어줄 것이다.

3월 9일, 그들은 준비가 되었다. 아침에 그들은 출발할 것이다.

"기관사는 죽을 거야." 할러가 말한다. "죽을 사람을 데리고 여행을 떠나도 되는 건가?" 그러나 육지의 지휘관은 이미 썰매에 깃발을 달았다. 그는 더 이상 멈출 수 없다.

3월 9일 크리슈는 자신의 외로운 침상에서 꼼짝 않고 사경을 헤매고 있었다. 루키노비치가 그를 지켰고 크리슈가 죽음을 맞을 때, 의식을 잃었지만 목숨이 붙어 있는 사람에게 가능하면 영원의 문을 열어주기 위해 한 시간 동안 남쪽 고향의 광적인 방식으로 큰 소리로 외치기 시작했다. "예수, 요셉, 마리아, 저의 마음과 영혼을 당신에게 바칩니다!" 우리는 선실에서 일을 하고 있었지만, 경건한 의도에 비해 효과가 무시무시한 그 행동을 중단시키지는 못했다……

3월 10일 아침에 우리는 배를 떠났다…… 그렇게 여러 해 동안 기다린 끝에 찾아온 이 '마침내'에 감격해서 나는 전날 밤 잠을 이루지 못했다. 떠나는 사람이나 남아 있는 사람이나 동요했고, 차가운 눈 덮인 땅이 아니라 페루나 오피르*를 정복하는 듯했다. 형용할 수 없는 기쁨으로 우리는 썰매를 끄는 기계적인 작업을 시작했다.   율리우스 파이어

3월 11일, 화요일. 흐린 날씨와 바람. 기온은 얼씨 영하 19도. 썰매 여행은 슬프다.   요한 할러

썰매 무게는 350킬로그램이다. 그들이 하는 일은 썰매를 끄는 것이 아니라, 짐에 매달려 잡아당기고 억지로 끌고 가는 것이다. 이것은 유럽으로 귀환하는 길목에서 그들을 기다리는 고통에 적응해나가는 지

---

* 구약에 나오는 황금의 땅.

난한 훈련이다. 점점 더 많은 짐을 버려야 한다. 취사도구, 천막, 향유병, 비상식량을 하나씩 없애고 최대한 가벼운 썰매로 빙하 등성이, 허먹*으로 가기 위해서이다. 때로 그들은 날카로운 괭이와 삽으로 길을 닦아야 한다. 얼음은 돌 같다. 다 함께 빙하 절벽이나 바위 뒤에서 얼쩡거리며 정오의 휴식을 취하고 나서 한 사람이 눈 속에 파묻혀 그냥 누워 있으려고 하면, 파이어는 혼자 남겨두겠다고 위협한다. 그러면 두려움은 피곤함보다 점점 더 커진다. 이 썰매 탐험은 6일 동안만이고, 그들은 이 기간 동안 지나갈 수 있는 모든 길을 가고, 오를 수 있는 모든 산을 오르고 발견자나 측량자가 할 수 있는 모든 것을 해야 한다. 죽지 않고 말이다. 밤에 그들은 빙하에 굴을 파고 그 안에 천막을 친다. 눈보라가 그들의 잠자리를 뒤덮는다. 그들은 서로 다닥다닥 붙어서 물소 가죽으로 만든 공동 침낭 안에 누워 욕설을 하고 불평을 늘어놓는다. 파이어가 큰 소리로 나무랄 때까지. 아침에 일어나면, 그들은 깨질 듯한 느낌을 받는다. 물소 가죽은 널빤지처럼 단단하고 천막 안은 그들의 호흡이 얼어붙고 응축되어 희뿌연 동굴이 된다.

눈바람에 펄럭이는 천막을 해체하는 동안 눈이 내리면서 모든 물건이 눈의 파도에 파묻혀버렸다. 북극 여행에서 이러한 눈바람을 견뎌내고 낮은 기온에서 행군을 계속하는 것보다 끈기를 시험하기에 더 좋은 테스트는 없다. 나의 동행들은 이런 끔찍스럽게 거친 날씨에 전혀 적응하지 못했고 곧 손가락이 얼어버렸다. 경솔하게도 천막을 나와서 바람막이와 코끈 단추를 채우고 외투를 잠그려 했기 때문이다. 돛을 잘라 만든 장화는 돌처럼 단단해졌

---

* 빙하 언덕.

다. 모두들 동상에 걸리지 않으려고 발을 구른다…… 눈을 뒤집어쓰고 잔뜩 웅크린 채 남자들과 개들은 이동한다. 개들은 머리를 박고 꼬리를 내리고 눈발에 몸이 굳어지면서 눈만 내놓고 있다…… 바람을 맞으면서 갈 때, 선봉에 선 사람이 가장 심한 타격을 입는다. 그들은 거의 모두 코가 얼어붙었다……

이렇게 낮은 기온에 내몰린 무리의 모습은 기묘하다. 행군을 하면서 짐을 끌 때, 입에서는 입김이 연기처럼 쏟아져 나오고 섬세한 얼음바늘이 안개 장막이 되어 주변을 둘러싸고 앞이 거의 보이지 않을 정도로 그들을 덮는다. 그들이 밟고 지나가는 눈은 바다에서 흡수한 온기를 발산한다. 공기를 채우고 맑은 날씨를 회갈색 여명으로 흡수하는 수많은 얼음 결정체들이 쉴 새 없이 속삭거린다. 결정체는 섬세한 눈먼지가 되거나 서리 안개가 되어 떠다니며 뼛속까지 스며드는 습한 느낌의 원인이 된다. 이 느낌은 혹독한 추위에 더 심해지고 얼음이 없는 바다에서 나오는 수증기에 의해 점점 더 증가한다……

바람이 불지 않는데도 눈꺼풀이 얼어붙고 닫히지 않아 우리는 자주 얼음을 닦아내야 한다. 수염만 보통 때보다 덜 얼음에 뒤덮이는데, 이것은 몰아쉬는 숨이 곧 눈이 되어 떨어지기 때문이다…… 움직이지 않고 멈춰 있을 때 금방 구둣발이 얼면서 느껴지는 추위가 가장 심한데, 아마도 말초신경이 많아서 그럴 것이다. 불안한 피곤, 노곤함, 졸음이 그 결과물이다. 이것은 휴식과 동상의 익숙한 연관성을 설명해준다. 실제로 아주 낮은 기온에서 육체적으로 엄청난 일을 해야 하는 여행자의 첫번째 조건은 가능한 한 가만히 서 있지 말라는 것이다. 점심 휴식을 하면서 얼어버린 발바닥은 오후 행군 때 정신적인 힘이 극도로 소진되는 주된 이유가 된다. 엄청난 추위는 육체적인 분비물을 변화시키는데, 피를 진하게 하고 이산화탄소의 배출이 증가하면서 영양소의 요구량이 늘어난다. 땀의 배출은 완전히 멈춘다. 반대로 눈과 코의 상피세포는 지속적으로 증가하고 소변은 거의 붉은색을 띠고 방광의 압력은 증가한다. 처음에는 변비가 생기는데 5일이나 8일 동안 지속되다가 설사로 넘어간다. 이 영향으로 수염 색깔이 희미해지는 것은 흥미로운 현상이다.

율리우스 파이어

이 시기에 썰매로 탐사를 하는 대원들에게 중위는 무서운 존재가 된다. 중위도 다른 사람들과 마찬가지로 긴장과 영하 50도의 추위에 동상으로 얼었던 사지가 다시 녹으면서 고통을 받는다. 그러나 그는 감격에 차서 땅을 측량하고 지치지 않고 이름을 지어주는 일을 계속한다. 여기는 테게트호프 곶, 저기는 노르덴셸드 피오르, 티롤 피오르, 저기는 할 섬과 매클린톡 섬, 멀리는 빌러스토르프 산과 손클라 만년설…… 파이어는 다른 사람들이 쉴 때, 사냥꾼들에게 자신과 함께 바위 벽을 오르라고 몰아붙였고, 대원들이 무덤덤하게 천막에 누워 있으면, 푸른색으로 얼어붙은 손가락으로 그림을 그리고 글을 쓰고, 자신의 터진 피부와 서리에 망가진 기계와 같은 몸의 손상된 부위를 점검한다. 감격 외에는 아무것도 느끼지 못하는 실험용 인간. 육지의 지휘관은 대원들을 몰아붙인다. 격분해서, 광적으로, 점점 더 몰아붙인다. 그럼에도 그들은 며칠이 지나도록 최남단의 섬들과 해안을 넘어서지 못한다. 육지들은 미쳐 날뛰면서 그들에게 저항한다. 이러한 폭풍우에는 그 어떤 분노와 열정도 소용이 없다.

탑 모양의 현무암, 깨어진 얼음, 회색의 죽은 산, 골짜기, 산등성이, 산비탈, 낭떠러지가 있고 이끼와 갈대는 없다. 단지 돌과 얼음이 있을 뿐이다. 그리고 이 사나움! 이 폭풍우! 하느님 아버지! 이것이 낙원이라면 지옥은 대체 어떻단 말인가요.

프란츠요제프 제도는 최북단의 자연을 그대로 보여준다. 특히 봄이 시작될 때 모든 생명은 벌거벗은 듯이 보인다. 도처에 무시무시한 만년설이 높은 산맥의 황량함을 덮고 있다. 산맥의 무리는 비탈진 원추산의 경사면에 대담하게 솟아 있다. 모든 것은 눈부신 흰색으로 덮여 있다. 대칭으로 층을 이룬 산 기둥들의 행렬은 마치 설탕물을 입힌 듯 굳어 있다……

서로 경쟁하지 않고 거의 똑같은 높이로 각각의 산들이 솟아 있다. 평균 600~900미터, 남서쪽에서는 대략 1.5킬로미터까지…… 멀리까지 도처에 결정체 바위들이 널려 있다. 이것을 스웨덴 사람들은 휘페르스테니트라고 부르는데, 그린란드의 현무암과 똑같은 것이다. 프란츠요제프 제도의 현무암은 중간 크기의 어두운 녹색으로 사장석, 휘석, 감람석, 티탄철과 염화철로 구성되어 있다. 사장석이 주로 덩어리를 형성하고 그 양은 휘석보다 조금 더 많다. 사장석의 결정체는 대부분 1밀리미터이고 때로는 3밀리미터다. 가늘거나 때로는 굵은 층으로 되어 있고, 적은 양의 이물질은 별로 눈에 띄지 않는다. 휘석은 녹색과 회색을 띠고 크리스털 테두리가 없으며, 1밀리미터 길이와 너비의 알맹이를 형성한다. 기타 광물로 구성된 이물질들이 많으며 가로로 난 작은 증기 구멍이 있다. 감람석은 휘석보다 작은 알맹이를 형성한다. 그리고 크리스털 테두리는 알아보기 힘들다. 이 알맹이들의 가장자리는 황갈색의 밀도 높은 광물(염화철)로 둘러싸여 있다. 때로 이것들은 곡선의 균열이 있고 갈색 광물로 채워져 있다. 감람석에는 이물질은 별로 없다. 티탄철은 긴 잎 모양으로 나타나거나 다른 광물 사이의 공간을 채운다.

이 현무암은 모든 조각들이 스피츠베르겐 현무암과 거의 대부분 유사하다…… 이를 통해 새로 발견된 땅과 스피츠베르겐의 지질학적인 유사점을 증명할 수 있다…… 그러니까 식물의 색깔로는 그곳의 자연을 꾸밀 수 없다. 자연은 여름에 중단되지 않는 빛을 통해 그리고 그 변함없음으로 감명을 줄 뿐이다. 자연에 베푼 과도함 때문에 사람이 살 수 없을 정도로 짓눌린 땅들이 있는 것처럼, 여기에는 정반대의 극단이 우리 앞에 있다. 완전히 버려진, 사람이 살 수 없는 궁핍함.   율리우스 파이어

  썰매 탐험 넷째 날, 그날은 1874년 3월 13일 금요일로, 기온은 섭씨 영하 45도로 떨어진다. 다음 날은 영하 51도이다. 파이어가 위로주로 배급한 럼주는 고래기름처럼 뻑뻑하고 너무 차서 마시면 이가 빠질 것 같다. 화부 포스피실은 더 이상 행군할 수 없다. 두 손이 동상에 걸렸고 객혈을 한다. 레티스와 할러는 클로츠의 퉁퉁 부은 발에서 장화를 잘라낸다. 지금 그들은 구두 위에 물소 가죽을 둘둘 말아서 다리를 절룩거린다. 루키노비치는 행군하면서 오줌을 싸고 카타리니치는 설맹에 시달린다. 그의 동공은 눈물을 흘리는 상처난 구멍이다. 과로로 땀구멍에서 피가 흘러나오고 그 피는 피부에 검은 딱지로 얼어붙는다. 파이어의 얼굴은 터진 상처로 일그러져 있다. 그만하면 충분하다. 그들은 돌아가야 한다. 가장 심각한 것은 포스피실이다. 그는 통증으로 신음하고 겁에 질려 있다. 의사가 그의 동상 걸린 손을 잘라낼 것이다. 3월 15일 아침에 파이어는 화부에게 나침반을 주고 먼저 배로 돌아가라고 명령한다. 어쩌면 케페스는 난롯가에서 그의 손을 구할 수 있을지도 모른다.

  포스피실이 저녁에 테게트호프호에 도착했을 때, 그는 더 이상 말을 하지 못한다. 그의 입에서는 어눌한 소리와 피만 나올 뿐이다. 바이프레히트가 그에게 질문한다. 그를 흔들고 그에게 질문한다. 화부

는 말을 더듬을 뿐이다. 바이프레히트가 그의 팔을 잡는다. 그를 움켜 잡고 마치 그가 지침을 내려줄 듯이, 거의 정신이 나간 남자의 몸을 그가 온 방향으로 돌리면서 계속해서 소리 지른다. 어디? 어느새 그 팔은 서리 안개 속에서 북서쪽을 가리킨다. 바이프레히트는 달려간다. 총도 집지 않고, 털옷도 입지 않고 달려간다. 장교 브로슈와 오렐이 여덟 명의 선원과 함께 그를 뒤쫓아 달려간다. 오렐은 지휘관을 위해 털옷을 챙긴다. 그러나 그들은 그를 따라잡지 못한다. 멀리서 그들은 그가 자주 멈춰 서서 파이어를 부르는 것을 듣는다. 그러나 그들은 그를 따라잡을 수 없다. 거의 세 시간이 흐른다. 바이프레히트가 대답을 듣기까지. 카를! 여기! 빙하 속에서 1년을 지내면서 누가 지휘관의 이름을 부르는 것을 듣기는 처음이다. 이런 일은 다시 일어나지 않을 것이다.

배로 귀환하는 것은 아슬아슬한 어두운 순례이다. 카타리니치는 지팡이를 짚고 레티스는 썰매에 실려온다. 그러나 테게트호프호에는 아무런 위안거리가 없다. 그들이 장난으로 만들어놓은 빙하의 비탈길에서 널빤지를 탈 때, 포스피실의 고통스러운 절규와 사이사이 의사가 "들려?", "네 손은 그대로 둘 거야! 들려?"라고 외치는 소리가 들린다. 그러나 화부의 고통은 갑자기 무의미해지고 단지 기관사의 소리만 들린다. 아마 죽어가는 사람이나 그렇게 소리 지를 것이다. 밤이 새도록, 그리고 이튿날까지 오토 크리슈는 신음하고 소리 지르며 저물어가는 스물아홉 인생을 토해내고 있다.

늦은 오후에 죽음의 소음이 그치면서 밀어닥치는 정적감이란.

1874년 3월 16일, 월요일. 맑은 날씨와 바람. 기온은 열씨 영하 29도

(섭씨 영하 36.2도). 두번째 썰매 탐사 준비를 함. 오후 4시 반에 기관사 오토 크리슈가 죽다! 영원한 안식을 갖기를! 　　　　　요한 할러

847, 이것은 오스트리아-헝가리 북극 탐험대가 출발해서 빈으로 돌아오기까지 지나간 날짜다. 사냥꾼 요한 할러는 자신의 일기에 단 두 번 느낌표를 사용한다. 두 개의 느낌표가 다 기관사가 사망한 날에 사용한 것이다. 애도와 경악을 뜻하는 문장부호이다. 나는 그에 대해서는 아무런 판단도 하지 않는다. 나는 단지 분명하고도 세심하게 써 넣은 부호를 재생할 수 없는 화석화된 느낌으로 보존하고 전승할 뿐이다.

배 안은 입관식까지 시신을 보관할 수 없을 정도로 좁다. 크리슈는 갑판으로 올라가야 한다. 그러나 시신을 그대로 싸지 않은 채 둘 수는 없다. 기관사가 죽어가는 동안 괴혈병, 류머티즘, 열로 몸이 굽은 목수 안토니오 베체리나가 전나무 관을 짜기 시작한다. 톱으로 자르고 망치로 두드리며 괴로워한다. 다른 사람들은 망자 곁을 지킨다. 대원들, 장교들 그리고 누워 있던 병자들, 모두들 기관사의 침대를 둘러싸고 있다. 일그러진 얼굴 주위로 한 떼의 사람들이 몰려들고, 바이프레히트는 그 순간에 걸맞게 라틴어로 죽은 자를 위한 기도를 한다.

리베라 메 도미네, 데 모르테 아이테르나 인 디에 일라 트레멘다, 쿠안도 카일리 모벤디 순트 에트 테라, 둠 베네리스 유디카레 사이쿨룸 페르 이그넴(주여, 저를 하늘과 땅이 전율하는 끔찍한 그날 영원한 죽음 앞에서 구해주십시오. 그날 당신은 인간을 위해 불을 지나 판결을 하러 오십니다……) 레퀴엠 아이테르남 도나 에이, 도미네, 에트 룩스 페르페투아 루세아트 에이(주여, 그에게 영원한 안식을 주시고 영원한 빛을 그에게 비추소서). 그들은 그렇게 한 시간 이상 기도를 올린다. 이탈리아어와 독일어, 크로아

티아어로 전지자를 부른다. 그리고 클로츠와 할러는 기관사의 시신을 씻기고 옷을 입힌다. 크리슈는 당연히 새 땅의 해안에 격식에 따라 조심스럽게 안장될 것이다. 어떤 선원처럼 빙해에 버려지지 않을 것이다. 선원 안토니오 루키노비치는 망자에게 옷을 선물한다. 그것은 아름답게 수놓은 풀 먹인 면 셔츠로 고향인 브라차로 돌아가는 날 입으려고 솔기에 성물을 넣어서 기운 것이다. 트리에스테의 성물 장수의 말에 따르면 그것은 돌에 맞아 죽은 성 스테파누스에게서 뺀 송곳니로 불쌍한 영혼이 천국에 가도록 도와주는 힘이 있다고 한다. 상사 루지나는 설화석고로 만든 묵주를 준다. 장식에 일가견이 있는 로렌초 마롤라가 그것을 기관사의 푸른 손목에 둘러준다. 마롤라는 크리스마스트리와 새해, 사순절의 식탁도 꾸몄다. 그들은 장례식을 준비한다. 장엄한 의식을. 그것은 그냥 해치우는 것이 아니다. 알렉산더 클로츠는 밤늦게까지 나무판자에 조악한 글씨로 비문을 써 넣고 있다. 그는 그것을 크리슈의 묘지 십자가에 박으려고 한다.

사람은 제 아무리 영화를 누려도 잠깐 살다 죽고 마는 짐승과 같다.

"클로츠, 그런 걸 무덤에 쓰면 안 되는 거여." 할러가 동료의 느릿느릿한 작업을 중단시킨다.
"왜? 이 말은 성경에 있는디."
"성경에 있다 해도 읽는 건 괜찮지만 쓰면 안 되는 거여."
이틀 동안 치장된 기관사의 시신이 든 관은 상여 위에 올라 갑판에 놓인다. 고물 쪽 갑판에 펼친 보호 덮개에도 불구하고 망자의 형체 위로 기괴하고 깨질 듯한 결정체로 된 형상이 자라난다. 그 형태는 예측할 수 없도록 변하고 터지고 다시 생겨난다. 빙하 전문가 칼센은 시신이 안치되는 동안 여러 번 상여 앞에 서서 얼음으로 된 형상을 바라보면서 형상이 변하는 유희 가운데에서 기관사의 영혼이 가는 길에 맺힌 함정과 장애를 읽어내려 한다. 꽃처럼 피어나는 얼음 결정체, 칼센은 말한다. 그것은 연옥과 지연되는 축복의 증거들이다. 유리처럼 투명하고 반짝거리는 얼음은 구원의 신호이자 징표이다. 3월 19일 그들은 관을 덮고 있는 얼음을 깨고 오토 크리슈를 배에서 운반한다.

슬픈 행렬이 배를 떠나간다. 깃발과 십자가로 덮인 관이 행렬의 가운데, 썰매 위에 놓여 있다. 관은 가까운 빌첵 섬 해안가의 등성이로 운반될 것이다. 심한 눈발과 말없이 싸우면서 우리는 황량한 눈벌판을 지나 멀리 한 시간 반 거리의 빌첵 섬 등성이로 향했다. 그곳 현무암 기둥 사이의 협곡에 이승의 옷을 입히고 단순한 모양의 십자가를 세워두었다. 이곳은 영원한 안식처이자 애도의 장소로, 죽음과 모든 인간과의 이별을 상징하는 것들 한가운데에 있다. 이승의 경건함에는 가까이 갈 수 없지만, 범접할 수 없는 외로움으로 인해 석관 안에 있는 것보다 영예롭다. 우리는 무덤 주위에 무릎을 꿇고 힘들게 떼어낸 돌로 덮는다. 바람은 눈으로 그 위를 덮어준다. 우리는 큰소리로 죽은 자를 위한 기도를 한다…… 그리고 우리에게 고향으로 돌아가는 것이 허락될 것인가, 아니면 북극해가 아무도 찾아내지 못할, 우리의 마지막 안식처가 될 것인가 하는 질문을 떠올린다.   율리우스 파이어

종말이 이렇게 존재한다면, 슬픔이나 미래에 대한 걱정, 가슴 졸이며 세우는 계획 때문에 하루라도 허비해서는 안 된다. 매 시간은 지금

두번째 썰매 탐험 준비를 위한 것이고, 육지의 북쪽 가장자리를 향한 여행을 위한 것이다. 파이어는 그것을 원한다. 그리고 바이프레히트도 그에게 동조한다. 그들이 모두 죽음을 맞을지라도, 고향도 학술원도 자신들의 발견에 대해 알지 못하게 될지라도 최소한 자신을 위해서는 황제 프란츠요제프 제도의 규모와 천지학적인 의미의 확실성을 확보해야 한다. 파이어는 그것을 원한다. 바이프레히트도 그에게 동조한다.

이번에는 16첸트너*의 장비와 비상식량을 썰매에 묶는다. 그들은 한 달간 길을 떠나 있을 것이다. 티롤의 사냥꾼과 루키노비치는 두번째 동행이다. 수지치, 차니노비치와 해군 소위 후보생 오렐은 이번이 처음이다. 파이어는 대원들에게 북위 81도에 도달하면 은화 1000굴덴을, 북위 82도에 도달하면 2500굴덴을 주겠다고 약속한다. 육지의 지휘관에게 수많은 섬들은 고달픈 한 해에 대한 보상으로 충분하지 않은 듯하다. 파이어는 이제 새로운 위도 달성의 기록을 세우려고 한다. 대원들의 공동 선실에는 중위가 단순히 82도 선을 넘어서려는 것이 아니라, 북극을 정복하려 한다는 소문이 돌고 있다.

3월 26일 출발. 날씨 영하 17도에 북서로부터 눈바람…… 배에서 1000보 정도 떨어지자 눈바람이 더욱 거세져서 바로 옆 사람도 알아볼 수 없을 정도였다. 우리는 원 모양으로 멀리 에돌아갔다. 폭풍이 그치기 전에는 이 탐사를 성공적으로 진행할 수 없기에 배로 돌아가는 것이 가장 간단한 조처인 것이 분명했다. 그럼에도 우리는 배에서 준비해 온 천막을 얼음 더미 뒤에 세우고 그 안에서 24시간 동안 기다려보기로 했다…… 3월 27일 눈바람이 약

---

* 1첸트너는 50킬로그램.

해지자 우리는 적시에 행군을 계속했고, 계산에 따르면 어제의 실패를 배에 남은 사람들에게 비밀로 할 수 있다고 생각했다. 우리가 빌첵 섬의 북동 꼭대기에 도착해서 배가 우리 시야에서 사라졌을 때, 기온이 떨어지면서 눈바람이 다시 거세졌다. 수지치의 두 손이 얼어 우리는 그의 손을 한 시간 동안 눈에 문지를 수밖에 없었다. 다시 출발했을 때, 우리 모두 얼굴이 얼어붙을 위험에 처했다. 바람이 너무 세차게 불었기 때문이다. 무겁게 짐을 실은 썰매는 우리가 처음으로 땀에 흠뻑 젖을 정도로 끌기가 힘겨웠다.

율리우스 파이어

그렇게 측량사는 다시 한번 그곳으로 가기 위해 자신을 혹사시키고 첫번째 썰매 탐사의 고생을 되풀이한다. 새 섬의 해안가를 따라 짐을 끌고 얼어붙은 해협을 건너고, 산을 오르고 땅의 지도를 만든다. 작업은 간간이 곰들만 어슬렁거리고 눈바람이 불어오는 불모지에서 이루어진다. 북쪽 가장자리의 매초*를 얻기 위해 측량사는 애쓴다. 그들은 측량을 하고 이름을 지어주고 그리고 고통 받는다. 파이어만 이런 새로운 고문을 감격스럽게 견뎌내는 듯이 보인다.

새 땅을 발견하는 것보다 더 흥미진진한 일은 없을 것이다. 눈에 보이는 것은 형태에 대한 조합 능력을 자극하고 상상력이 쉴 새 없이 작동하여 보이지 않는 것의 공백을 메운다. 한 걸음이 착오를 깨뜨리고, 곧 상상은 또 다른 착오를 만들어낸다…… 낮에 눈 덮인 오지를 헤매고 다녀야 하는데, 그 거리가 금방 변하지도 또, 다가오는 것을 가늠할 여유를 주지도 않을 정도라면, 이런 매력은 반감될 것이다.

율리우스 파이어

---

* 각도의 단위. 3600분의 1도.

그러나 지휘관이 무엇을 가지고 놀건, 무엇을 체험하건, 부하들은 전혀 다른 체험을 한다. 파이어 혼자만 언제든 행렬을 연결하는 줄에서 벗어날 자유가 있고, 저 멀리 안개 속에 묻혀 있는 곳을 다음 만남의 장소로 정하고 짐 없이 혼자 육지를 가로지를 수 있다. 짐을 끄는 고역에서 풀려난 노예에게 이 땅이 얼마나 아름답고 스릴 있을지, 누가 알겠는가. 게다가 그 노예는 가볍고 따뜻한 깃털 옷을 입고 있다. 중위가 모피 옷 안에 깃털 옷을 입고 있는 것처럼 앞으로 몇 년 후 이 여행과 이 시련에 관해 다시 언급된다면 사람들은 '발견자 차니노비치' 또는 유명한 '썰매 여행자 자코모 수지치'가 아니라—이들은 복종할 의무가 있는 짐꾼들 정도로 알려져 있다—항상 파이어에 대해 얘기할 것이다. 아니면 파이어와 바이프레히트든가. 어떤 노예가 자신의 이름을 역사책 속에 보존하거나 세계 지도에 그 흔적을 남기려고 했던가? 자코모 수지치를 예로 들면, 공화국 출신의 자애로운 어머니가 자신을 볼로스카에서 낳았다는 이유만으로 평평한 산꼭대기를 '몬테 볼로스카'라고 부를 생각을 하지 않았을 것이다. 또는 차니노비치가 이름 없는 만을 레시나로 명명했을까? 자신의 연인이 레시나에서 기다리고 있어서? 파이어는 물론 주인이자 완성된 발견자로서 자신이 지은 이름을 역사에 남길 수 있다. 육지의 지휘관은 빈의 노이슈타트 군사학교에서 보병 소위로 교육을 받았으므로 오스트리아 해협에 거대한 조개처럼 자리 잡은 이 섬 전체를 비너노이슈타트라고 부른다. 파이어는 자신의 이름을 마치 부적처럼 군도 위에 흩어놓는다. 그러면서 빙하 가운데 영원히 남을 새로운 도시와 친구들을 기억 속에서 뒤지고 찾는다. 황제의 가문과 예술, 학문을 기리는 것도 잊지 않는다. 그릴파르처* 곶은 황량한 바위 탑이고 크렘스뮌스터 곶은 또 다른 탑의 이름이다. 아름다운 이름의 행렬은 매일 점점 더 길어진다. 클라겐푸르트 섬, 황태자 루돌프 섬, 에르츠헤어초크 라이너 섬, 피우메 곶, 트리에스테 곶, 부다페스트 곶, 티롤 곶, 기타 등등. 파이어의 동행들은 그러나 매일매일 쇠약해진다. 부하들은 미션을 수행하는 세례자의 힘을 따라갈 수 없다.

안토니오 루키노비치는 썰매를 끈 지 일주일이 지나자 이제 마지막이라는 생각에 파이어가 훈계할 때까지 큰 소리로 연신 기도를 한다. 만약 썰매를 끄는 동안 기도를 하려면, 조용히 속으로만 해서 힘을 아껴야 한다.

4월 3일은 성 금요일이다. 루키노비치는 눌러앉는다. 이날 예루살렘의 하늘이 어두워지고 주님이 십자가에서 희생되었다고 말한다. 이날은 모든 일을 쉬고 오로지 구원자의 고난에 대해서만 생각해야 한다. 썰매도, 강행군도 안 된다.

파이어는 말한다. 이제 우리는 하루도 허비해서는 안 된다.

그것은 죄예요, 루키노비치가 말한다, 그리고 불경이에요. 이날 행군을 해서 받는 수당은 유다의 몫이에요.

입 다물어, 파이어가 말한다.

4월 4일 부활절 전날 토요일

눈발이 촘촘하게 내리더니, 결국은 눈보라, 측량사는 오전에 천막

---

* 오스트리아의 극작가.

에 머무름. 이것이 신호다, 루키노비치는 말한다. 이제 우리는 하루를 쉬어야 한다. 그들은 기다리면서 한데 모여 웅크리고 있다. 언제인가 썰매개 숨부는 보이지 않는 사냥감을 쫓아 울부짖는 눈 속으로 뛰어들어가서 다시는 돌아오지 않는다. 이게 신호야, 루키노비치가 말한다. 하느님이 우리 곁에 계시다.

4월 5일 부활절 일요일

휘몰아치던 폭풍이 잠잠해진다. 마침내 그들은 계속 갈 수 있다. 아무도 지휘관에게 휴일에 쉬자고 요구하지 못한다. 더 이상 축제는 없다. 에두아르트 오렐은 파이어의 명령에 따라 위치를 잡기 위해 모든 기회를 다 활용해야 한다. 그리고 마침내 해군 소위 후보생의 계산이 뒤늦은 결과를 전한다. 그들은 북위 81도를 넘어섰다. 파이어는 썰매에 깃발을 달게 한다. 이날 두 마리의 곰을 해치운다. 이런 지형에서 썰매로 그것을 운반하는 것은 불가능하다. 그들은 배로 돌아오는 길에 쓸 고기로 비축해둔다.

요즘 곰 고기는 우리의 주된 식량이 되었다. 우리는 기호에 따라 그냥 먹거나 익혀서 먹는다. 덜 익히면, 특히 나이 든 곰일 경우에는 생고기보다 더 형편없어서, 갈매기의 훌륭한 먹이가 된다. 지옥의 단식일에 악마가 다이어트를 하기에도 적합하지 않다. 극지의 땅들은 고급스러운 입맛을 만족시킬 수 없다. 몇 개의 예외가 있긴 하지만, 인간의 먹을거리를 위해 극지의 땅이 생산해내는 것은 거칠고 생선기름투성이다. 그럼에도 환호를 받는 것은 궁핍함 때문이다. 왜냐하면 극지의 황량한 해안은 진정한 허기의 고향이기 때문이다.　　　　　　　　　　　　　　　　　　　　　율리우스 파이어

4월 6일 부활절 월요일

그날은 너무나 어둡고 안개가 껴서 측량사들은 그들 앞 저 멀리에 놓여 있는 은백색의 둥근 지붕에 대해 옥신각신하기 시작한다. 한 사람은 태양이 비춘 구름층이라고 하고 다른 사람은 곶이라고 한다. 그건 서리 안개야. 아냐, 눈보라가 몰려오는 것이거나 우리가 본 것 중에 제일 엄청난 얼음산일 거야. 그들은 거기로 간다. 그런데 그것은 섬이다. 또 하나의 섬.

우리는 빙하로 덮인 등성이를 향해 이동한다. 긴장된 기대감에 가득 차서 등성이로 들어선다. 형용할 수 없는 황량함이 북으로 뻗어 있다. 북극 지방에서 내가 만난 그 어떤 것보다도 바라보기가 애처롭다.   율리우스 파이어

4월 8일 수요일

우리는 힘겹게 썰매를 앞으로 끌고 나아간다. 여기저기에 우리는 작은 길을 파야 한다. 길을 무너뜨릴 위험에 처하기도 한다. 우리는 끈질기게 지그재그로 미로 속을 움직인다. 헷갈리는 얼음의 위치와 높은 위도에서 불안정해지는 나침반 탓이다.   율리우스 파이어

4월 10일 금요일

측량사들이 탈진해서 어느 절벽의 발치에 천막을 친다. 파이어는 이 섬을 호헨로헤 섬이라고 명명한다. 군도는 아직 끝나지 않았다. 그들이 쉬는 곳에서 내려다보니 북쪽 해협 저편에 거대한 만년설 조각이 솟아 있다. 이런 만년실을 지고 있다니 이 섬은 얼마나 거대한가. 우리는 저곳으로 가야 한다, 파이어가 말한다. 아마도 그들은 그렇게

계속 갈 수 있을 것이다. 영원히 계속, 그리고 매번 해안을 보게 될 것이다. 계속해서 섬을, 그리고 산맥을. 단지 수지치와 루키노비치는 더이상 갈 수 없다. 그러나 어떤 것도, 그 누구도 지금 귀환하도록 지휘관을 움직일 수 없다. 중위는 그 땅을 끝까지 측량하려고 한다. 그는 모든 것을 보려 하고 모든 것을 보아야 한다. 그리고 그는 북위 82도를 넘어 아마 83도도, 그다음 위도도 넘어설 것이다. 거기에 절뚝거리는 자, 열이 있는 자, 용기 없는 자는 필요치 않다.

중위는 썰매 탐사대의 극히 적은 인원만을 데리고 북쪽으로 가기로 결정했다. 지금까지의 강행군으로 이미 쇠약해진 나머지 사람들은 호헨로헤 섬의 슈뢰터 곶에서 기다려야 한다. 그리고 중위는 나를 이 그룹의 지휘관으로 정했다. 썰매와 천막을 둘로 나누고 비상식량도 나누었다. 나는 물건을 쌌고 중위는 떠났다. 나는 여기에서 그가 돌아올 때까지 기다려야 한다. 아마 일주일 정도 걸릴 것이다. 무서운 이별······   요한 할러

일주일의 기다림!

파이어의 무시무시한 두번째 명령을 요한 할러는 기록하지 않는다. 그것은 비상시를 위한 명령이다. 만약 중위, 클로츠, 오렐, 차니노비치가 15일 안에 북쪽에서 돌아오지 않는다면, 기다리던 사람들은 절대로 호헨로헤 섬에서 실종자를 찾아서는 안 되며, 즉시 독자적으로 테게트호프호로 돌아가는 행군을 시작해야 한다. 아마도 할러는 자신의 일지에 이 명령을 기록하고 싶지 않았을 것이다. 왜냐하면 파이어나 다른 사람들과 마찬가지로 그도 항해사 오렐 없이는 일행 중 그 누구도 이 빙하의 미로에서 빠져나와 배로 돌아갈 수 없음을 잘 알고 있

었으니까.

며칠 후 파이어는 적는다. 선원들이 바다 항해에 쓰는 나침반에 익숙한 것은 당연하다. 그러나 내가 가지고 있는 작은 자기 나침반은 방위각 위치를 자주 바꾸었다…… 내가 그들에게 배를 향해 어떤 방향을 잡았는지 물어보았을 때, 그들은 놀랍게도 오스트리아 해협 대신 롤린손 해협을 가리켰다. 이날은 길이 좋다. 네 시간을 쉬고 두 명의 불행한 선원과 그들의 보호자인 할러와 이별한 다음, 재빨리 호헨로헤 섬을 뒤로한다. 언제나 그렇듯이 북극해를 덮고 있는 얼음의 의심스러운 두께에 대한 두려움 속에서 개들은 가까이 있는 해안을 향해 전력을 다한다. 북쪽 만년설이 부서진 곳을 향해. 개들의 찢어진 발바닥에서 피가 흘러 빙하 위에 붉은 무늬를 남기고 다시 썰매의 활목에 의해 뭉개진다. 붉은색 얼룩, 썰매의 흔적이 남긴 어두운 색의 평행선. 4월 이날 북극 탐험자의 루트는 끝없이 펼쳐진 벽지 같다. 길이 좋다.

황태자 루돌프 섬의 남쪽 앞산에 가까워졌을 때, 우리는 30~60미터 높이의 얼음산 사이에 있었다. 그 산의 내부는 햇볕을 받아 끊임없이 부스럭거리고 우지끈거렸다. 거대한 벽과 함께 미덴도르프 만년설은 북쪽을 향해 옮아갔다. 무너지고 뒤집어지면서 생겨난 긴 눈 더미와 열린 바다가 그 사이 공간을 채우고 있었다. 계속 뚫고 나아가면서, 장화와 옷이 바닷물에 젖는 일이 더 잦아졌다. 그러나 거대한 만년설 기둥 사이의 좁은 길을 바라보는 것은 그다지 매력적이지 않아서, 우리는 어른거리는 형체의 높이에 주의를 빼앗기고, 피라미드, 블록, 절벽 사이에서 길을 잃고 한참을 헤맸다. 내가 클로츠를 먼저 보내 얼음산을 올라가서 미덴도르프 만년설을 오를 수 있는 부분에 발자국을 남기라고 했고, 그동안 우리는 탁 트인 지역으로 와서 서로를 줄로 연결한 채 얼음으로 짓눌린 가장자리의 균열을 넘어서서 미덴도르프 만년설의 등성을 넘어섰다…… 만년설은 평평하고 균열이 없는 듯이 보였지만, 그럼에도 경사는 몇 도나 되었다. 우리는 힘을 합쳐 썰매를 끌었고, 크게 힘들이지 않고 북쪽으로 넘어설 수 있었다.　　　　　　　　율리우스 파이어

　그러나 지금 더 이상 갈 수 없는 사람은 클로츠다. 파스아이어탈 사람은 이미 오래전부터 장화를 신지 않고 가죽으로 발을 둘둘 두르고 있었다. 그는 이 넝마를 벗고 중위에게 자신의 피나고 터진 발을 보여준다. 열 개의 발톱이 있던 자리에는 썩어가는 생살이 있을 뿐이다. 이런 발로는, 클로츠는 말한다, 이미 나의 몸무게만으로도 너무나 큰 고통이고, 다른 짐이나 썰매를 끄는 것도 이제는 견딜 수 없어요.

　파이어는 격분한다. 그런 상처가 있으면 호헨로헤 섬에서 출발하기 전에 왜 말하지 않았나? 그는 파스아이어탈 사람에게 호통을 친다. 그랬다면 할러와 임무를 교대할 시간이 있었을 텐데. 중위님의 기분을 상하게 하고 싶지 않았다고 클로츠가 말한다. 할러와는 모든 것에 대해 이야기가 된 상태라고. 그보다는 할러가 섬에 혼자 남겨지는 것을 덜 두려워했고 아픈 발로 두 명의 병든 이탈리아 선원과 함께 섬에 남아 있어봤자 아무런 희망도 없었다고.

　그들에게로 돌아가라, 파이어가 말한다.

　돌아가요? 클로츠가 묻는다. 돌아가? 혼자?

　하지만 파이어…… 오렐이 이의를 제기하려 한다.

　아무 말도 듣지 않겠다, 파이어가 말한다.

　그러잖아도 클로츠는 더 이상 아무런 말이 없다.

그는 배낭을 지고 권총을 들고 그곳을 떠났다. 곧 얼음산의 미로에 들어 갔고 우리의 시야 아래로 사라졌다.

우리는 다시 썰매를 챙기고 개들을 묶고 행렬을 이어주는 끈을 둘렀다. 우리가 움직이려는 바로 그 순간 썰매 아래의 빙하 덮개가 열리더니 소리도 없이 차니노비치와 개들과 썰매가 아래로 떨어졌다. 깊이를 알 수 없는 아래에서 사람과 개의 신음이 울렸다. 이것이 내가 짧은 순간 인지한 것이었고, 다음 순간 앞서 가던 나는 밧줄에 끌려갔다. 나는 버둥거리면서, 뒤의 어두운 심연을 보면서 한순간도 의심하지 않았다. 나도 마찬가지로 떨어질 것이라는 것을. 그러나 기적적으로 썰매가 10미터 깊이에서 만년설 틈에 걸렸다⋯⋯ 썰매가 걸렸을 때 나는 팽팽하게 당겨져 눈 속을 파고드는 밧줄에 꼼짝없이 눌린 채 틈새 가장자리에 배를 대고 엎드려 있었다⋯⋯ 내가 밧줄을 자르겠다고 아래로 소리를 지르자, 차니노비치는 그러지 말아달라고 간청했다. 그렇게 하면 썰매가 떨어져 그를 죽일 것이기 때문이었다. 나는 한동안 그렇게 엎드려 있었고, 어떻게 해야 할지 생각했다. 눈앞이 가물가물해졌다. 예전에 롬바르디아에서 나의 가이드 핑게라와 함께 250미터 이상 높이의 오르틀러 산맥 얼음벽에서 추락해 운 좋게 살아남았던 기억이 그런 상황에서도 구조를 시도할 자신감을 주었다. 나는 가슴 부분의 자일을 잘랐다. 아래에 있는 썰매는 잠시 떨어지더니 다시 멈추었다. 나는 일어나 장화를 벗고 열 보 정도 너비의 틈을 뛰어넘었다. 나는 차니노비치와 개들을 보았고 차니노비치에게 소리쳤다. 호헨로헤 섬으로 다시 가서 구조를 위해 사람들과 밧줄을 준비해 오겠다고. 가능한 이야기다. 네 시간 동안 동상으로부터 자신을 지킬 수 있으면. 나는 다음과 같은 그의 대답을 들었다.

"Fate, Signore, fate pure(운명이죠, 순전히 운이에요)! 그렇게 하세요,

그렇게요!"   율리우스 파이어

파이어는 그대로 달려간다. 오렐은 힘들게 그를 쫓아간다. 그리고 점점 더 뒤처지더니 달려가는 사람을 시야에서 잃어버린다. 파이어는 반쯤 지워진 오전의 썰매 흔적에서 눈을 떼지 않고 계속 달려간다. 오렐은 한참 전부터 보이지 않는다. 차니노비치는 심연 속에 있다. 그리고 클로츠는 아무 데도 없다.

지금은 모두가 혼자다.

오스트리아-헝가리 북극 탐험대의 선발대는 겁에 질린, 빙하 사이에 뿔뿔이 흩어진 무리다. 그 무리에게 이 땅의 두려움이 스며들었다. 마치 폭풍우가 날아간 지붕을 휘감아 마침내 갈기갈기 찢어버리듯이. 그리고 가장 심각한 난관이 육지의 지휘관을 덮쳤다.

차니노비치에 대한 개인적인 애착과는 별도로, 산에서 쌓은 풍부한 경험에 비추어 보더라도, 아무 생각 없이 만년설을 건넜다는 자책이 나를 사로잡았다. 나는 안심이 되지 않았다…… 열이 나고 땀으로 범벅이 되어 나는 깃털 옷을 벗어던지고 장화와 장갑, 목도리를 던지고 양말 바람으로 쌓인 눈 속을 계속 달려갔다.   율리우스 파이어

차니노비치는 만년설 틈에 있다. 지금 찢어진 가죽옷이 아니라 상관이 벗어던진 깃털 옷을 가지고 있다면 아마도 동사하기까지 서너 시간은 버틸 수 있을 것이다…… 나는 묻는다. 바이프레히트라면 어떻게 했을까, 그가 지휘했다면 이날 어떤 일이 벌어졌을까? 할러와 지친 선원들이 그의 명령에 따라 어느 섬에 남아 있었다면? 바이프레히트도 조금 더 높은 위도에 들어가기 위해 무시무시한 만년설에 들어섰을까? 그리고 클로츠는 지금 명령에 따라 길을 가고 있었을까,

홀로 빙하 사이를? 나의 보고는 지나간 일에 대한 판단이기도 하며, 이를 가늠하고, 무게를 다는 것이다. 추측을 하고 현실에서의 가능성을 가지고 유희하는 것이다. 이렇게 현실에서 일어날 수 있었던 일과 비교해보면 일어난 일의 크기와 비극, 우스꽝스러움을 가늠해볼 수 있기 때문이다. 그러나 나는 이 불행한 날의 다른 가능성에 대해 추측하는 것을 포기하기로 결정했다. 나는 바이프레히트가 파이어의 입장에서 어떻게 했을지 상상하지 않을 것이다.

그래서 나는 다시 차니노비치를 상상해본다. 그는 만년설 틈의 푸른 어둠 속에서 개들에게 깔려 죽음만을 기다리고 있다. 몇 킬로미터 떨어진 곳에서 나는 파이어와 오렐이 서두르는 것을 본다. 둘 다 무기도 없다. 총은 썰매 근처에 있고 다른 조난용 물품은 만년설 안에 있다. 그리고 나는 클로츠도 본다. 그는 극심한 고통 속에서 호헨로헤 섬에 접근한다. 너무나 느려서 파이어가 그를 따라잡는다. 클로츠는 멈춰 서서 숨을 몰아쉬는 사람을 묻지도 않고 쳐다본다. 한참 후에 파이어는 헐떡헐떡 기진맥진해서 하얀 물안개 속에서 상황을 알린다. 클로츠는 얇은 서리를 옷처럼 입고 그 앞에서 숨을 몰아쉬는 자신의 상관을 이해하지 못하는 듯하다. 그는 단지 서서 응시할 뿐이다. 그리고 갑자기 무릎을 꿇고 울기 시작한다.

……단순한 그가 사고의 책임을 자신에게서 찾았기 때문이다. 그는 너무나 정신이 없었기에 나에게 더 이상 아무 짓도 하지 않겠다고 다짐했다. 나는 클로츠를 침묵 속에 남겨둔 채 계속 섬으로 달려갔다.

율리우스 파이어

이 기록은 알렉산더 클로츠의 감정에 대해서는 별다른 언급이 없다. 그러나 사냥꾼이 빙하에서 돌아와 몇 년이 흐른 후에야 그날 자신이 버림받았다는 느낌을 극복했으리라고 나는 생각한다.

마침내 클로츠가 호헨로헤 섬의 캠프에 도착했을 때 그곳은 비어 있었다. 할러, 파이어, 오렐과 두 명의 선원은 이미 차니노비치를 돕기 위해 만년설로 가는 중이었다.

클로츠는 곶의 그늘 속에서 바람을 피해 10시간, 12시간, 14시간을 기다린다. 천막에 앉아 있다 통증을 무릅쓰고 300번도 넘게 일어나 어슬렁거리고 추위를 이기기 위해 발을 구른다. 언젠가는 누군가가 돌아오게 될 그 방향을 응시한다. 그러다 마침내 아무도 이곳으로 오는 길을 찾지 못할 것이며 자신은 영원히 혼자일 것이라고 생각한다. 아마 파스아이어탈 사람은 이미 죽어서 저승 세계로 갈 준비를 마쳤을 것이다. 그때 얼음으로 단단해지고 문처럼 묵직해진 천막의 방수포가 갑자기 젖혀지더니 누가 클로츠를 부른다. "클로츠, 조는 거여?"

할러가 눈바람 속에서 길을 찾았다. 두 명의 선원과 함께 돌아왔다. 그를 데리러 온 것이다. 그들은 그를 이 끔찍한 빙하 속에서 데리고 나갈 것이다.

아니다, 할러가 말한다. 우리는 너를 데려가려고 온 게 아니다. 우리를 돌려보낸 것이다. 우리는 여기 있어야 한다고, 기다려야 한다고 할러는 말했다. 차니노비치는 구조되었다. 그러나 구조한 후에도 중위는 더 이상 지체하지 않고 계속 북쪽으로 가려 했고 세 사람에게 다시 호헨로헤 섬으로 가라고 했다.

천막은 춥고, 어둡고, 지하처럼 깊다. 지금은 할러가 대장이다. 지금 그는 무슨 일을 해야 할지 결정해야 한다. 그들은 고래기름으로 등

불을 켜고 거기에 손을 덥힌다.

할러는 그날 일을 교과서 삼아 다른 이들과 되풀이해서 이야기한다. 그날 일어난 일은 그를 끊임없이 불안하게 한다. 중위는 실수를 했다. 중위는 만년설 위에서 실수를 했고 절망했다.

그날의 사건을 일지에 적고 나서야 비로소 할러는 지휘관과는 상관없이 모든 일이 정해진 대로 진행되고 서로 맞아떨어졌다는 것을 알게 된다. 그제야 그는 자신이 얼마나 피곤한지 느낀다.

중위님은 일행과 만년설 위를 달렸다. 잠시 후에 선원 차니노비치가 개들과 썰매와 함께 만년설 틈새로 떨어졌다. 중위님은 밧줄을 끊음으로써 목숨을 건질 수 있었다. 나는 중위님과 대원들과 함께 만년설 틈으로 달려가 굵은 만년설 밧줄로 조난자를 구조했다.

나는 만년설 틈으로 밧줄을 타고 내려갔다. 그곳에 선원과 개들이 아직 살아 있었다. 나는 그들을 차례로 묶어서 끌어올리게 했다. 썰매도 온전해서 끌어올렸다. 마지막으로 다시 내 몸을 줄로 묶었고 위로 끌어올리게 했다. 다행스럽게도 이 모든 것이 아무도 다치지 않고 끝이 났다. 중위님은 다시 길을 떠났고 나는 대원들과 육지로 돌아가 고통스럽게 중위님의 귀환을 기다렸다.　　　　　　　　　　　　　　　　　　　　　　요한 할러

4월 12일 일요일

정오 무렵 파이어의 꿈이 실현되었다. 오렐의 위치 측정 결과가 확인되었다. 북위 82도가 이미 달성되었다. 그들은 82도를 넘어선 것이다. 그들은 계속 간다. 계속해서 나아간다. 그러나 저녁때 땅이 갑자기 끝난다. 그들 아래에 다시 바다가 펼쳐진다. 열린 해안의 검은 띠

가 있다. 지금 수평선은 끝없이 비어 있다.

아니, 파이어는 말한다. 북쪽의 어둡고 균열된 띠, 저것은 구름띠가 아니야. 저것은 푸른 알프스의 변방, 산맥일 거야.

좋다, 그러면 저것은 푸른 알프스의 변방이다. 반도건, 대륙이건, 아무래도 상관없다. 저 어두운 북쪽의 그림이 무엇을 의미하건 간에, 땅이건 속임수이건, 대양 저편 멀리 도달할 수 없는 곳에 있다. 그리고 그들에게는 배가 없다. 드디어 이제는 돌아가야 하는 것이다. 지휘관도 더 이상 할 일이 없다. 허상에 이름을 던져주는 것 말고는. 페터만 란트, 빈 곳 등등. 지휘관도 무엇에 이름을 붙여주는 것인지, 바위인지 구름인지 알지 못한다. 파이어가 알프스를 본 이 해안에는 허공만이 있을 뿐이고, 저 북쪽의 그림이 허상이라는 것, 안개띠, 반사된 상, 망상 등 모든 것이 될 수 있지만 땅은 아니라는 것을 프리드쇼프 난센과 그의 일행 얄마르 요한센이 알게 되기까지는 10년 이상 지나야 한다.

그러나 미래에 존재하는 진실이라는 게 무슨 의미가 있는가?

우리는 자랑스러운 흥분으로 오스트리아-헝가리 제국의 깃발을 처음으로 북극에 꽂았다. 우리는 우리의 힘이 허락하는 한 가장 먼 곳까지 와서 국기를 꽂았다는 자부심이 있었다. 우리는 눈앞의 땅에 들어설 수 없는 우리의 무능함에 고통을 느꼈다…… 다음과 같은 기록을 우리는 병에 보관해서 바위틈에 두었다.

오스트리아-헝가리 제국의 북극 탐험대는 여기 82도 5분, 가장 북쪽의 지점에 도달했다. 그것도 북위 79도 51분의 얼음에 갇힌 배에서 출발하여 17일간의 행군 끝에. 탐험대는 해안가를 따라서 조금 뻗어 있는 바다를 관찰했다. 바닷물은 얼음으로 둘러싸여, 북에서 북서의 땅까지 도달한다. 평균 거리는 100~110킬로미터로 추정되며 그 형태와 구조는 아직 알 수 없다. 곧 배로 돌아가서 필요한 휴식을 취한 후에 전 대원은 이곳을 떠나 오스트리아-헝가리 제국으로 돌아갈 것이다. 배와 환자들의 상황이 좋지 않기 때문이다.

플리겔리 곶, 1874년 4월 12일

안토니오 차니노비치, 선원

에두아르트 오렐, 해군 소위 후보생

율리우스 파이어, 지휘관

1874년 4월 12일 저녁 오스트리아-헝가리 북극 탐험대의 선발대가 돌아간다. 그 뒤에 이어지는 것은 고행의 완성이다. 그들과 테게트호프호 사이에 300킬로미터가 놓여 있다. 300킬로미터의 두려움, 그리고 남쪽에서 해안의 얼음이 부서지기 시작했고, 배로 돌아가는 길이 차단되었다. 이런 두려움과 함께 12일이 지나간다. 강행군의 첫번째 정거장은 호헨로헤 섬의 캠프이다.

남아 있는 사람들을 거의 알아볼 수 없었다. 고래기름을 끓이느라 새까매지고 탈진해 설사와 지루함에 시달리던 그들은 기뻐서 어쩔 줄 몰라 하며 까매진 천막에서 기어 나왔다.   율리우스 파이어

지금은 구름이 거의 없다. 몇 시간이고 며칠이고 구름 한 점 없다. 한줄기의 빛도 받아들일 수 없다는 듯이 땅은 빛난다. 마치 그렇지 않아도 번쩍이는 하늘로 태양의 빛줄기를 일일이 반사해야 한다는 듯이. 빛이 이렇게 고통스러울 줄이야. 오렐이 가장 심각하게 설맹에 시달린다. 그는 눈을 감고서야 길을 걸을 수 있기에 자주 넘어진다.

길은 발이 푹푹 빠지고 때로는 바닥이 없다. 며칠 전에 단단한 눈길이었던 곳이 지금은 허리까지 빠진다. 그리고 다시 부서지거나 주위에 얼음 구덩이가 생겨난다. 그러나 그들은 쉬어서는 안 되며 젖은 옷을 말려서도 안 된다. 모피는 바람에 돌처럼 딱딱해진다. 그들의 지휘관은 너무 늦게, 아마도 너무 늦게 귀환을 결정했다. 지금은 너무나 힘들더라도 밤에 여섯 시간, 때로는 네 시간 휴식하는 것으로 만족해야 한다. 그들은 다시 일어나서 계속 가야 한다. 발밑의 길이 깨져서 물이 되기 전에.

그러나 4월 19일 군도의 남쪽 해안에 도착한 그들 앞에는 그들이 두려워했던 그림이 펼쳐져 있다. 몇 주 전에는 모든 것이 꽁꽁 얼어붙어 거대한 얼음 구조물이 있던 곳에 지금은 검은 바다가 있다. 해안의 물길이 열린 것이다.

파도가 높이 밀어붙인 얼음이 물과 싸우고 있다. 바닷물은 거센 바람에 요동친다. 파도가 부서지면서 30보 떨어진 빙하 해안을 때린다…… 빙하 조각들이 바람에 이리저리 아무 생각 없이 몰려다닌다. 얼음의 방랑은 마치 우리를 기쁘게 하려는 듯하다. 실제로는 넘어설 수 없는 심연 앞에 있는 한 줌의 인간들에게 조금도 불리하게 변하지 않았다는 듯이.

율리우스 파이어

저기 바깥 어딘가 빙하 속에, 열린 바다 저 너머 솟아 있는 빙하 속에 테게트호프호가 꼼짝 않고 있으리라. 그러나 이 수평선도 지그재그 모양으로 이어져 있다. 마치 유리 조각을 이어붙인 벽처럼, 그리고 비어 있다. 배는 없다.

사흘 동안 그들은 지금 있는 땅과 배가 있을 것으로 생각되는 먼 곳을 이어줄 얼음으로 된 다리를 찾는다. 티롤인들은 계속 앞장서서 해안을 걷고 만년설을 지난다. 아니, 그것은 걷는 것이 아니라, 앞으로 몸을 끌고 가는 것이다. 기어가는 것이다. 그러나 그들이 긴 지팡이로 두드리고 다른 사람에게 오라고 신호하는 길은 지휘관의 길보다는 안전하다. 클로츠와 할러는 갈라진 만년설과 깨진 유빙 사이에서 좁지만 단단한 우회로를 발견한다.

다시 우리는 서둘러야만 했다. 루키노비치와 지구력이 있는 차니노비치마저 극도의 피로로 인해 일시적으로 혼절했다.　　　　　율리우스 파이어

육지의 지휘관이 4월 22일과 23일 야간 탐사에서 해안의 뾰족한 바위에 올라갔을 때, 밤은 구름이 없고 짙은 붉은색이다. 그는 마침내 흐릿한 평면, 거대하게 대양을 덮고 있는 빙하를 본다. 해안과 망망대해 사이에 무한히 뻗어 있는 빙하. 그 속에 저 멀리 마치 벌레처럼 자그마한 배가 있다. 돛은 머리카락처럼 보인다. 배다.

선발대의 귀환은 축제가 아니다. 실종되었다고 여겨졌던 이들의 침묵은 크고 매우 지쳐 있다. 배에 들어서는 이들의 탈진한 몰골은 마치 그들 모두의 앞날에 대한 생생한 예언처럼 느껴져서, 보는 것만으로도 마음을 짓누른다.

몇 주 전부터 바이프레히트는 유럽 귀환을 준비하고 필요한 것과 필요하지 않은 것을 엄격히 구분하도록 했다. 개인적인 소지품이나 모두의 안녕을 위한 용도가 증명되지 않은 물건은 북극에 남겨두어야 한다. 이날까지 배의 중위가 다른 탈출구를 발견하리라고 내심 믿었던 사람…… 또는 마지막 순간에 성모 마리아가 얼음 덩어리를 나누어 배가 다닐 수 없는 바다의 일부, 호수나 해협, 웅덩이가 아니라 진

짜 물길을 열어줄 것이라고 남몰래 생각했던 사람, 그러니까 이날까지 기적을 기대했던 사람들은 바이프레히트의 단호한 출발 준비 명령과 함께 자신들에게는 오로지 한 가지 탈출로만이 남아 있을 뿐이라는 사실을 깨달았다. 바로 빙하 위의 행군이다. 그들은 오랫동안 그것에 관해 이야기를 해왔다. 그럼에도 지금 진짜로 그들의 집이자, 보호물이자, 피난처인 함선 테게트호프 제독호를 떠나서 몰락의 제물이 된다는 것은 기묘하고 불안한 일이다. 바이프레히트는 말한다. 북극에서 세 번이나 겨울을 나면 우리는 살아남지 못할 것이다. 바다와 빙하의 지휘관은 대원들의 힘과 식량의 무게, 힘든 루트를 계산해보고 예견할 수 있는 모든 변수들을 점검한다. 그러나 스물세 명의 남자가 장비와 비상식량을 실은 무거운 세 척의 구명보트 외에 뭘 더 끌고 가든 간에, 그들의 생존은 석 달 이상은 보장받을 수 없다. 이 석 달 동안 그들은 보트를 바다까지 끌고 가야 하며, 돛을 달고 노를 저어 노바야제믈랴 해안에 도달하기 위해 울퉁불퉁하고, 길을 가로막고 있는 집채만 한 빙하를 100킬로미터나 돌아가야 한다. 만약 무사히 해안에 당도하는 데 성공한다 하더라도 그들은 사람이 살지 않는 군도의 해안에서 겨울이 오기 전에 몸을 피하지 못한 가죽 사냥꾼이나 고래 사냥꾼을 만나 이들이 배에 태워주기만을 바랄 수밖에 없다. 왜냐하면 스스로의 힘으로는 결코 유럽에 도달할 수 없기 때문이다. 러시아 해안이라면 모르지만. 돛이 세 개인 범선도 백해의 폭풍우와는 사투를 벌여야 한다. 아니, 백해에서 구명보트로는 살아남을 수 없다.

출발 전 마지막 주, 장교들의 식탁과 대원들의 방에서 도보로 군도를 벗어날 가망성이 희박하다는 사실을 너무 많이 얘기해서 신물이

날 정도다. 어떤 배의 대원들도 그런 후퇴에서 전원 살아남은 적이 없다. 그럼에도 그들은 거의 홀가분한 마음으로 황제의 땅에 등을 돌리고 준비에 온 신경을 쏟는다. 파이어만 발견한 땅과 힘겹게 이별을 한다. 긴 썰매 탐사가 끝난 지 일주일도 되지 않았고, 루키노비치가 아직 근무를 하지 못하고 자신의 선실에 누워 간호를 받고 있는 상황에서, 중위는 마지막으로 다시 한번 자신의 땅으로 가야 한다고 주장한다. 이번에는 서쪽 산맥으로 가봐야겠다고 한다. 4월 29일 파이어는 출발한다. 할러와 제1장교 브로슈만 데리고 세번째 썰매 탐사를 시작한다. 그러나 브로슈는 벌써 3일째에 계속 갈 수가 없고 곧 할러도 계속 갈 수 없다. 육지의 지휘관은 홀로 마지막 봉우리를 올라간다. 그리고 그들은 돌아온다. 5월 3일 그들은 다시 테게트호프호 위에 있다. 파이어가 계산한 바로는 프란츠요제프 제도에서 800킬로미터 이상 걸었다. 이제는 충분하다, 바다와 빙하의 지휘관 바이프레히트가 말한다. 이제 더 이상의 발견은 없다. 육지의 지휘관은 이 말에 따른다.

모든 걱정은 지나갔다. 우리는 영광스럽게 돌아갈 수 있었다. 왜냐하면 관찰과 발견은 빼앗길 수 없는 것이고, 우리 앞의 귀환이 죽음보다 더한 불행은 가져올 수 없었으니까.　　　　　　　　　　　율리우스 파이어

5월 15일, 출발 5일 전, 천체, 기후, 해양의 관찰이 중단되고 연구 저널, 항해 일지도 종결된다. 바이프레히트는 중요한 기록을 양철상자에 넣고 세 척의 구명보트에 나누어 싣는다. 이 짐을 선원들은 프루티*라고 명명한다. 이것은 먹을 것과 마찬가지로 매우 조심스럽게 보

---

* 과일.

관되고 운반되어야 한다.

요한 할러는 내키지 않지만 명령에 따라 제믈랴와 길리스를 빙하로 끌고 가서 사살한다. 제믈랴는 썰매를 끌기에는 너무 약해졌고 길리스는 줄을 묶으면 사나워졌기 때문이다.

바이프레히트가 기관사 크리슈와의 작별을 위해 대원들을 무덤으로 보내고, 이때 엘링 칼센은 빠진다. 빙하 전문가는 애물단지가 되어버린 동물 수집품들의 영혼을 위해 술을 너무 많이 마셔서 죽은 사람처럼 누워 있다. 선원들은 가족과 연인의 사진액자를 육지로 가져가 바위에 못으로 박는다. 이 사진들은 배에 있는 동안 대원들의 선실을 장식했었다. 버려진 테게트호프호가 마침내 빙하를 벗어나 가라앉는다면, 그리고 귀환길이 바다의 심연 외에 어디로도 이들을 인도하지 못한다면 이 사진들이 있는 바위는 보관해야 할 것을 보관했다는 표지가 될 것이다.

16. 빈 페이지의 시간

　요제프 마치니가 1981년 9월 6일 오전 시간을 어떻게 보냈는지에
대해서는 아무런 기록이나 증언이 없다. 아마도 그 시간에 그는 롱예
르뷔엔 항구의 선착장에 서서 크래들이 떠나는 것을 보았을 것이다.
배에서 쓰는 밧줄이 떨어진다. 배 밑에서 잔물결이 인다. 그리고 금방
사라진다. 몇 분 만에 배는 초겨울 눈비가 몰아치는 소용돌이 속으로
사라진다. 그리고 배의 항적은? 항적에 흰색 얼룩이 있었던가? 유빙
조각들이 벌써 이곳까지 떠내려왔던가, 피오르에?

　9월 6일 이른 오후에 날씨가 갰다. 서부 스피츠베르겐의 기상 전문
지가 전하고 있다. 북과 북동에서 바람. 크래들은 이미 멀리 있을 것
이다. 나는 우표 디자이너 헬스코그가 롱예르뷔엔에서 다시 배에 탔
다는 것을 안다. 그는 배의 난간에 묶어둔 자신의 의자에 앉아 다시

극지의 풍경을 캔버스에 옮겨 담고 있다. 그는 어떤 색을 썼을까? 가파른 해안 절벽에는 인디고와 골탄 색을? 요새의 벽인가? 균열이 있는 눈밭에는 아연백색을? 그리고 태곳적 바위의 피신처 사이, 오래된 얼음에는 어떤 색을 썼을까?

그러나 지금은 아무런 색깔도 없다. 그림도 없다. 추측도 할 수 없다. 확실한 것은 크래들이 고위도에서의 임무를 마치고 이틀간 아드벤트 피오르에서 닻을 내렸다는 것이다. 그러고는 북노르웨이 해안으로 방향을 잡았고 그해 스피츠베르겐 제도를 떠났다. 그리고 무엇보다 확실한 것은 요제프 마치니가 광산 도시에 남아 해양학자 셰틸 피란트에게 썰매개를 다루는 법을 가르쳐달라고 했다는 것이다.

마치니가 사라진 후 몇 달 동안 아나 코레트의 저녁 모임 사람들은 그에 관해 별 관심이 없거나 불확실한 추측을 했다(여주인을 생각해서 형식적으로 되풀이하는 질문들). 왜 요제프는 횡단을 끝내고도, 북극의 겨울이 시작되기 전에 빈으로 돌아오기 위해 뭔가 조치를 취하지 않았을까. 썰매 여행에 대한 생각으로 정신이 나가서 스피츠베르겐에 남아 있는 걸까. 나는 예나 지금이나 라우엔슈타인 거리의 저녁 모임을 방문하지만, 사라진 사람의 계획과 의도를 궁금해하는 대화에 끼어드는 건 그만두었다. 이 모임에서 어떤 추측이 오가든 그것은 증명할 수 없으며 확인할 수도 없다. 요제프 마치니는 크래들을 타고 두꺼운 빙하층에서 롱예르뷔엔으로 돌아와 다시 숙소에 들었고, 바로 그날 일지를 쓰는 일을 그만두었기 때문이다. '커다란 못', 배에서 끼적인 필사본으로 가득한 노트가 그의 마지막 기록으로 남아 있다. 인용문 뒤에는 계산을 한 메모들과—석탄 조합 게스트하우스의 숙식비에 관한 것—숫자 사이의 콤마들과 비어 있는 페이지들뿐. 나는 말한다. 자신의 장소를 찾은 사람은 더 이상 여행 일기를 쓰지 않는다. 그것은 9월 중순으로, 하루가 빨리 지나가고, 엄청난 눈이 오고 나서 겨울의 소음, 모터썰매가 시끄럽게 웅웅대는 소리가 갑자기 시작되었다. 그때 피란트는 제자 마치니를 처음으로 개 우리로 데리고 갔다. 개 우리로 가는 길은 젖은 눈이 무릎까지 찼다. 피란트는 썰매용 장비를 어지럽게 둘둘 말아서 어깨에 얹었다. 마치니는 석탄 조합의 식당에서 가져온 김이 모락모락 나는 따끈한 고기경단이 든 배낭을 메고 있었다.

개썰매를 모는 법은 이해하기는 쉽지만 실제로 따라 하기는 힘들었다. 첫 시간에 요제프 마치니는 개들을 감격시키는 데는 성공했다.

썰매개들에게는 항상 하나의 목표가 있었다. 그들은 평지, 가까이에 있는 구릉, 바위, 언덕, 때로는 천천히 피어오르는 안개기둥 위를 달렸다. 바다얼음 위를 달릴 때면 목표는 항상 해안이었다. 어둠 속에서는 달이 목표가 되었고, 달이 없으면 별을 향해 달려갔다. 썰매 기수는 이 모든 것을 목표로 활용하는 동시에, 채찍이나 끈 없이 소리로 개들을 부르거나 리드미컬한 외침을 통해 자신이 정한 방향으로 가거나 방향을 바꾸도록 해야 한다. 썰매 기수라면 썰매개가 자신의 의지를 절박하고 재빨리 실행할 수 있도록 만들어야 한다. 그러나 마치니가 첫 수업을 받은 이날, 피란트 썰매개의 대장 우비를 가죽끈으로 묶으려고 했을 때, 우비는 머뭇거리면서 피하더니 갑자기 튀어오를 듯이 주둥이를 높이 쳐들어 자신의 불안정한 제어자를 위협하며 으르렁거렸다. 그래서 마치니는 몸을 앞으로 굽힌 채로 굳어서 움직이지 않았다. 피란트가 썰매개의 눈을 장갑으로 가리고 연습을 마쳤다.

요제프 마치니가 그다음 주에 썰매개들에 대한 주도권을 갖기 위해 보인 고집스러움, 아니 쓰라림은 이 광산 도시에서 이탈리아인의 존재를 두드러지게 하는 그다지 많지 않은 특이점 중 하나였다. 나중에 마치니가 보낸 마지막 주에 관해 내가 무슨 얘기를 듣건, 그가 끈질기게 썰매개를 훈련한 이야기는 빠지지 않았다. 총독 토르센이나 롱예르뷔엔의 치과 의사 요아르 호엘과 같이 관심 없는 목격자도 이 강훈련의 장면들을 기억했다. 물론, 그가 개들하고만 시간을 보낸 것은 아니다. 내가 재구성한 파일에는 마치니의 피오르 여행과 하루 종일 이어진 만년설 행군에 대한 내용도 들어 있다. 맬컴 플래허티의 보트를 타고 이스 피오르를 횡단한 것이다. 일곱 시간 동안 무거운 물과 싸우고 물보라에 거의 무방비 상태로 전복될 위험 앞에서 아마도 두려움도 느꼈으리라. 그리고 이틀 동안 바다가 잠잠해지기를 기다렸다가 귀환할 때의 파도. 거기에 석탄 조합의 광부 부장인 크리스테르 뢰스홀름을 방문한 일도 있다. 석탄 조합의 행정실에는 그가 할 만한 일이 없다고 뢰스홀름은 당시 방문객에게 말했다. 아마도 나중에, 아마 탄광에는 일감이 있을지도 모른다고, 그때는 그에 관해 생각해보겠다고 말했다. 그리고 '화물차 기사'라고 메모했다. 그다음에는 스베아 만년설에서의 행군이 있다. 피란트와 광부 이스라엘 보일과 함께 한 엿새 동안의 강행군, 북동의 폭풍 속에서 천막 덮개의 펄럭임, 아이젠을 단 힘든 걸음, 100제곱킬로미터 면적의 만년설, 그 등성이는 깊게 이랑이 파여 있다. 절벽과 바위틈과 텅 빈 우물들, 푸른색과 검은색 얼음의 아름다운 경치, 모든 것이 지휘관이 설명한 그대로이다. 점점 더 불안한 미로 속으로 이끄는 걸음걸음. 그리고 해양학자는 항상 앞장서서 걷는다. 스노 고글 뒤로 두 눈은 보이지 않는다. 해양학자는 쉬지 않고 천천히 흐르는 빙하강물에 대해 이야기했다. 만년설이 녹고, 양분을 얻어 자라는 것을 거대한 짐승의 박동에 비유해 말했다. 일단 여기에서 나는 중단하겠다. 말하자면, 이런저런 도보 여행의 긴장은 마치니에게 마지막으로 남은 최대의 고행, 썰매개 훈련에 비하면 아무것도 아니었다. 그러나 요제프 마치니가 마침내 했거나 하게 한 것이 무엇이건 간에, 사람들은 선술집의 테이블에서 그것에 대해서는 아무런 말도 하지 않았다. 그 이탈리아 사람은 그곳에 있었다. 거기에 머물러 있었다. 그리고 그의 존재는 매일 점점 더 눈에 띄지 않고 흔적이 없어져가는 듯이 보였다. 불모지의 공백과 비시간성, 평화에 뿌리를 둔, 무작위로 희생물을 잡아채, 정리된 삶의 따뜻한 편안함에서 정적, 추위, 얼음으로 내모는 그 유혹적인 힘에 대한 증거만이 있을 뿐이었다.

셰틸 피란트는 인내심이 있는 선생님이었다. 처음에는 마치니가 졸라서 마지못해 자신의 썰매개들과 친해지는 것을 허락했지만, 자신의 말만 듣던 개들에게 제자의 명령을 따르면서도 실제로는 자신에게 복종하도록 가르친다는 생각이 그에게 점점 더 매력적으로 다가왔다. 그것은 아마도 자신과 개들의 충성심을 시험하는 가장 힘든 과제가 될 것이다.

10월에는 폭풍우가 있었고 마치 금속으로 만들어진 눈발이 쏟아지는 듯했다. 때로 눈발은 크롬으로 된 맞으면 아픈 우박이었고, 하늘과 땅은 모두 철로 되어 있었다. 날씨가 허락할 때마다 마치니는 피란트의 감독 아래 개들에게 썰매 장비를 묶었다. 개들은 등나무 썰매가 눈 속에 놓이기 전까지 조용히 있어야 했다. 세 쌍이 나란히, 술리와 이미악, 슈피츠와 아노레, 아방가와 킹고, 그리고 우비는 혼자 맨 앞에 서 첫번째 고함을 기다려야 했다. 그러면 재갈이 풀리고 마침내 출발해도 된다. 오이야! 소리가 들리자마자, 갑자기 팽팽해진 썰매개의 줄에 명쾌한 소리가 뒤따르고 성급한 반동, 썰매 활주부가 질주하며 28개의 발바닥이 눈 위에 남긴 문양들을 지운다.

처음으로 마치니가 개들을 혼자 데리고 갔을 때 피란트는 스쿠터를 타고 내달리는 썰매개들을 뒤쫓았다. 그리고 제자에게 지시 사항을 외쳤다. 광산 도시의 작고 자유로운 동호회인 개썰매 클럽은 개썰매 경주를 북극 전통의 완성으로 칭송하면서 즐기며 보존하는데, 여기서는 해양학자가 이탈리아인을 가르치느라 애쓰는 것을 소용없는 일이라고들 말했다. 그러나 피란트와 그의 제자는 대부분 선술집에서 별로 진지하지 않게 이루어진 동호회의 예언을 하나씩 뒤집으려는 듯 보였다. 요제프 마치니는 발전했다. 개들은 그에게 복종했다. 그들은 고집을 부렸고 때로는 사나워져서 잠깐 쉴 때도 서로 달려들었지만, 그에게 복종했다.

썰매의 기수는 개들의 머릿속에 항상 일직선으로 전진하고 있다는 환상을 지속시켜주어야 한다. 기수는 재빨리 방향을 바꾸는 것은 피하고 절벽과 장애물을 커다랗게 부드러운 곡선으로 돌아가도록 해야 한다. 왜냐하면 개썰매가 갑자기 방향을 바꾸거나 돌아서면 불행한 혼란을 감수해야 하기 때문이다. 썰매개들은 결코 되돌아가지 않는다. 그것은 그들의 달리기에 역행하는 것이다. 그들은 주인과 짐을 빙하 위에서 끌도록 태어났다. 막 새긴 자국을 되짚어 썰매를 다시 거꾸로 잡아끄는 것은 그들에게는 의미 없는 노력이고 가당치 않은 벌로 여겨지는 것이다. 따라서 그들은 코스가 잘못되었더라도 급히 수정하는 것을 혼란스러워하면서 온 힘으로 저항한다. 그러면 목줄은 풀 수 없을 정도로 꼬이고 명령은 더 이상 으르렁거리는 개들에게 먹히지 않는다. 그렇게 썰매의 기수는 개들 편에 서는 동시에 멀리 앞을 내다보며 보이는 것을 보고 보이지 않는 것, 눈으로 뒤덮인 루트의 모양, 숨은 자연의 장애물을 예상해야 한다. 때로 개들이 빙하 깊숙한 곳의 사냥감을 노리고, 예상치 못하게 달려 나가 더 이상 제지할 수 없을 때도 있다. 그럴 때는 썰매 기수가 아무리 소리를 질러도 소용없고, 빙하용 닻이나 무거운 갈고리를 던져서 개들이 만년설의 절벽 위로 뛰어올라 썰매와 모든 것들이 추락하지 않도록 하는 것 외에 달리 방법이 없다. 그러나 무슨 일이 일어나건, 개들이 얼마나 사납게 달리건 간에, 썰매 기수는 최악의 비상 상황에서만 줄을 끊어야 한다고 피란트는 말했다. 왜냐하면 썰매개들과 장비, 무기와 헤어지는 것은 잠깐이라도 기수를 죽음으로 내몰 수 있기 때문이었다.

해양학자는 개썰매의 규칙과 지시 사항에 대해 이야기할 때면, 몇 년 전 롱예르뷔엔을 떠나 광산 도시에서 북쪽으로 160킬로미터 이상 떨어진 곳에서 철저히 혼자 살았던 전직 산악인, 요슈테인 아케르의 이름을 자주 입에 올렸다. 아케르는 스피츠베르겐에서 개썰매를 놀이나 열정이 아닌, 사는 데 필수적인 요소로 삼은 마지막 주민이었다. 피란트가 썰매에 대해 알고 있는 것도 아케르에게서 배운 것이었다.

요슈테인 아케르는 여러 면에서 마지막 사람이었다. 그의 통나무

오두막은 타보르 곳이라고 불리는 비이데 피오르의 암벽에 있었는데, 겨울에 눈바람 속에서 자취를 감추었다. 검은색의 타보르 곳은 피오르의 해안에 우뚝 솟아 있었다. 생명체의 흔적도 없고 지구의 역사만큼이나 오래된 선캄브리아기의 바위 형성물이었다. 격월로 이 오지에 잠깐 착륙하는 헬리콥터의 승무원을 제외하고 이곳을 방문한 사람은 맬컴 플래허티와 피란트밖에 없었다. 두 사람은 매년 봄 5~7일간의 행군 끝에 곳으로 갔고, 아케르는 1년에 한 번 직접 롱예르뷔엔으로 여행을 왔다. 그리고 돌로 만든 덫과 무기로 잡은 동물, 그러니까 바다표범, 흰색과 푸른색의 극지 여우의 가죽을 현금으로 바꾸었다. 그리고 비상식량과 장비를 보충하고 선술집에서 술을 마시고 말을 많이 하고 도시의 큰 화젯거리가 되고 나서 다시 개들과 함께 자연으로 돌아갔다. 광부들 중 많은 사람들이 그를 미치광이로 생각했다. 작년에는 총독 토르센이 그를 무정부주의자라고 불렀다. 아케르는 더 이상 아무 말도 덧붙이지 않았고 반박도 하지 않았다. 세틸 피란트는 자주 그 사냥꾼에 대해 이야기했다.

10여 년 전 요슈테인 아케르와 같은 정착민들은 스피츠베르겐의 거주민들에게는 지금의 광부와 극지 연구자들처럼 당연한 존재였다. 그러나 점차 빙하의 불모지가 국립공원으로 바뀌어 곰 사냥이 금지되고 안식년이 공표됨으로써 사냥이 사라졌다. 지금은 그들의 버려진 오두막만이 얼음의 무게에 반쯤 무너져 내린 채 아직도 스피츠베르겐 여기저기에 흩어져 있다. 인간 세상에서 후퇴한 자들의 스러져가는 기념비.

10월 28일, 롱예르뷔엔의 위도에서 태양의 마지막 조각이 사라졌다. 스발바르의 최북단은 이미 오래전부터 그늘에 잠겨 있었다. 광산 도시에서는 110일간 지속되는 극야의 첫날이 푸른 여명 속에서 지나갔다. 모터를 단 썰매의 흐느끼는 소리가 고통스럽다. 조용한 날이 드물다. 세틸 피란트는 이제 점점 더 자주 자신의 겨울 작업에 침잠해서 마치니와 개들을 내버려두었다. 해양학자는 지난 몇 달간 모은 북극해의 데이터들을 정리하여 오슬로에서 기대하는 대로 결론을 냈다. 11월 초에는 다시 구리 조각에 에나멜 처리를 하고 그것으로 모자이크를 만들기 시작했다. 밝은 색의 문양. 마치니는 자주 피란트 곁에 앉아 물건을 건네주고 도와주기도 하면서, 끊임없이 아주 작은 메달에 똑같은 경치를 그리는 미니어처 화가 루치아의 두 손에 대해 이야기했다.

11월 둘째 주에 세틸 피란트는 비행기를 타고 오슬로로 갔다. 극지 연구소에서 매년 하는 강연을 위해서였다. 그는 오슬로에서 사흘, 트롬쇠에서 나흘을 머물렀다. 그가 롱예르뷔엔으로 돌아왔을 때, 요제프 마치니의 숙소는 정리되어 비어 있었다. 개들도 없었다.

그 이탈리아 사람? 금요일, 아니 목요일에 썰매개들과 같이 있는 것을 보았는데. 그리고 우체국에서…… 아니, 그건 오래전이야. 여행이라도 갔나 보지? 사람들은 아무것도 모르고 있었다. 보일은 자주 광산에 가 있거나, 바에 있어서 누구에게도 신경 쓰지 않았다. 플래허티는 뉘올레순에 있었다. 에…… 이탈리아 사람이 모엔의 가게에서 물건을 사지 않았어? 아니, 아니, 가열 기구에 가스를 채우고, 통조림과 그 나머지 것들…… 그러나 그뿐이었다. 사람들은 오랫동안 모터 썰매를 타고 외딴곳을 뒤지며 요제프 마치니를 찾았다. 처음에는 욕설을 퍼부으면서, 많은 사람들에게 망할 고생을 시키는 줄도 모르고 이 바보는 어느 오두막이나 천막에 있을 거라고 확신하면서 말이다. 추위 속에서 온갖 종류의 소음이 생겨났다. 그러나 그것은 그들만의 소음, 구조자들만의 소음이었다. 구조자들이 멈추면 곧 모든 곳이 조용해졌다. 프레드헤임 오두막은 템펠 피오르의 시설 좋고 안전한 숙소였다. 썰매개의 테스트 여행을 위한 정거장으로 쓰이기도 했지만 지금은 사용된 흔적 없이 눈으로 뒤덮여 있었다. 마침내 헬리콥터가 이륙했을 때, 아무도 욕을 하지 않았다. 수색 비행은 긴 루트에 걸쳐 그의 흔적이 없음을 확인해주었다. 만년설은 비어 있었다. 그런 다음에는 악천후로 이틀 동안 마냥 기다릴 수밖에 없었다. 피란트는 요슈테인 아케르를 생각했다. 마치니는 타보르 곶으로 가는 길을 찾아 나설 정도로 정신 나간 사람일 수도 있다. 바람과 눈발이 잦아들었을 때, 해양학자와 두 비행사 베르그와 크리스티안센은 이 마지막 장소로 가는 비행을 시작했다. 어둠, 땅은 불명확하게 가라앉았다. 등성이와 만년설 위로 불안정한 눈이 쌓여 있었다. 피오르는 잿빛의 갑옷을 입은 것처럼 얼음이 뒤덮고 있었다. 시간이 흘렀다. 해양학자가 언젠가 썰매개들과 함께 며칠간 측정한 불모지는 몇 분 만에 그들 아래에서 멀어지고 달아나버렸다. 몇 주가 몇 시간이 되었다. 그리고 더 이상 시간도 없었다. 한 줄로 서 있는 희미한 은빛 석상들이 해안에 부드러운 곡선을 그리고 있었다. 부목들의 피라미드였다. 거주민들이 짧은 여름 동안 해안에 쌓아둔 것이었다. 그리고 나무표지판만 한 오두막이 빙하 속에 구부정하게 서 있었다. 타보르 곶의 모든 곳이 어둡고 비어 있었다. 저 아래에는 지금 한 사람이 위를 올려다보고, 회전

날개가 일으킨 크리스털 막을 향해 두 팔을 들어 자신을 보호하고 있었다. 긴 쇠줄에 묶인 개 여섯 마리가 그들 위에 기울어진 정체불명의 대상을 향해 짖어대고 있었다. 그리고 해양학자는 울부짖음과 고통스러운 눈바람을 뚫고 정착민 요슈테인 아케르에게로 달려갔다. 소리를 지르면서 인사를 하고 그를 향해 외쳤다. 당신 집에 있나요, 여기 있습니까? 그리고 그의 어깨를 잡고 흔들었다. 아케르는 비로소 누가 왔는지를 알아채고 놀라 어리둥절해하면서도 기뻐 웃으면서 소리 질렀다. 누구 말입니까? 난 혼자예요, 항상 혼자였는데요.

17. 철수

1874년 5월 20일, 오스트리아-헝가리 북극 탐험대는 마지막 피난처를 떠났다. 저녁 무렵이었다. 바이프레히트는 제국의 깃발을 테게트호프호 꼭대기에 못으로 박으라고 명령했다. 쓰레기로 뒤덮인 거대한 파도 속으로 침몰시키기 위해 장식된 세 개의 돛을 단 배. 지휘관은 떠날 채비가 된 대원들 모두를 정렬시키고 버려지는 배를 향해 만세 삼창을 외치게 했다. 감사의 외침을. 그리고 그는 출발 신호를 했다.

자정의 햇볕 속에서 대원들과 장교들은 미끄럽고 발이 푹푹 빠지는 눈길을 뚫고 짐을 잔뜩 실은 구명보트에 썰매 날을 달아서 빙하 언덕 위로 끌었다. 그것은 돛대와 보조 돛이 있는 노르웨이의 고래잡이 보트였다. 그들은 간헐적으로 1미터씩 앞으로 나아간다. 그들은 다시 발아래의 단단한 얼음을 발견하기까지 자주 허리까지 빠졌고, 보트도 함께 빠졌다. 그들의 어깨와 손은 행렬의 줄에 묶여 있었고 한 시간 만에 많은 사람이 힘겨워 구토를 했다. 그들은 90첸트너의 장비와 식량을 옮기고, 같은 길과 장애물을 세 번씩이나 넘어서야 했다. 배 한 척을 옮기는 데만도 온 힘이 들었다. 그렇게 그들은 밤새 죽을 고생을 하면서 보트를 한 대씩 테게트호프호로부터 끌고 나갔다. 밀고 끌면서 10시간이 지나 후에도 그들과 배 사이의 거리는 채 1킬로미터가 되지 않았다. 그들의 아름다운 배가 다시 그들을 유혹했다. 지금 선실에서 쉰다면 얼마나 좋을까. 방수 천을 씌운 좁은 보트 안보다 얼마나 따뜻하고 안전할까. 그들은 정말 배가 그리워졌다. 그러나 바이프레히트가 말한다. 안 돼. 바이프레히트가 배로 돌아가지 못하도록 한다. 우리는 유럽으로 가는 길이야, 우리는 배를 떠났어, 그가 말한다. 그렇게 그들은 철수의 첫번째 짧은 구간을 마치고 우스꽝스럽지만 배 가까이에 젖은 채로 탈진해서 웅크리고 눕는다. 유럽은 한없이 멀다. 직선으로 노르웨이의 해안으로 갈 수 있다 해도, 빙하 절벽이나 균열을 일일이 몇 시간에 걸쳐 돌아갈 필요가 없다 해도, 그리고 매일 10~15번 배를 운하와 웅덩이에 띄워서 세 번 노를 저어 다른 얼음 벌판으로 갈 필요가 없다 해도 말이다! 그들이 날아간다 하더라도 그들이 고대하는 해안은 아직도 거의 1600킬로미터나 떨어져 있다.

진실을 견뎌내지 못하는 사람은 지금 미래와 친해지는 것으로, 그리고 자신의 힘을 더 강하게 하고 빙하 위를 걸어가기 쉽도록 짐을 더 가볍게 하는 것으로 위안을 받을 수 있다. 그러나 불행한 새 땅을 건너면서 썰매 여행의 고통을 체험한 사람은 모든 고통이 점점 더 늘어날 뿐이라는 것을 알고 있다. 진실은, 철수 첫날은 그 뒤에 따라오는 주와 달의 한 예일 뿐이라는 것이다. 결국 그들이 북극에 있는 시간 동안 겪은 모든 궁핍함과 실망감이 요약된 시간의 비유일 뿐이라는 것이다. 2주 후 바이프레히트와 오렐과 열 명의 대원은 몇 킬로미터 떨어져 있는 배로 가서 마지막 구명보트를 가지고 온다. 그러나 그들은 네 개의 보트에 나눈 짐을 가지고 거의 나아가지 못하고, 때로는 하루 종일 얼음 덩어리의 잔해 속에 꼼짝 못하고 발이 묶인다. 균열이 넓어져서 물길이 열리거나 온화한 날씨에 빙하의 잔해가 가라앉아 마침내 길을 내줄 때까지 기다린다. 이 기다림은 테게트호프호에 있을 때보다 더 심각하다. 그들이 도끼와 삽으로 길을 닦아놓으면, 한 주가 지나 갑자기 파편들의 세계가 넘어설 수 없는 새로운 벽으로 다시 뭉친다. 그러면 그들은 돌아가서 다른 곳에서 루트를 찾아야 한다. 식량과 체력은 점점 줄어든다. 운이 좋으면 사냥을 해서 곰의 날고기와 물개의 기름을 먹는다. 그러나 그들을 먹어치우는 것은 얼음이다. 그리고 마침내 날씨가 좋아져서 남쪽으로 조금 더 다가간 듯이 보이면, 극지의 유빙들이 그들을 부드럽게, 매우 부드럽게 사로잡아, 1분씩 북극으로 내몬다. 두 달의 노고 끝에 그들은 가까스로 15킬로미터 정도 출발점에서 떨어져 있고, 프란츠요제프 제도의 산맥이 어느 때보다 가까이에 있다. 그러나 바이프레히트의 믿음은 흔들리지 않는 듯하다. 우리의 희망은 얼음을 통과하는 바로 이 행군에 있다. 다른 탈출구는 없다. 우리는 노바야제믈랴의 해안에 도달해 그곳에서 배를 찾을 것이다. 아마도 포경선이 될 것이다. 우리는 노르웨이로 배를 타고 갈 것이다. 뛰지 않고 배를 탈 것이다, 그는 말한다. 그는 반복해서 이 말을 선원들에게 해야만 한다. 이러한 고생이 아무런 소용이 없으며 테게트호프호로 돌아가 그곳에서 세번째 겨울을 나면서 바다의 자비나 기적, 정 안 되면 최소한 물기 없는 선실 침대에서 죽음을 기다리는 것이 더 낫다고 믿으며 불평하던 선원들은…… 바이프레히트의 말에 더 이상 불평을 하지 않는다. 며칠 동안은 말이다. 그러나 바다와 빙하의 지휘관은 자신이 이 시간에 정말 무엇을 느끼고 있는지는 아무에게도 말하지 않는다. 그는 여전히 예쁜 연필 글씨로 자신의 철수 일기를 쓴다. 그것은 얇은 지갑 크기의 노트로, 10년 후 그의 유고 가운데에서 뒤늦게 발견된다.

그 잃어버린 날들은 우리의 관에 박힌 못이 아니라, 널빤지 전체이다…… 빙하 위로 썰매를 끄는 것은 속임수일 뿐이다. 왜냐하면 이를 통해 얻는 몇 킬로미터는 우리의 목적을 위해서는 전혀 중요하지 않기 때문이다. 가장 가벼운 산들바람이 낮 동안 힘들게 끌었던 것보다 더 멀리 우리를 아무 방향으로나 데려간다…… 나는 모두에게 아무렇지도 않다는 얼굴을 한다. 그러나 나는 상황이 완전히 뒤바뀌지 않는다면 우리가 완전히 실패하리라는 것을 잘 알고 있다…… 나는 자주 나 자신에게 놀란다. 내가 얼마나 평온하게 미래와 대면하는지, 때로는 마치 나와는 전혀 상관이 없는 듯이 여겨지기도 한다. 최악의 경우를 대비해 나는 이미 결정을 내렸다. 따라서 나는 매우 평온하다. 단지 선원들의 운명만이 내 마음을 짓누른다……

테게트호프호의 장교들은 이미 배에 있을 때 최악의 상황을 대비해 결정을 내렸다. 철수하다가 희망이 없을 경우, 식량과 기운이 소진된다면 스스로 목숨을 버리고 대원들에게도 자살을 권할 것이다. 왜냐하면 총에 의한 죽음은 점진적이고 비인간적인 몰락보다 자비롭고 무엇보다 북극 탐험의 몰락에 동반되는 두려움보다 낫기 때문이다. 고깃덩이 한 조각을 두고 짐승처럼 싸우고, 인간 세계의 질서가 무너지고 마침내 인육을 먹고 광기에 휩싸이는 북극에서의 몰락 말이다. 아니, 황제의 북극 탐험대는 굶주린 늑대 떼처럼 몰락할 수 없고…… 몰락해서도 안 되었다. 종말이 분명하다면, 그것은 행운과 마찬가지로 단호하게 챙겨야 하는 것이다. 그러나 누가 그것에 관해 말할 것인가? 지금 그들은 빙하 깊숙이 있고 더 오래 버틸 수단이 거의 없다. 그리고 바이프레히트는 그의 일기에 쓴다.

나의 온 정신과 노력은 이 일기를 보존하는 데, 그래서 훗날 발견되도록 하는 데 가 있다……

그러나 그 종말이란? 언제 그 종말이 확실해지는가? 누가 그것을 결정하는가? 그리고 그들은 이미 오래전부터, 의식하지는 못했지만, 매 순간 이 끔찍하지만 유일한 삶에 매달리고, 결국 서로에게 달려드는 꼴을 보여주지 않았던가? 각자 자기 자신을 챙길 뿐이다. 마롤라는 레티스와 물개기름 한 덩이를 가지고 서로 주먹질을 했고, 스카르파는 칼센과 궐런 한 조각을 가지고 싸움을 벌였다. 예전에도 대원들은 아무것도 아닌 일로 서로에게 달려들었다. 때로는 큰 소리도 오갔지만 폭력을 쓰는 일은 드물었다. 그러나 지금 빙하 전문가는 주먹을 쓰고 장교들과 지휘관들도 싸움을 한다. 그렇게 그들의 증오는 더 이상 숨길 수도 없고 낯설지도 않다. 파이어는 오렐을 심하게 여러 번 질책하고, 결국 소리를 지른다. 돼지 같은 놈, 더 이상 못 참겠다. 그리고 마침내 바다와 빙하의 지휘관이 육지의 지휘관과 대립하는 순간이 온다. 이들에게서 이런 모습을 본 적이 없다. 바이프레히트는 항상 그렇듯이 조심스럽게 빙하에서 있었던 일을 기록한다. 겉으로는 평온해 보이지만 깊이 상처를 받은 듯하다.

파이어가…… 또다시 너무나 격분해서 나는 매 순간 심각한 충돌을 예상하고 있었다. 아주 사소한 것 때문에…… 그는 사람들 앞에서 나에게 빈정거렸고, 나는 그냥 넘어갈 수 없었다. 나는 그에게 앞으로 그런 표현은 삼가라고 말했다……

이 말에 분노가 폭발한 그가 말했다. 그는 1년 전에 내가 총으로 그를 위협했던 것을 똑똑히 기억하고 있고, 장담하건대 그가 나보다 더 빨리 선수를 칠 것이며, 심지어 집으로 돌아갈 수 없다는 것을 알게 되는 즉시 주저하지 않고 내 목숨을 노릴 것이라고 선언했다.

아마도 파이어-바이프레히트 탐험대가 몰락했다면 후에 잔해를 발견한 사람은 이 불화의 기록을 종말의 시작으로 풀이했을 것이다. 그러나 그에 관한 추측은 부질없다. 왜냐하면 때는 1874년 8월로, 마침내 얼음이 마치 지루해진 놀이처럼 그들에게서 떨어져 나가고, 인간들이 서로에게 늑대가 되는 진부함이 계속되도록 내버려두지 않았기 때문이다.

지금 일어나는 일은 상황의 완전한 변화이다. 불가능하고 터무니없는 희망으로 생각하고 아무도 그 변화를 믿지 않았다. 그 변화는 1874년 북극의 여름이 온화했기 때문에 일어날 수 있었을 뿐이다. 이는 몇 년 전이나 몇 년 후에도 일어날 수 없는 일이다. 검은 균열과 운하 들이 점차 넓어지고 푸른색이 되고 웅덩이는 바다가 되기 시작한다. 천천히, 꾸준히, 조용한 오후의 구름 떼처럼, 얼음 덩어리의 잔해가 벌어지더니 장벽이 무너지면서 수문이 열린다. 움직임 없이 굳어 있던 곳에 얼음이 녹으면서 물길이 생기고 흘러간다. 보조 돛이 바람에 펄럭인다. 돌풍의 빠르고 번쩍이는 그림자가 그들을 향해 혼란스럽게 다가온다. 그들은 돛을 달고 노를 저어 남동으로 간다. 보트를 빙하 위에서 다음번 물길까지 끌어야 하는 일은 점차 줄어든다. 그들 앞에 평평한 유빙의 들판이 펼쳐진다. 수많은 호수와 강 들이 갈라놓은 유빙의 표면은 무겁게 리듬을 타면서 숨 쉬듯 일어나고 가라앉는다. 그것이 길고 큰 파도를 만든다. 그들은 유빙의 경계에 도달한다. 유빙 저편에는 새 떼가 날아오르고, 어두운 하늘 아래 열린 바다가 있다.

우리의 해방은 8월 15일, 성모승천일이었다. 우리는 축제 때처럼 보트를 깃발로 장식했다…… 우리는 만세 삼창을 하고 얼음에서 벗어나 열린 바다를 항해하기 시작했다. 항해의 성공은 날씨와 쉼 없는 노 젓기에 달려 있다. 돌풍이 불면 보트는 틀림없이 가라앉는다…… 우리는 얼음의 하얀 거품이 차츰 하나의 선이 되더니 마침내 사라지는 것을 한없는 만족감으로 바라보았다.   율리우스 파이어

바닷길은 마지막까지 살아남은 두 마리 개를 미치게 만든다. 개들은 지나치게 짐을 많이 실은 배에서 제어할 수 없을 지경이고 노와 보트 위로 부딪치는 물보라에 달려든다. 얼음에서 태어난 토로시는 파도를 본 적이 없고 유비날은 아마 잊어버렸나 보다. 그러나 그 무엇도 무거운 노를 젓는 작업을 방해해서는 안 된다. 클로츠가 제비를 뽑는다. 클로츠가 개들을 사살해야 한다.

8월 16일 누군가가 외친다. 얼음이다! 그리고 놀라서 남쪽을 응시한다. 그러나 그것은 멀리 눈 덮인 산맥, 노바야제믈랴다. 그곳, 그 땅에서 그들은 배 한 척을 찾을 것이다. 지휘관 바이프레히트가 그렇게 약속했다. 그들은 악천후 속에서 절벽으로 둘러싸인 해안을 따라 혼란스

러운 물속에서 노를 젓는다. 만은 비어 있다. 얼음도 없고 배도 없다.

8월 17일 안개가 생긴다. 2년 전에 '세 개의 관'에 저장해둔 비상식량이 어느새 그들 뒤에 놓여 있다. 날씨가 개고 그들이 지나친 것을 알아챘을 때, 바렌츠 섬은 이미 수평선 아래에 있다. 그러나 그들은 노를 저어 북쪽으로 되돌아갈 수 없다. 시간이 경과한다. 몇 달 만에 다시 태양이 지는 것을 본다. 연어 낚시꾼이나 고래 사냥꾼이 가까이에 있다면 그들은 곧 귀향할 수 있을 것이다.

8월 18일, 황제의 탄생일에 탈진한 그들은 육지에 닿는다. 3일 밤낮을 노를 저었고, 지금은 불가에 둘러앉아 황제를 위해 희석한 럼주로 건배한다. 그들이 황제를 위해 발견한 섬의 제국에 비해 이 땅은 얼마나 부드럽고 연한가. 구름으로부터 그들 쪽으로 내려오는 가파른 등성이에는 키 작은 풀과 드물게 꽃도 있다. 바이프레히트는 일기에 쓰고 있다. 아름다운 물망초, 너무나 아름다워서 결코 '나를 잊지 마세요'가 될 수 없을 것 같다.

그들의 수면은 짧다. 만년설의 벽 부분에서 우르릉거리는 소리가 위협적으로 크게 울려 퍼진다. 울리는 소리는 그칠 줄 모른다. 악천후가 예고된다. 그들은 계속 가야 한다.

노바야제믈랴의 해안이 대부분 접근이 어려워서 우리는 지체하지 않고 여행을 계속해야만 했다. 비록 오랜 시간 노를 젓느라 힘들고 팔이 이미 뻣뻣해져서 부어올랐지만 말이다. 우리는 운송 수단이 있는지 둘러보았지만 소득이 없었다…… 거친 북극의 산 이외에 보이는 것은 아무것도 없었다…… 폭풍우가 몰려와 우리의 힘을 소진시키고 보트들을 흩어놓았다. 보트에 물이 가득 차서 대원들은 물을 퍼내느라 쉴 새 없이 분주했고…… 우리

는 끝없는 물길을 통과하여 비밀스러운 결말 안으로 기계적으로 노를 저어
들어갔다.   율리우스 파이어

　　1874년 8월 24일 저녁 7시, 남서에서 미풍이 불어온다. 노바야제믈
랴의 두넨바이에 닻을 내리고 있던 러시아 포경선 바실리호와 니콜라
이호의 대원들은 네 척의 보트가 다가오는 것을 보지만, 아무런 환호
성도 듣지 못한다. 노가 바닷물에 부딪히는 소리만이 들릴 뿐이다. 깃
발을 보고 이들이 실종자들이라는 것을 알게 된다. 지금 북극해의 항
구에서 화제가 된 사람들. 낯선 사람들 중 몇 명은 니콜라이호의 밧줄
사다리를 혼자 올라가지 못하고 부축을 받아야 한다. 바이프레히트가
선장인 표도르 보로닌에게 페테르부르크에서 발급된 차르의 보호서
신을 건네고, 보로닌이 침묵을 뚫고 큰 소리로 더듬더듬 차르 알렉산
드르 2세, 니콜라예비치가 자신의 신하들에게 오스트리아–헝가리 북
극 탐험대를 보살펴주라고 명하는 것을 읽을 때, 러시아 선원들은 모
자를 벗고 종기와 동상으로 몰골이 사나운 비쩍 마른 이방인들 앞에
무릎을 꿇는다.

18. 세상으로부터 — 헌사

1981년 12월 11일 금요일, 극야가 크고 분명하게 땅 위에 있던 날, 롱예르뷔엔에 개 두 마리가 나타났다. 부서진 썰매를 매달고 있었는데, 너무나 정신없고 이상하게 변해서 세틸 피란트는 이 늑대들이 자신의 아노레와 이미악이라는 것을 알아보기까지 한순간 머뭇거렸다. 썰매개들은 던져준 먹이를 먹었지만 사람들이 그 두 마리를 함께 엮고 있는 줄을 풀어주려고 하면 다시 으르렁거렸다. 개들이 계속 사람의 접근을 거부하며 이빨을 드러내고 씩씩거렸기 때문에 해양학자는 개들이 돌아온 나흘째에 개들을 총으로 쏘아 죽였다.

이 짐승들. 짖는 걸 그만둘 수 없어? 그리고 고통, 기차가 움직이면서 일어나는 반동. 방파제가 매끄럽게 지나간다. 역의 승강장. 선착장. 파사우*. 날이 갠다. 개 짖는 소리가 멈추지 않고 주철로 된 기둥

뒤의 하늘에 부딪혀 되돌아온다. 아무도 이 개에게 벌을 주지 않나? 때때로 조용히 시키기 위해 쇠로 만든 회초리로 파이어가 공중을 몇 번 가르면 그뿐이지 않았던가? 그러나 그들은 파이어의 개들이 아니다. 파이어의 개들일 수가 없다. 클로츠가 마지막 두 마리를 쏘아 죽이지 않았던가. 멀리 열린 물길로 떠내려가는 빙하 위에서. 열린 물길. 그리고 그 너머에는 산들이 있었던가? 해안이 있었던가? 땅! 바이프레히트는 몸을 일으키려고 애쓴다.

누워 있어, 카를. 지금 누군가가 부드럽게 말을 하고 그의 위로 몸을 굽힌다. 누워 있어. 그는 고열에 시달려 타는 듯, 다시 침상에 쓰러진다. 그러나 그에게 쿵쿵거리고 굴러온 것은 파도였고, 그의 배는 돛을 활짝 펴고 저편으로 날아가고 있었다. 지금 해안이 얼마나 가까운지, 녹색 해안, 그 뒤로 빈 평원, 잎이 떨어진 낙엽송들. 그리고 그는 선실의 어둠 속에 누워 있었다. 그는 갑판으로 가야 했다. 우현부, 중간 돛을 감아! 첫번째 돛 줄여라! 돛대로 올라가라! 버팀대를 대라! 돛을 내려라…… 아딧줄을 팽팽하게! 축범의 도르래를 위로! 그늘에서 한 사람이 그에게 말한다. 쉬, 조용히, 진정해. 그러고는 조용해진다. 선상 북동쪽에는 아무런 소리가 없다. 개들도 없다. 아래에서 갑자기 쇠, 쇠줄, 바퀴, 제동편자가 소리를 내고, 멀리서 누가 소리를 지를 때 그는 잠에서 깨어났다. 레겐스부르크! 문이 열리고 창의 커튼이 조심스럽게 닫히고 햇살이 차단되었다. 레겐스부르크. 이 도시는 그들 루트에서 떨어져 있었다. 그것은 베를린, 브레슬라우, 또는 함부르크에서 출발

---

* 독일 남부의 도시.

해 빈으로 돌아가는 길에 있지 않았다. 바르되에서 온 우편 증기선이 세상의 마지막 땅을 발견한 사람을 태우고 도착하자, 함부르크 항구의 하늘에는 폭죽이 터지고 상륙용 전교에는 벵골 꽃*이 피어오르고, 배의 뱃고동은 엄청난 오르간 소리처럼 울려 퍼졌다. 마차 퍼레이드가 환호와 깃발과 역에서의 연설을 지나가고, 승강장은 환호성으로 시끄러웠다. 그들은 배를 잃었고 빙하 속 섬들의 리스트 외에는 아무것도 가져오지 못했지만, 그럼에도 역마다 새로이 열광이 일었고, 엄청난 환호성이 울려 퍼졌다. 그런데 지금은 레겐스부르크인 것이다. 왜 커튼이 쳐져 있고 왜 그는 살롱 칸에 혼자 누워 있는가? 다른 사람들은 어디에 있는가? 그는 그제야 머리를 들고 아버지를 본다. 왕실 변호사이자 백작령 에어바흐의 재무담당인 바이프레히트 씨가 검은색 외투를 입고 그의 침상에 엄숙하고 진지하게 앉아 있다. 그리고 장중하게 말한다. 우리는 레겐스부르크에 있어, 카를…… 아버지가 돌아가셨다. 그것은 바르되에서 바이프레히트를 기다리고 있던 소식이었다. 스카르파, 루지나, 오렐 등도 유사한 비보를 접했다. 우리를 떠났다. 죽었다. 그는 바르되에서 니콜라이호의 선장에게 구조의 대가로 은화 1200루블을 지불했다. 모든 곳에 평화가 있다, 사람들은 그에게 말했다. 나폴레옹은 죽었다. 우리의 충직한 아버지가 돌아가셨다. 빙하 전문가는 올라프 훈장과 하얀 가발로 장식하고 트롬쇠에서 우편 증기선을 떠난다. 부두에서 그를 안아주는 나이 든 여인의 상냥함에 행복해져서, 그들이 불행했던 몇 년간 매번 대원들에게 했던 말을 계속 외친

---

* 신호용 불꽃.

다. "만약 신이 우리와 함께하신다면, 아무것도 우리와 대적할 수 없다." 그리고 환호성이 그를 계속 몰아갔다. 아버지가 우리를 떠나셨다. 아니, 그의 침상에 앉아 있는 사람이 헤센-다름슈타트 대공작령의 훈장을 외투에 달고 있다 해도, 그는 아버지일 수가 없다. 그는 이미 오래전부터 쾨니히에서 영면하고 있다. 그는 다시 낯선 사람을 향하고 그것이 아버지라는 것을 알아보았다. 그러나 그는 지금 말이 없고 외투도 입지 않고 가슴에는 훈장이 아니라, 다른 무엇인가가 빛나고 있었다. 그것은 그의 눈을 아프게 하고 열에 들뜨게 했다.

나는 빙해에서 돌아온 6년 후 42세가 된 해군 중위 카를 바이프레히트를 다시 한번 눈앞에 그려본다. 나는 결핵으로 고열에 들떠서 죽을 정도로 말라 '황후 엘리자베트 기차'의 살롱 칸에 누워 있는 그와 그의 머리맡에서 슬퍼하는 의사를 본다. 그는 바이프레히트의 동생으로 오덴발트의 미헬슈타트에서 죽어가는 형을 어머니가 계신 고향집, 대공작령 헤센으로 데려가기 위해 빈으로 왔다. 황제의 북극 탐험대의 영웅은 오스트리아-헝가리, 또는 그가 조국이라고 부르는 어느 낯선 곳에서 죽으면 안 되는 것이다. 그것은 조용한 여행이다. 동생은 깨어나서 듣는다. 마지막 말, 유언을 받아 적을 준비가 되어 있다. 그러나 바이프레히트는 이미 몇 년 전, 발견자들을 향한 열화와 같은 환호성 속에서 이미 할 말을 다 했다. 나는 절대 뱃멀미를 하지 않았다. 그는 당시 북극 지방과 북극 지방의 연구 상황에 대해 연설을 시작했다. 그러나 나는 나의 업적이나 나의 불멸에 대한 이야기를 들어야 한다면 멀미를 할 수도 있다. 불멸이라! 이렇게 기침을 하는데…… 북극 지방에 대한 연구는 의미 없는 희생으로 전락했고 지금은 국가적인 허영을 채우려는 열광 속에서 고위도를 달성하는 무자비한 사냥으로 소진되고 있다. 그러나 이제는 그런 전통을 깨고 자연과 인간을 위한 연구의 길로 들어설 때다. 왜냐하면 더 이상 연구와 진보를 위해 매번 인간과 자원이 희생되고, 매번 새로운 탐험대가 몰락해서는 안 되기 때문이다. 이는 지속적으로 북극권의 현상을 기술하고 인간에게도 최소한의 안전을 보장할 수 있는 관찰 기지 시스템, 극지의 초소에 의해 이루어져야 한다. 단순히 발견을 목적으로 하는 항해에 대한 국가적인 허영심, 빙하 불모지에 대한 고통스러운 정복이 연구의 주요 동기로 남아 있는 한, 학문적인 인식을 위한 자리는 없는 것이다.

여러분께 부탁드리고 싶습니다. 바이프레히트는 독일 그라츠에서 자연과학자와 의사 들의 제48차 회합에서 주목받는 강연을 했다. 여러분께 부탁드리고 싶습니다. 제가 이런 말씀을 드리는 것은 북극권의 선구자들의 공로에 가까이 다가가기 위해서가 아닙니다. 왜냐하면 저는 선구자들이 치른 희생을 더 많이 인정하는 소수에 불과하기 때문입니다. 이런 원칙을 공개적으로 말하면서 저 자신을 질책하고, 값비싼 고생을 치르고 얻은 결과들 대부분을 혹독하게 비판합니다.

뉘른베르크에서 테게트호프호의 지휘관은 좌현의 돛을 쓰다듬고 속삭이듯이 바다의 수심을 세었다. 26길*, 진흙층······ 80길 눈금······ 109길, 진흙층. 그러고는 물속의 추가 흔들리고 다림줄이 바닥에 닿지 않는다. 지휘관은 입을 다문다. 숨을 쉰다. 1881년 3월 27일 일요일 저녁, 기차가 미헬슈타트로 들어온다. 바이프레히트는 살롱 칸으로,

---

* 1길은 18미터.

그의 배로 들어서는 친구들을 알아보지 못한다. 사람들은 그를 들것에 신고 어린 시절 집으로 데리고 간다. 그는 도착했다. 그는 오랫동안 떠나 있었다. 맙소사, 이 무슨 재회란 말인가. 일흔 노모가 4월 초 빈으로 보내는 편지에 쓴다.

그의 눈물 어린 시선은 나를 찾아온 죽음의 창백함과 내가 떨고 비틀거리는 것은 보지 못했다. 내가 이름을 불렀을 때, 아들은 나를 알아보고 내가 빈에 있는 그를 방문했다고 생각했다. 그리고 내 사랑에 감동하고 감사를 표했다. 그는 우리 곁에 이틀 밤낮을 머물다 숨을 거두었다. 그는 입관을 하고 꽃으로 덮여 장례일인 3월 31일 목요일에 쾨니히의 가족 묘지에 안장되었다. 북극에서 돌아온 후 한 번도 뵙지 못한 존경하는 아버지 곁에.

바이프레히트는 온 힘을 자신의 비전을 실현시키는 데 쏟았다. 이렇게 율리우스 파이어는 빈의 〈노이에 프라이에 프레세〉에 고인에 대한 헌정사에 썼다. 북극권 주위에 여러 관찰 기지를 세우고, 국제적인 연구 협력체계를 갖추는, 즉 순수한 학문적 비전 말이다.

그가 숭고한 목적을 달성하기 위해 기울인 노력은 한 개인의 힘을 초월했다. 그것은 희망도 없이 맨손으로 일궈낸 힘겨운 투쟁이었다.

그것은 거의 7년 전 바로 그날과 같았다, 파이어는 덧붙였다. 그는 당시 몇 명의 일행과 함께 새로 발견한 땅에서 첫번째 썰매 탐사를 마치고 테게트호프 제독호로 돌아가는 도중에 손에 동상이 걸린 화부 포스피실을 먼저 배로 보냈다. 그들은 모두 지쳐 있었고 저 멀리 어둠 속에서 구조선은 아직 보이지 않았다.

갑자기 나는 얼음 절벽 사이에서 나를 향해 다가오는 바이프레히트를 보았다. 흰색 형체. 수염, 머리카락, 눈썹, 옷, 모두 얼음으로 덮여 딱딱해졌고, 입 주위에 두른 머플러가 꽁꽁 얼어 있었다.

바이프레히트는 빙하 속에서 털옷도 무기도 없이 일행을 염려하면서 혼자 있었다. 이때의 기억은 그의 뇌리에 고스란히 남아 있다고 파이어는 말한다.

모든 것, 거의 모든 것은 기억이다. 육지의 지휘관이 자신의 죽은 친구와 이전에 운명을 같이했던 친구들을 위해 고별사를 작성할 때, 새 땅은 더 이상 가치가 없고 차츰 어두워지는 역사의 한 장면일 뿐이었다. 1874년 9월에 마른 가지, 깃발, 현수막, 꽃으로 장식한 임시 열차를 기다리는 환호성이 울리는 도시, 그것은 북극 탐험가, 발견자, 얼음의 정복자, 새 오스트리아의 정복자를 빈으로 데리고 갈 기차였다. 군인이나 정치인, 관료, 최소한 대십자 훈장을 제시할 수 있는 사람만이 환영을 위해 플랫폼에 들어갈 수 있었다. 영웅들이 탄 차량은 북부역에서 도심지로 가는 데만도 몇 시간이 걸렸다.

만세 소리가 계속해서 차량을 들썩이게 했다. 두 명의 지휘관이 앉아 있는 차량은 북극의 항해자들이 빈으로 오는 길에 받았던 커다란 월계관들로 장식되어 있었다. 여인들은 차량 안으로 꽃을 던졌고 지휘관과 대원들은 빈 시민들이 즉흥적으로 기쁨과 관심을 분출하는 데 놀란 듯 보였다. 차량은 조금씩 북부역에서 북부역로를 지나 예거차일레에 도달했다. 사람들은 말 앞으로 몸을 던졌고, 마차를 놓아주지 않으려는 듯했다. 여기에서부터 도심지까지 수천 명의 인파가 도착하는 이들을 기다리며 점차 늘어나고, 약간씩 흩어질 뿐이었다. 도로는 사람들로 검게 뒤덮였고 집집마다 창가에 사람들이 빽빽하게 서 있었고, 사방에서 환호성을 지르고 손수건을 흔들면서 인사를 했다. 몇 군데에는 인파가 몰려 실제로 위험스러울 정도였다. 2500만 명이 환영식에 참가했다고 가정해도 그다지 터무니없는 것은 아니었다. 차량은 프라터슈트라세에서 아스페른 다리를 지나 슈투벤토어까지 갔다. 그곳에서 선원들이 탄 차량은 드레어의 비어할레로 가기 위해 주도로인 란트슈트라세로 좌회전했다. 그곳 주인 오트 씨는 그들에게 집과 음식을 공짜로 제공했다…… 장교들은 슈투벤토어에서 볼차일레와 로텐투름슈트라세를 지나 슈테판 광장, 묘지, 보그너가세와 궁을 지나 화려하게 장식한 '춤 뢰미셴 카이저' 호텔로 갔다. 그곳에 숙소가 마련되어 있었다. 호텔까지 그들을 동행한 것은 끊이지 않는 사람들의 관심과 기쁨의 표시였다. 좁은 도심지에 들어서자 환영은 더욱 친밀해졌다. 링과 예거차일레의 거대하고 폭넓은 대중에 비해 여기에는 빽빽한 인파와 친척을 마중 나온 대가족들이 있었다. 귀족들이 사는 주택가의 오래된 담들은 살아나려는 듯이 보였다. 모든 창에서 만세 소리가 울리고 하얀 손수건이 나부끼고 커다란 소리의 환영 인사가 떠다니고 발코니는 아름다운 여인들의 무게로 휘어질 듯했다.

〈노이에 프라이에 프레세〉, 1874년 9월 26일 토요일

그러나 20만, 30만 명의 열광만으로는 충분하지 않았다. 모든 축하 연설, 연회, 훈장, 그리고 주교의 축복도 왕정을 붕괴시키는 은밀한 위험으로부터 북극권 섬을 발견한 승리를 장기적으로 지켜주지 못했다. 그 위험이란 귀족들의 수다, 군대의 뒷말, 궁정의 소문, 그리고 황제의 아카데미나 지리학회의 소모임들의 코멘트였다. 그들의 북극 탐험을 점진적으로 몰래 폄하하는 것에 선원과 사냥꾼 들은 신경 쓸 필요가 없다. 이러한 폄하는 환영이 점점 더 수그러들면서 진행되었다. 선원과 사냥꾼 들은 아드리아, 보헤미아, 모라비아, 슈타이어, 그리고 티롤로 돌아갔고 그곳에서 바이프레히트가 그들에게 만들어준 관직

을 수행한다. 술수를 꾸미는 자들의 말에 아랑곳하지 않는 바이프레히트는 더 이상 자리에 연연하거나 오스트리아 왕가의 관복을 입고자 하지 않았고 출세의 법칙에서 멀리 떨어져 측량할 수 있는 것은 하고 측량할 수 없는 것도 측량하기 위해 빙하로 가기를 고대했다. 그러나 존경뿐만 아니라 추앙과 사랑도 받고 싶어 한 영웅 율리우스 파이어는 혼자 상처 받기 쉬운 상태로 남아 있었고, 상처를 받았다.

파이어가 만든 일명 '황제 프란츠요제프 제도'의 지도는 유감스럽게도 매우, 매우 부정확해서, 학식이 있는 상류층 모임의 한 사람은 해안선이 어디로도 향하지 않는다고 말한다. 그리고 다른 사람은…… 미치광이처럼, 죄송, 너무나 부정확하다고 말한다. 황제의 은총으로 스스로를 기사로 칭하는 보헤미아의 보병이 알려지지 않은 바위 몇 개를 발견했겠지…… 바다에 떠 있는 바위들, 죄송, 땅이 아니라…… 그리고 존경하옵는 그분이 살롱에서 자신의 고통과 우연한 행운에 대해 하는 말들은 조금은 지어낸 이야기, 허구 같다……

파이어는 험담을 듣고 가만있지 않았다. 그는 설득하려고 애썼고, 소문의 근원지를 캐고 무력화시키려 했다. 그러나 빈틈을 보이고 깊이 상처 받았다. 몇몇 장교들의 모임에서는 새 땅, 그의 땅이 거짓말로 치부되었다. 심지어 지리학회의 정기 모임에서 썰매 여행 때 겪은 곤궁함을 묘사할 때 어떤 사람이 중간에 소리를 질러서 그의 강연을 망쳐놓기도 했다. 그게 정말이기를! 그의 땅은 거짓말인 것이다!

살롱에서 파이어의 모자와 외투, 그리고 바이프레히트의 넥타이가 유행한들, 근교 도시에서 코냑 양조장 주인들이 자신의 허름한 술집 이름을 오로라, 영원한 빙하, 프란츠요제프 제도로 지은들, 그게 무슨 소용이 있는가. 화려한 유명세와 길거리의 열광이 무슨 소용이 있는가. 침묵을 지키는 국왕의 판단이 분명하지 않고, 귀족들이 수다를 떨면서 갖은 고생 끝에 측량한 땅의 존재를 의심한다면 말이다.

실망한 파이어는 자신이 승리한 그해가 지나가기 전에 황제의 군대를 떠나 빈, 오스트리아, 그리고 정복자로서의 삶을 단호히 뒤로한다. 그는 자신의 탐험보고서의 주에 덧붙인다. 지금까지 알려지지 않은 땅의 발견에 관해서 개인적으로 오늘날에는 더 이상 가치를 부여하지 않는다…… 그는 지금 화가가 되려고 한다. 북극해의 숨겨진 길과 새 땅을 찾던 예전의 집념으로 파이어는 색채론과 해부학과 원근법에 전념한다. 먼저 프랑크푸르트의 슈테델 인스티튜트에서, 그리고 뮌헨의 왕립 조형예술 아카데미에서, 마지막으로 파리에서 회화를 배운다. 이 기간 동안 그는 다시 한번 구설수에 오른다. 빈 살롱에서 떠도는 얘기로는, 프랑크푸르트 은행가의 아내이자 로스차일드*의 조카 중 한 사람인 파니 칸이 파이어 때문에 남편을 버리고 시끌벅적하게 이혼을 한 후 다방면의 재주꾼이자 보헤미아의 기사인 북극 탐험가와 결혼했다. 드 파이어 부부는 파리에서 태어난 아이들의 이름을 알리스와 율리우스라고 지었다.

나는 화가가 되었네. 망명자는 독일의 사하라 연구자 게르하르트 롤프스에게 편지를 쓴다. 파이어는 롤프스와 함께 리비아 사막을 지나 나일 강과 콩고 강의 분수령까지 가려고 한다. 그러나 롤프스는 결국 혼자 출발하고 파이어는 파리의 화실에서 자신이 그린 그림들 가운데

---

* 19~20세기의 유명한 유대인 은행가 가문.

에 남아 있다. 그것은 커다란, 엄청난 크기의 그림으로, 빙산, 북극권의 비극, 1847년 겨울 생존자 없이 끝난 프랭클린 탐험대의 장면들을 담고 있다. 화폭은 10제곱미터, 더 큰 것도 있다. 끔찍한 세계로 난 창이다. 거기에 넝마를 두른 형체들이 얼음 위를 기어가고, 곰의 먹이가 된 존 프랭클린의 동료들의 시체가 눈바람을 맞고 있다. 그리고 하늘은 모든 것 위를 사납게 달려간다. 빙하와 어둠의 공포를 대가다운 필치로 냉정하게 그려내서 사람을 불안하게 한다. 비평가들은 환호를 보낸다. 런던에서, 베를린에서, 뮌헨에서, 파리에서 그에게 금메달을 수여한다.

빙하에서 돌아온 지 10년이 된 1884년, 화가는 왼쪽 눈을 실명한다. 그는 오랫동안 절망한다. 그러고는 계속 작업을 한다. 점차 그가 그리는 실제 크기의 얼굴은 바이프레히트, 오렐, 칼센, 선원들의 얼굴이 된다. 율리우스 파이어는 자신만의 드라마를 그리기 시작하고, 불모지에서 보낸 시간을 그린다. 그림들은 팔기가 어렵다. 너무 커서 홀이나 성이 필요하다. 절반의 시력은 자신에게 작은 것, 섬세한 것은 허락하지 않는다, 화가는 불평한다.

나중에 친구의 편지에 따르면, 1890년 파이어는 향수에 사로잡혔다. 분명한 것은 화가가 그해에 가족이 있는 파리를 영원히 떠나서 빈으로 돌아갔다는 것이다. 상류 사회는 항상 북극권에 대한 이야기를 하는 재미있는 손님을 친절하게 맞는다. 파이어는 귀족 집안 딸들에게 회화 수업을 하고, 순회 강연자로 소도시들을 다니면서 일생의 역작을 위한 작업을 재개한다. 그것은 그들이 북극에서 철수하고 도주하는 장면을 그린 것이다. 폭 3미터와 높이 3.5미터의 〈결코 돌아가지 않는다〉라는 작품으로, 그의 대표작이 될 것이다. 그리고 그것은 바이프레히트에게 보내는 칭송 이상의 의미가 있다. 오른손에는 성경을 들고 왼손은 방어를 하듯 멀리 밝아오는 빛 속에 있는 프란츠요제프 제도를 향해 들고, 바다와 빙하의 지휘관은 빙하 속에서 웅크리거나 기어 다니거나 누워 있는 남자들 앞에 서 있다. 그는 탈진한 사람들과 절망한 사람들을 위로한다. 배로 돌아가면, 과거로 귀환하면 구원이 있을 거라고 생각하는 사람들이 그 믿음을 버리도록 주문을 외우는 설교자다. 절대로 돌아가지 않는다. 유일한 희망은 빙하 위를 지나가는 길에 있다.

이 그림과 함께 많은 것이 완성되었다. 율리우스 파이어는 비로소 꿈꾸는 자의 단호한 확신으로 자신의 기억 속에서 나와 새로운 계획을 세운다. 그는 다시 북극권으로, 그린란드로, 계속 더 북쪽으로 갈 것이다. 화가들이 동행할 것이고, 그것은 극지 불모지의 색채와 형용할 수 없는 빛을 그리기 위한, 화가들의 탐험대가 될 것이다. 나중에, 아마 나중에 그는 남극 탐험에도 참가하여 분명, 남극의 셸프아이스* 위를 걸을 것이다.

19세기의 마지막 여름에 파이어는 다시 장비를 갖추기 시작하고, 빙하로 가기 위해 몸을 단련한다. 알프스와 롬바르디아를 등반한다. 그리고 피레네 산맥과 카디스 만까지 스페인 전역을 오르내린다. 프란츠요제프 제도의 존재에 대해서는 이미 오래전부터 아무런 의심이 없다. 그동안 프리드쇼프 난센과 영국의 잭슨 탐험대가 그곳에서 겨

---

* 바다에서 떠내려온 얼음과 만년설의 경계면.

울을 냈다. 아브루치 공작과 그의 일행은 세기말을 그 땅의 어둠 속에서 보냈고, 플리겔리 곶의 기념석 아래에서 손상되지 않은 오스트리아-헝가리 북극 탐험대의 기록 문서를 발견하고 다시 제자리에 놓았다. 아니, 나이 든 남자는 이제 이 마을 저 마을을 돌아다니며 목사관에서 현무암 해안과 빛의 경이로움에 대해 이야기한다. 그는 거짓말쟁이가 아니다. 자신이 무슨 말을 하는지 알고 있다. 시류와 소문의 상황에 따라 존경을 보내기도 하고 외면하기도 하는 사회는 더 이상 필요 없다. 지금은 파이어에게 빈 지리학회 명예회원 자격을 되돌려줄 때다. 지금 그는 여관과 산악호텔에 대한 베데커* 평가를 쓰고 살롱은 피한다.

그 사실은 나를 깊이 동요시켰다. 새로운 영웅들 중 한 사람, 스웨덴의 동양탐험가 스벤 헤딘이 빈 연설에서 파이어의 운명에 대해 탄식한다.

율리우스 파이어처럼 행동한 사람이…… 자국민들로부터 잊히고 외면당한 채, 가난 속에서 살아야 했고, 장사꾼처럼 이리저리 떠돌면서 몇 푼을 위해 강연을 하도록 강요받았다니.

도합 1228회의 강연이다. 1228회의 북극권의 영상. 파이어는 일지를 작성한다. 장소, 날짜, 청중의 숫자, 환호, 사례금. 그러나 그는 미래에 매몰되어 있다. 그는 북극에 잠수함을 타고 갈 것이라고 말한다. 그는 킬**에서 출발할 것이다. 바닷속의 여명을 통과해서 떠다닐 것이다. 오랫동안, 계기판의 바늘이 자신이 도착했음을 알려줄 때까지. 세상의 정점에서, 깊은 바다 속에서 그는 다이너마이트를 터뜨릴 것

---

* 유명한 여행 안내책자.
** 북부 독일의 항구 도시.

이다. 위에 있는 얼음이 부서질 것이다. 이윽고 수면은 다시 잠잠해져 매끈해지고 하늘을 투영할 것이다. 그러면 그는 떠올라서, 마침내 떠올라서 그 거울 위를 걸을 것이다.

1912년 5월 북극 탐험자는 뇌졸중으로 쓰러져 수발을 받게 된다. 나이 일흔에 백발이고 걷기도 힘들고 한마디도 할 수 없다. 파이어는 하고 싶은 말을 나란히 붙여놓은 작은 쪽지에 끼적인다. 그의 질문들, 기억들, 불평들이 바스락거리면서 늘어나는 종이 위의 줄이 되고 그는 이것을 '지렁이'라고 부르며 자신의 방문객들 앞에서 푼다. 이 말 없는 자가 아직도 얼음의 세계를 목표로 하고 있는가? 나는 모르겠다. 그동안 북극의 불모지에 관해 무너질 수 있는 신화는 모두 무너졌다. 노르덴셸드 남작은 북동 항로를, 아문센은 북서 항로를 통과했고, 앙숙인 피어리와 쿡도 북극권을 정복한 후 귀환했고, 아문센은 남극도 정복했다…… 그러나 무엇이 달성되었건 간에, 그것은 노쇠한 파이어 없이 이루어졌다. 그는 자신의 마지막 여름을 오버크라인*의 벨데스, 알프스 남부와 카라방켄 사이에 있는 호수에서 요양하며 보냈다. 그곳에서 그는 '라 미시옹 아르크티크 프랑세**'의 회장을 자칭하는 쥘 드 파이어라는 사람이 파리에서 프란츠요제프 제도 탐험을 준비한다는 소식을 전해 듣는다. 친애하는 쥘 드 파이어, 아들에게……라고 요양객은 편지를 시작한다. 그는 그 편지를 마치지 못하고 결코 부치지도 못한다. 왜냐하면 지금 시간이 모든 것을 덮치고 있기 때문이다. 세상의 마지막 땅의 주인이자 그 땅과 동명인 프란츠 요제프 1세

---

* 슬로베니아의 서부 지역.
** 프랑스의 북극 미션.

는 자신의 제국의 벽에 선언문을 붙이게 한다.

나의 국민들에게!…… 증오로 가득 찬 적들의 소요가 일어나 나는 왕정의 명예를 지키고 그 권위와 권력을 보호하기 위해, 소유권을 지키기 위해, 오랜 평화를 끝내고 검을 잡지 않을 수 없게 되었다…… 점점 더 나와 나의 왕조에 대한 증오의 수위가 높아지고…… 나는 하느님이 나의 무기를 승리로 이끄시리라 확신한다. 나는 평온한 양심으로 나에게 의무 지워진 길을 가겠다……

멀리 외따로 떨어져 있는 1914년 여름의 프란츠요제프 제도는 얼마나 조용하고 잠잠하고 빛으로 넘치는가. 바위 절벽에는 선전포고도 없고 해안과 산맥에는 전쟁의 소란도 없다. 만년설이 부서진 조각은 옥이나 청금석으로 만든 것 같고, 어두운 곳에서는 바다 갈매기와 바다쇠오리 들이 털갈이를 하고 있다. 나는 말한다. 말이 없는 그 사람도 자신이 낙원을 발견했다는 것을 이제는 안다.

다음 해 갈리시아 벌판은 전사자로 뒤덮이고, 플랑드르 지방의 초원도 마찬가지다. 프로이센 마주렌 지역의 호수, 알자스로렌, 상파뉴, 세르비아, 캅카스, 이손초 강가* 도처에 전사자들이 쓰러져 있다. 그때 율리우스 파이어는 자신의 의무를 다하기 위해 애쓰다가 벨데스에서 죽음을 맞는다. 1915년 8월 29일, 덥고 바람 없는 날이었다. 사람들은 요양객의 몸을 씻기고 좋은 옷을 입히고 빈으로 옮겨 9월 4일 명예 묘지에 안장한다. 사람들은 그가 남긴 것을 정리한다. 깃털 옷, 천으로 만든 장화, 좀먹은 가죽 옷을 내다 버린다. 이 말없는 자가 궤짝에

---

* 슬로베니아와 이탈리아 사이를 흐르는 강.

보관하던 추위로부터 보호하기 위한 모든 것, 그리고 그의 '지렁이', 메모 하나하나를 펴고, 코멘트와 격언 들을 찾아낸다. 스케치와 어디에도 결국에는 발표되지 못한 기록, 러시아 혁명이 눈앞에 있다……

차르가 살해당한다, 폴란드의 해방, 국가 재정의 파탄, 수백만의 사망자, 도시의 파괴, 함대와 무역, 전염병의 등장…… 그리고 마지막으로 우리 태양계의 오점인 지구를 불태움으로써 세상의 몰락.

나는 아무것도 끝내지 않고 아무것도 세상에서 없애지 않을 것이다. 조사를 해나가면서 이런 결말이 날까 두려워했던가? 점차 나는 수많은 자료와 그 진부함 속에서 방향을 잡기 시작한다. 요제프 마치니의 실종, 얼음에 대한 나의 연구자료들은 나에게 가르쳐준다. 매번 다르게, 그리고 새롭게. 나는 가구를 옮기듯이 스스로를 여러 버전 속으로 밀어 넣고 자리를 잡는다.

내 방 벽에는 육지와 해안, 바다의 지도가 펼쳐져 있다. 짙고 옅은 푸른색의 지도는 접혀 있고 섬들이 기포처럼 떠 있고 지그재그 모양의 빙하 경계선이 지나간다. 이 벽에는 매번 같은 나라들이 반복된다. 비어 있는 찢어진 나라들, 노르웨이, 소비에트 연방, 스피츠베르겐과 프란츠요제프 제도, 외딴 황제의 영역, 위도와 경도로 얽힌 저인망.

제믈랴프란차요시파. 옛 지명은 아직 유효하다. 오스트로프 루돌파는 루돌프 섬. 그곳에서 나는 내가 하는 말을 듣는다. 그곳에서 선원 안토니오 차니노비치가 개썰매와 함께 만년설 틈으로 떨어졌다. 그곳에서 육지의 지휘관은 혼비백산했다.

플리겔리 곶도 아직 그대로다. 그리고 섬, 만, 연안들은 그들의 첫번째 이름을 간직하고 있다. 비너노이슈타트 섬, 클라겐푸르트 섬, 그릴파르처 곶, 호헨로헤 섬, 크렘스뮌스터 곶, 티롤 곶 등등. 이것이 나의 땅이다. 나는 말한다. 그러나 나의 지도 위의 표시는 봉쇄 영역이라고 말한다. 들어갈 수도, 여행할 수도, 비행기를 타고 지나갈 수도 없다는 의미다. 금지된 땅, 그것은 어느 때보다 더 황량하고 접근할 수 없다. 기후가 온화한 여름에도 얼음은 흩어져 있다.

루돌프 섬 북쪽 바다의 푸른색이 어두워진다. 그것은 유라시아 심연이다. 나는 이 푸른색을 좋아한다. 그곳에 머물다 북극권 대양의 주름을 바르게 펴고 남동까지 깊이, 길게 뻗은 익숙한 노바야제믈랴의 해안, 가파른 해안, 아름다운 해안까지 짚어 내려간다. 그곳에는 머위, 자주이끼, 애기수영이 자란다. 그곳에 수초이 노스 곶이 있고 그 뒤에는 넓은 만이 있다. 그 만에서 어유(魚油) 채집꾼에 의해 일찍이 실종된 배들, 어선들, 언젠가 빙하 속에 사라져버렸던 모든 것이 발견되었다. 수초이 노스 곶에서는 많은 것들이 흘러들어 다시 모습을 드러냈다. 부서진 선체, 널빤지, 찢어진 돛이 물에 붇고 색이 바랜 채로. 아마도 그곳에는 나를 위한 것도 있으리라. 나는 내가 말하는 것을 듣는다. 아마도 스피츠베르겐의 빙하가 보낸 신호가 녹아내린 물길에 씻겨 긴 강을 따라 흐르다 수초이 노스 곶에 남았는지도 모른다.

나는 손바닥으로 곶을 덮고 푸른색이 얼마나 건조하고 차가운지를 느낀다. 종이로 된 나의 바다 한가운데에 혼자, 이야기의 모든 가능성들과 함께 서 있다. 마지막 순간에도 위안을 받지 못하는 어느 연대사가(年代史家).

언어의 상상력, 상상력의 언어
─ 란스마이어의 북극 탐험 이야기

　오스트리아 출신의 크리스토프 란스마이어는 노벨문학상을 수상한 옐리네크와 더불어 오스트리아 현대 문학을 대표하는 작가다. 그는 1988년『최후의 세계』를 발표하면서 독일어권뿐만 아니라 전 세계적인 명성을 얻게 되는데, 이 작품은 국내에도 번역되었다.

　란스마이어는 교사의 아들로 태어나 빈 대학에서 철학과 비교인류학을 전공하고 언론계에서 활동을 시작한다. 빈에서 발행되는 월간지『호외』의 기자로 일했고 그 외에도 독일의 잡지『GEO』,『메리안』, 한스 마그누스 엔첸스베르거가 창간한 풍자잡지『트란스 아틀란틱』에 르포를 발표한다. 1997년에는 여기에 발표한 글들을 골라『수라바야로 가는 길』을 발표했다. 그는 1982년부터 전업 작가로 활동하고 같은 해 데뷔작인『찬란한 종말: 탈수 프로젝트 또는 본질적인 것의 발견』을 발표한다. 여기에서 그는 인류의 몰락에 대해 반어적으로 이야기한다. 그의 첫 소설 『빙하와 어둠의 공포』(1984)는 1872년에서 1874년까지의 오스트리아-헝가리 북극 탐험대의 스케치와 기록에서 영감을 받은 작품이다. 이 탐험소설에서 란스마이어는 19세기 말 제국주의의 기치 아래 파이어-바이프레히트 탐험대가 지구상에 남은 마지막 미지의 영역을 정복하기 위해 시베리아 군도 노바야제믈랴에서 출발해 세계의 가장자리로 나아가는 과정을 그린다. 탁월한 묘사로 현실과 허구를 오가며 북극 탐험대의 이야기를 예술로 승화시킨 이 소설로 란스마이어는 빈의 엘리아스 카네티 문학상을 수상한다.

다음 작품으로 란스마이어는 8세기 로마 황제 아우구스투스에 의해 흑해 연안의 토미라는 도시로 축출된 로마 시인 오비디우스를 소재로 한 『최후의 세계』(1988)를 발표하여 일약 세계적인 작가의 반열에 오른다. 독일의 일간지 〈프랑크푸르터 알게마이네 차이퉁〉은 란스마이어가 현 시대의 주류를 따르지 않는 독특한 문학적 재능을 갖고 있음을 인정한다. 이 소설은 대중적으로도 큰 성공을 거두었고 베스트셀러가 되었다. 발행 수주 만에 이미 12만 6천 부가 인쇄되었고 독일 서적상들은 란스마이어를 '1988년의 작가'로 선정한다.

『최후의 세계』 이후 란스마이어는 한동안 휴식을 취하면서 지구 곳곳을 여행하고 7년이 지난 1995년에 『모르부스 키타하라』를 발표한다. 이 제목은 망막질환을 뜻하는 용어로, 소설의 중심에는 각자 전쟁에서 살아남아 비현실적인 장면에서 마주치는 세 명이 등장하고, 죄와 원죄, 가해자와 피해자라는 주제를 다루고 있다.

2000년과 2001년 봄에 란스마이어는 독일 화가이자 조각가인 안젤름 키퍼를 방문하는데, 이 만남을 기록한 에세이집 『태어나지 않은 자 또는 안젤름 키퍼의 하늘 광장』이 2002년에 발표된다. 『거인의 인사』(2003)는 란스마이어의 여가 텍스트와 연설을 모은 것이다. 2006년 자신의 여섯번째 소설 『날아다니는 산』을 발표하고 비평계에서 좋은 반응을 받는다. 이 이야기는 트랜스히말라야 산맥에서 출발하는 두 형제에 관한 이야기로 그들은 세계지도에 남아 있는 마지막 빈 얼룩을 찾아 나선다. 두 사람 중 한 사람만이 살아남고, 그 한 사람이 원래 삶으로 돌아왔을 때 그는 마치 딴사람처럼 행동한다. 그리고 그는 다시 길을 떠난다.

2007년 11월 7일 란스마이어는 2만 유로(한화 약 4천만 원)의 상금이 수여되는 하인리히 뵐 문학상을 받는다. 심사위원들은 란스마이어가 그려내는 예술적인 형식이 독일어권에서는 비교할 만한 대상이 없을 정도로 탁월하다고 평가한다. 그의 작품이 독자적인 세계를 구축하고 있는 동시에 폭넓은 독자층을 확보했다는 것이다.

1994년 이후 란스마이어는 아일랜드의 웨스트 코크에 살면서 창작에 전념하고 있다.

간략한 경력에서도 알 수 있듯이 『빙하와 어둠의 공포』는 란스마이어의 초기 작품에 속한다. 또한 르포 작가로 시작한 경력을 설명하듯, 이 소설을 구성하는 것은 다양한 기초 자료들, 삽화, 편지, 기록, 증언 등이다. 작가는 기록문학 위에 마치니가 주인공으로 등장하는 허구의 세계를 구축한다. 작가 란스마이어는 19세기 말 미지의 북극권 탐험에서 살아남은 탐험대의 생생한 증언과 20세기를 배경으로 한 허구의 세계를 정교하게 구축하고 연결할 뿐만 아니라, 독자적으로 해석한다.

이 무대의 배경은 우리에게는 다소 생소하다. 최근 남극권에서 탐사여행을 마친 우리나라 쇄빙선 아라온호에 대한 보도가 있었다. 그것이 내가 아는 빙하 세계의 전부이다. 그러나 북극권은 이미 19세기 말, 그리고 훨씬 더 전부터 서구 열강의 제국주의의 목표물이 되어 있었다. 얼음, 빙하 외에는 별다른 적당한 단어를 찾을 수 없는 생소한 북극 세상이 제국주의라는 시대적인 산물과 얽혀 너무나 다채롭게 그리고 위험스럽게 우리 앞에 펼쳐진다. 우리는 제국주의의 희생물이었던 적은 있으나 제국주의를 실천해본 적이 없다. 따라서 다른 나라를 식민지화하는 단계를 지나, 그 식민지화를 더욱 효율적으로 하기 위한 수단으로서 미지의 항로를 개척하고자 국가가 나서서 포상금을 걸고 해군과 선원, 사냥꾼으로 구성된 탐험대를 조직하는 모습은 참으로 생소하다. 일부는 학문적인 관심에서, 일부는 애국심에서, 그리고 대다수의 대원들은 포상금과 탐험에서 살아남은 후에 돌아올 영예를 생각하며 무모한 도전에 참가하는 것이다. 우리는 그들이 남긴 스케치와 일기, 기록을 통해 생생하게 당시의 상황을 체험할 수 있다.

미지의 세계는 해군 중위 파이어의 관점에서는 '지도의 빈 공간, 하얀 얼룩'이다. 파이어는 지구상에 남은 마지막 얼룩을 지우기 위해, 바이프레히트는 조국의 명예를 위해, 선원들은 포상금을 노리고 각각 지구본의 가장자리를 향해 나아간다. 그러나 극한의 조건 속에서 원래의 목적은 그 의미가 화석화되고, 생존을 위한 투쟁만이 남게 된다.

제국주의로 시작된 이야기에는 곧 극한의 조건에서 투쟁하는, 자연의 엄청난 힘 앞에서 무력하지만 그럼에도 위대한 인간들이 그 중심에 서게 된다. 그리고 독자들은 곧 그 이야기에 빨려 들어간다.

가공할 만한 자연, 즉 빙하와 어둠의 위력, 정지된 듯한 시간의 흐름, 점점 더 배를 향해 좁혀 들어오는 빙하의 장벽, 그럴수록 강력해지는 빙하의 압력, 그 안에서 끝없는 얼음과의 사투, 무의미한 도끼질과 톱질은 시시포스의 신화를 떠올리게 한다.

극한의 조건에 적응하는 인간의 노력은 체험의 생생한 기록에도 불구하고 우리의 상상력을 동원해야만 이해할 수 있다. 영하 40도까지 내려가는, 햇빛 한 점 없는 암흑세계에서 인간의 생체도 그 변화를 감내해야 한다. 동상은 물론이고 괴혈병과 환각까지, 힘든 것은 끝없는 얼음이 아니라, 언제 빙하의 장벽으로부터 해방될 수 있을지 희망이 없다는 것이다. 그래서 사냥꾼 클로츠는 환각에 사로잡혀 여름옷을 입고, 자신의 고향 티롤을 향한 여정을 맨발로 시작하는 것이다.

그리고 작가의 허구가 더해진다. 탐험대의 후손 중 한 사람인 마치니는 이야기를 실제인 것처럼 사실화하는 특별한 능력이 있다. 그런 그가 이번에는 자료를 통해 이야기를 접하고 이를 다른 사람들에게 생생하게 전달하는 대신 직접 탐험대의 궤적을 뒤좇기 위해 북극으로 향한다. 이야기를 전달하는 데 그치지 않고 자신이 직접 이야기의 주인공이 되기 위해.

20세기의 북극은 파이어가 겪은 북극의 세계와는 동떨어진 모습이다. 이미 발견될 곳은 다 발견되었고 지도 위의 하얀 얼룩은 더 이상 존재하지 않는다. 북극은 이제 편안하게 제트비행기를 타고 갈 수 있는 곳이고, 사양 산업이 된 탄광에서 단기간에 세금을 내지 않고 보수를 받기 위해 떠나는 광부들과 연구를 목적으로 하는 북극 연구자들

외에는 찾는 이가 없는 여전히 버림받은 곳이다. 성수기에는 정기 여객선이 다니는 관광지가 되어버린 곳. 마치니는 이에 만족하지 않고 자신의 선조가 걸었던 루트를 따라가기 위해 연구용 배에 오르고, 빙하 위에서의 탐험을 계획한다.

결과는 실패다. 마치니는 자신이 그토록 좋아하는 이야기 속으로 사라져버린다. 선조의 모험을 직접 체험하고 싶어 한 그의 허영심은 실패로 돌아간다.

작가는 1872년에서 1874년 사이의 탐험을 당시의 기록을 바탕으로 충실하게 재연하고, 19세기 북극 탐험대의 이야기와 허구적인 인물 마치니의 세계를 매개하는 역할을 한다. 19세기의 과거는 생생한 현실, 현재가 되고, 오늘날의 마치니는 먼 과거를 뒤좇는다.

란스마이어는 문학의 현장성을 십분 활용하고 있다. 그러나 문학이 단순히 기록, 르포가 되지 않고 더없는 상상력의 공간이 되도록 허구의 세계를 덧붙인다. 허구적인 인물, 마치니가 기록 속의 세계를 직접 체험하기 위해 몸소 들어가는 북극 세계의 현장성은 우리가 접해보지 못한 빙하의 세계에 대한 상상력을 자극한다.

파이어와 바이프레히트는 운 좋게 탐험에 성공한다. 이례적으로 따뜻했던 기후로 인한 행운과 꺾이지 않는 의지와 단호한 결단으로 남은 대원들을 이끌고 귀환에 성공한다. 인간들이 있는 문명 세계로.

보지도 겪어보지도 못한 빙하의 세계, 그래서 그것을 표현할 만한 대응되는 어휘도 없지만, 문학의 힘이란 상상력을 불어넣어주는 바로 이런 것이 아닌가 하는 생각이 든다. 겪어보지 못한 것을 눈앞에 선하게 그려볼 수 있게 하는, 그래서 간접적으로 그 세계를 체험하게 하는 힘. 그리고 그 힘은 란스마이어가 말하듯이 기록을 통해 이 작품을 함께 만들어나간 탐험대의 힘이다. 과거를 현재화하는 과거의 기록물들은 패치워크처럼 허구적인 현실과 맞물려 북극 세상에서 죽음의 위협을 무릅쓴 미치광이 짓을 생생한 현실로 재현해낸다. 씨실과 날실처럼 서로 듬성듬성하게 얽히던 과거와 현재는 이야기가 진행될수록 더 촘촘하게 엮이고 나중에는 서로 오버랩된다. 이를 실현하고 구분하는 것은 동사의 시점이다.

란스마이어, 그는 어디에 있는가? 작가는 그 두 세계를 오가면서 팽팽한 서사의 흐름을 유지시키는 역할을 한다. 그리고 그의 손끝에서 서사의 완급이 조절되고 리듬이 만들어진다.

귄터 그라스의 『게걸음으로 가다』를 읽은 이후 참으로 좋은 작품을 만났다는 생각을 해본다. 꼼꼼한 문헌 조사와 성공적인 선별 작업이 그의 독특한 표현과 어우러져 우리의 상상력을 자극한다. 작가는 생생한 일지, 편지, 증언, 스케치 그리고 파이어가 나중에 모험을 마치고 돌아와 그리기 시작한 거대한 유화에서 영감을 받았을 것이다. 그리고 마치니처럼 직접 북극 여행을 떠난다. 독자는 그의 언어적인 마술에 의해 탐험대가 살아남은 세계, 작가가 접한 세계의 이미지를 떠올리게 된다.

이것이 바로 문학의 힘이고 작가 란스마이어의 힘이다.

또한 허구와 현실을 오가는 절묘한 구성은 문학이 단순히 허구에만 그치는 것이 아니라, 궁극적으로 현실이 투영된 세계임을 재인식하게 한다.

간간이 언급되는 성경의 인용은 국내의 『공동번역성서』를 따랐고,

우리에게 생소한 지명과 고유명사는 필요하다고 생각되는 범위 내에
서 역주를 달았다.

진일상

1954년	오스트리아 오버외스터라이히 주 벨스에서 태어남.
1972년	오스트리아 빈 대학에서 철학, 비교인류학 전공.
1978년	빈의 월간지『호외』의 기자로 일함.
1982년	『찬란한 종말: 탈수 프로젝트 또는 본질적인 것의 발견 *Strahlender Untergang: Ein Entwässerungsprojekt oder die Entdeckung des Wesentlichen*』을 출간하고 전업 작가로 활동하기 시작함.
1984년	『빙하와 어둠의 공포 *Die Schrecken des Eises und der Finsternis*』발표, 이 작품으로 엘리아스 카네티 문학상 수상. 카네티 재단으로부터 3년간 지원을 받아『최후의 세계』집필에 전념함.
1985년	중부 유럽을 여행하고 나서 기행문『사각지대 *Im blinden Winkel*』출간.
1988년	『최후의 세계 *Die letzte Welt*』발표.
1989년	오스트리아 기업계의 안톤 빌트간스 상 수상.
1992년	독일 바이에른 주 학술원 문학상 수상.
1995년	프란츠 카프카 문학상, 프란츠 나블 문학상 수상. 『모르부스 키타하라 *Morbus Kitahara*』발표.
1996년	유럽연합의 아리스테이온 상(살만 루슈디와 공동 수상), 몬델로 문학상 수상.
1997년	『수라바야로 가는 길 *Der Weg nach Surabaya*』,『제3의 공기 또는 바닷가의 무대 *Die dritte Luft oder eine Bühne*

am Meer』출간.

1998년	프리드리히 횔덜린 문학상 수상.
2000년	잘츠부르크 페스티벌의 '초청 문학가'. 『바빌론 기행Der Weg nach Babylon』 출간.
2001년	빈의 네스트로이 연극상 수상('최고의 작품'이라는 찬사를 받음). 『보이지 않는 것들: 해변의 삼부작Die Unsichtbare: Tirade an drei Stränden』, 『아우리히 씨Herr Aurich』 출간.
2002년	『태어나지 않은 자 또는 안젤름 키퍼의 하늘 광장Der Ungeborene oder die Himmelsareale des Anselm Kiefer』 출간.
2003년	『거인의 인사 Die Verbeugung des Riesen』 발표.
2004년	아우크스부르크 시의 베르톨트 브레히트 문학상, 오스트리아 정부의 오스트리아 문학상 수상. 『어느 관광객의 고백: 심문 Geständnisse eines Touristen: Ein Verhör』 발표.
2006년	『날아다니는 산Der fliegende Berg』 발표.
2007년	하인리히 뵐 문학상 수상. 『물속의 남자와 여자들Damen & Herren unter Wasser』 출간.
2010년	『범죄자 오디세우스: 귀향극odysseus, Verbrecher: Schauspiel einer Heimkehr』 발표.
2023년	한국 박경리문학상 수상.

문학동네 세계문학전집 발간에 부쳐

세계문학은 국민문학 혹은 지역문학을 떠나 존재하는 문학이 아니지만 그것들의 총합도 아니다. 세계문학이라는 용어에는 그 나름의 언어와 전통을 갖고 있는 국민문학이나 지역문학의 존재를 인정하면서 그것을 넘어서는 문학의 보편적 질서에 대한 관념이 새겨져 있다. 그 용어를 처음 고안한 19세기 유럽인들은 유럽문학을 중심으로 그 질서를 구축했지만 풍부한 국민문학의 전통을 가지고 있는 현대의 문학 강국들은 나름의 방식으로 세계문학을 이해하면서 정전(正典)의 목록을 작성하고 또 수정한다.

한국에서도 세계문학 관념은 우리 사회와 문화의 변화 속에서 거듭 수정돼왔다. 어느 시기에는 제국 일본의 교양주의를 반영한 세계문학 관념이, 어느 시기에는 제3세계 민족주의에 동조한 세계문학 관념이 출현했고, 그러한 관념을 실천한 전집물이 출판됐다. 21세기 한국에 새로운 세계문학전집이 필요하다는 것은 명백하다. 우리의 지성과 감성의 기준에 부합하는 세계문학을 다시 구상할 때가 되었다.

문학동네 세계문학전집은 범세계적으로 통용되는 고전에 대한 상식을 존중하면서도 지난 반세기 동안 해외 주요 언어권에서 창작과 연구의 진전에 따라 일어난 정전의 변동을 고려하여 편성되었다. 그래서 불멸의 명작은 물론 동시대 세계의 중요한 정치·문화적 실천에 영감을 준 새로운 작품들을 두루 포함시켰다.

창립 이후 지금까지 한국문학 및 번역문학 출판에서 가장 전문적이고 생산적인 그룹을 대표해온 문학동네가 그간 축적한 문학 출판 경험을 바탕으로 새로운 세계문학전집을 펴낸다. 인류가 무지와 몽매의 어둠 속을 방황하면서도 끝내 길을 잃지 않은 것은 세계문학사의 하늘에 떠 있는 빛나는 별들이 길잡이가 되어주었기 때문이다. 우리가 자부심과 사명감 속에서 그리게 될 이 새로운 별자리가 독자들의 관심과 애정에 힘입어 우리 모두의 뿌듯한 자산이 되기를 소망한다.

문학동네 세계문학전집 편집위원
민은경, 박유하, 변현태, 송병선, 이재룡, 홍길표, 남진우, 황종연

세계문학전집 074

빙하와 어둠의 공포

1판 1쇄 2011년 5월 25일
1판 4쇄 2023년 12월 15일

지은이 크리스토프 란스마이어 | 옮긴이 진일상

책임편집 우민정 | 편집 고유진 오동규 | 독자모니터 김형철
디자인 김이정 김선미 이주영 | 저작권 박지영 형소진 최은진 서연주 오서영
마케팅 정민호 서지화 한민아 이민경 안남영 왕지경 황승현 김혜원 김하연 김예진
브랜딩 함유지 함근아 고보미 박민재 김희숙 박다솔 조다현 정승민 배진성
제작 강신은 김동욱 이순호 | 제작처 영신사

펴낸곳 (주)문학동네 | 펴낸이 김소영
출판등록 1993년 10월 22일 제2003-000045호
주소 10881 경기도 파주시 회동길 210
전자우편 editor@munhak.com | 대표전화 031)955-8888 | 팩스 031)955-8855
문의전화 031)955-1927(마케팅), 031)955-1916(편집)
문학동네카페 http://cafe.naver.com/mhdn
인스타그램 @munhakdongne | 트위터 @munhakdongne
북클럽문학동네 http://bookclubmunhak.com

ISBN 978-89-546-1485-6 04850
    978-89-546-0901-2 (세트)

잘못된 책은 구입하신 서점에서 교환해드립니다.
기타 교환 문의 031)955-2661, 3580

www.munhak.com

● 문학동네 세계문학전집은 계속 출간됩니다